Edgar Wa

Le Vengeur

Roman

 Le code de la propriété intellectuelle du 1er juillet 1992 interdit en effet expressément la photocopie à usage collectif sans autorisation des ayants droit. Or, cette pratique s'est généralisée dans les établissements d'enseignement supérieur, provoquant une baisse brutale des achats de livres et de revues, au point que la possibilité même pour les auteurs de créer des œuvres nouvelles et de les faire éditer correctement est aujourd'hui menacée. En application de la loi du 11 mars 1957, il est interdit de reproduire intégralement ou partiellement le présent ouvrage, sur quelque support que ce soit, sans autorisation de l'Éditeur ou du Centre Français d'Exploitation du Droit de Copie , 20, rue Grands Augustins, 75006 Paris.

ISBN : 978-3-98881-944-4

10 9 8 7 6 5 4 3 2 1

Edgar Wallace

Le Vengeur

Roman

Table de Matières

1. LE COUPE-TÊTES	7
2. LA VISITE DE MR SAMPSON LONGVALE	10
3. LA NIÈCE DE FRANCIS ELMER	15
4. UNE VEDETTE	18
5. MR LAWLEY FOSS	22
6. LE CHÂTELAIN DE GRIFF	25
7. LES ÉPÉES ET BHAG	30
8. BHAG	34
9. LE NOBLE ANCÊTRE	39
10. LA FENÊTRE OUVERTE	43
11. LA FENÊTRE MARQUÉE	47
12. LE SECRET DE LA TOUR	51
13. LE PIÈGE	55
14. MENDOZA DÉCLARE LA GUERRE	59
15. LES DEUX AGENTS DE SCOTLAND YARD	65
16. L'ÉTRANGER AU TEINT CUIVRÉ	67
17. LE CONSEIL DE MR FOSS	71
18. UN VISAGE À L'ARRIÈRE-PLAN	74
19. UNE VISITE NOCTURNE	78
20. LE SAUVEUR INATTENDU	84
21. LA RATURE	89
22. LA TÊTE	95
23. SUR UNE PISTE	97
24. LES EMPREINTES DU SINGE	101
25. LE MYSTÈRE DE LA « CONDUITE INTÉRIEURE »	105
26. LA MAIN	109
27. LES CATACOMBES	119
28. LA TOUR	124
29. LE RETOUR DE BHAG	130
30. L'ANNONCE	134
31. ON DEMANDE MR BRIXAN	138
32. SIR GREGORY	141

33. ÉCHEC	146
34. LA DISPARITION	149
35. CE QUI ÉTAIT ARRIVÉ À ADÈLE	155
36. LA FUITE	158
37. ENCORE LA VIEILLE TOUR	163
38. LES OSSEMENTS DANS LA CAVERNE	165
39. BRIXAN NE DOUTE PLUS	169
40. LA VEUVE	177
41. LA MORT	181
42. ON TOURNE !	186

1. LE COUPE-TÊTES

Le capitaine Michel Brixan était superstitieux, d'une superstition bien inoffensive, d'ailleurs. Ainsi, voyant une corneille dans un pré, il était convaincu d'en voir une seconde avant la fin du jour. Et lorsque, à la gare d'Aix-la-Chapelle, il aperçut à l'étalage d'un kiosque un volume portant ce titre très explicite : *Une simple Extra, ou la Gloire de Hollywood,* il se demanda aussitôt dans quelles circonstances il pourrait bien entendre à nouveau ce mot d'« extra » dans le sens d'actrice surnuméraire, sans importance.

Le roman, qu'il acheta, ne l'intéressa nullement. Il parcourut rapidement une page pleine de superlatifs, puis, pour se distraire, se mit à étudier l'indicateur des chemins de fer belges. Il s'ennuyait ; son ennui n'était cependant pas suffisant pour qu'il en vienne à s'intéresser à la carrière sensationnelle de Rosa Love qui, de modeste figurante, était devenue grande vedette et millionnaire. Mais le terme d'« extra » était nouveau pour Michel, et il attendit que la journée lui en apportât l'inévitable répétition…

Sans être lui-même un policier sans cesse à la poursuite de criminels ou de cambrioleurs, ces choses l'intéressaient. Il était considéré comme le plus intelligent des agents du Service du contre-espionnage attaché au ministère des Affaires étrangères britanniques. Son poste l'obligeait à de fréquentes visites dans des endroits louches où, s'entretenant avec des étrangers bizarres, il cherchait à découvrir les courants cachés qui entraînent les barques diplomatiques à des ports insoupçonnés. À deux reprises, il avait traversé l'Europe sous le déguisement d'un touriste naïf ; il avait canoté patiemment le long des nombreux bras du Danube pour découvrir, à l'intérieur d'une petite auberge riveraine, la signification d'une mobilisation secrète. Ces missions étaient entièrement à son goût.

Aussi fut-il passablement ennuyé de se voir brusquement rappelé de Berlin au moment même où, lui semblait-il, le mystère du traité slovaque allait être éclairci, au prix de grands efforts de sa part.

– Si vous m'aviez laissé vingt-quatre heures de plus, je vous aurais apporté une photographie du document, dit-il à son chef, le commandant Georges Staines, en venant lui faire son rapport.

– Je le regrette, répliqua le commandant sans s'émouvoir, mais la vérité est que nous avons eu un entretien à cœur ouvert avec le Premier ministre slovaque et il nous a promis de se bien conduire. Il nous a même cité le texte du traité ; il s'agit là d'une convention purement commerciale. Brixan, connaissez-vous Elmer ?

L'agent du Foreign Office s'assit sur le bord du bureau de son chef et demanda avec amertume :

– M'avez-vous donc rappelé de Berlin pour me poser cette question ? Vous m'arrachez à mon café préféré d'Unter den Linden – à ce propos, les Allemands sont en train de fabriquer en Bavière des millions de munitions sous couvert d'une fabrique de crayons – pour me parler d'Elmer ? C'est un fonctionnaire, non ?

Le commandant Staines fit un signe affirmatif.

– C'était, précisa-t-il, un fonctionnaire des Finances. Il a disparu, il y a trois semaines, et l'examen de ses livres a montré qu'il dérobait systématiquement les fonds laissés sous son contrôle.

Michel Brixan fit une grimace.

– Je suis fâché de l'apprendre, dit-il. Elmer m'avait pourtant semblé tranquille et inoffensif. Mais réellement, vous ne comptez pas m'envoyer à sa poursuite, n'est-ce pas ? C'est là l'affaire de Scotland Yard.

– Je ne vous enverrai pas à sa poursuite, répondit lentement Staines, parce qu'il a été retrouvé.

Quelque chose de lugubre était passé dans sa voix ; il prit une feuille de papier dans son bureau et la tendit à Brixan… Mais celui-ci avait déjà deviné.

– Pas le « Coupe-Têtes » ? s'exclama-t-il.

Lui aussi avait entendu parler du « Coupe-Têtes ».

Staines fit un geste affirmatif.

– Voici la note.

Il tendit à son subordonné une petite feuille portant quelques mots dactylographiés, et Brixan lut :

« Vous trouverez un coffre dans les buissons près du pont de chemin de fer d'Esher.

LE COUPE-TÊTES »

– Le Coupe-Têtes…, répéta machinalement Brixan, en faisant en-

1. LE COUPE-TÊTES

tendre un sifflement.

– Nous avons trouvé le coffre à l'endroit indiqué, et à l'intérieur, bien entendu, la tête de ce malheureux Elmer, nettement tranchée. C'est la septième tête en sept ans, continua Staines ; et presque dans chaque cas, dans cinq cas sur sept exactement, la victime était sous le choc de poursuites judiciaires. Même si la question du traité slovaque n'avait pas été résolue, Brixan, je vous aurais rappelé.

– Mais tout cela ne concerne que la police, dit le jeune homme avec agitation.

Son chef l'interrompit :

– Techniquement parlant, vous êtes un policier, et le secrétaire des Affaires étrangères désire que vous preniez l'affaire en mains ; il agit avec l'approbation du secrétaire d'État qui, comme vous le savez, a Scotland Yard dans ses attributions. Jusqu'à présent, la mort de Francis Elmer et la découverte de ses restes macabres n'ont pas été communiquées à la presse. On avait fait tant de bruit autour de l'affaire antérieure que la police s'est décidée à garder celle-ci secrète. Une enquête a été ouverte et les recherches habituelles ont été faites. Le seul renseignement que je puisse vous donner est que cet Elmer avait été vu par sa nièce, voici une semaine, à Chichester. Nous l'avons su avant d'apprendre sa mort. La jeune fille, Adèle Leamington, a un engagement à la *Knebworth Picture Corporation*, dont le studio se trouve à Chichester. Le vieux Knebworth, un Américain, est un très bon type. Cette jeune fille a un emploi de surnuméraire, une « extra », c'est le terme consacré.

Brixan sursauta.

– Une « extra » !... Je savais bien que ce maudit mot reviendrait. Continuez, mon commandant, que désirez-vous que je fasse ?

– Filez là-bas et voyez-la : voici son adresse.

– Existe-t-il une Mrs Elmer ? demanda Brixan en glissant l'adresse dans sa poche.

– Oui, mais elle ne peut apporter aucune lumière sur l'affaire. C'est la seule personne qui sache qu'Elmer est mort. Elle n'avait pas vu son mari depuis quatre semaines, et ils étaient vraisemblablement plus ou moins séparés depuis des années déjà. Cette mort lui apporte une forte somme grâce à l'assurance contractée en sa faveur.

Brixan relut encore la terrible note du « Coupe-Têtes ».

– Quel est votre avis sur tout cela ? demanda-t-il.

– L'opinion générale est qu'il s'agit là d'un déséquilibré qui s'imagine investi du droit de punir les délinquants. Mais les deux exceptions ébranlent fortement cette théorie.

Staines, l'air perplexe, s'étendit dans son fauteuil.

– Prenons le cas de Willit, dit-il. Sa tête a été retrouvée, il y a deux ans. Willit était un homme fortuné, l'honnêteté en personne, aimé de tous ; il avait de fortes sommes en banque... Crewling, la deuxième exception, l'une des premières victimes du Coupe-Têtes, était également au-dessus de tout soupçon, quoique dans son cas, il y ait eu autre chose : il était mentalement déséquilibré depuis quelques semaines au moment de sa mort. Les notes dactylographiées ont été invariablement tapées sur la même machine. Dans chaque cas, on voit ce U à moitié effacé, ce T pâle et l'étrange alignement des caractères, que les experts sont unanimes à attribuer à une très vieille machine *Kost* qu'on ne rencontre plus guère. Trouvez celui qui emploie cette machine à écrire, et vous aurez sans doute trouvé l'assassin. Mais il est peu probable qu'il soit jamais découvert par ce moyen, car la police a publié des photographies signalant ces particularités ; j'imagine que M. le Coupe-Têtes n'utilise jamais sa machine que pour annoncer la fin de ses victimes.

Michel Brixan rentra chez lui fort préoccupé ; sa nouvelle mission le rendait perplexe. Son existence s'écoulait dans le monde de la haute politique. Les tours et détours de la diplomatie n'avaient plus de secrets pour lui, tandis que les anomalies courantes de l'humanité – le vol, l'assassinat – n'étaient jamais entrées dans le champ de sa curiosité professionnelle.

– Bill, dit-il en s'adressant au petit terrier couché devant la cheminée de son salon, je n'y vois goutte. Mais que je m'y perde ou que je m'en sorte, je vais faire la connaissance d'une « extra »... N'est-ce pas épatant, Bill ?

Bill agita aimablement la queue.

2. LA VISITE DE MR SAMPSON LONGVALE

Adèle Leamington attendit que le studio fût presque vide pour s'approcher de l'homme à cheveux blancs qui était affalé dans un

2. LA VISITE DE MR SAMPSON LONGVALE

fauteuil, les mains enfoncées dans les poches de son pantalon, un pli méchant barrant son front.

Le moment n'était pas favorable pour l'approcher ; personne ne le savait mieux qu'elle.

– Mr Knebworth, puis-je vous parler ?

Il leva lentement les yeux sur elle. En d'autres circonstances, il se serait levé, car cet Américain d'âge mûr était, en temps ordinaire, la courtoisie en personne. Mais ce jour-là, justement, il se sentait plein de mépris pour les femmes. Son regard était morne, quoique le professionnel qu'il était reconnût instinctivement les qualités physiques de la jeune fille. Elle était jolie : ses traits réguliers étaient encadrés d'une toison de cheveux châtains où jouaient encore les rayons dorés de l'enfance ; une bouche ferme, au contour délicat ; une silhouette mince. Que de perfections !

Au cours de sa longue carrière, Jack Knebworth avait vu grand nombre de jolies extras et avait traversé des périodes d'enthousiasme et de désespoir en les voyant évoluer à l'écran... Jolis mannequins de bois, sans âme ni expression, incurablement gauches. Trop jolies pour être intelligentes, trop conscientes de leur beauté pour être naturelles... Poupées sans esprit ni initiative... Des extras uniquement capables d'exhiber des toilettes au milieu d'une foule, de sourire et de danser machinalement, bonnes à être des extras et rien de plus jusqu'à la fin de leurs jours.

– Eh bien ? demanda-t-il brusquement.

– N'y aurait-il pas un rôle pour moi dans cette production, Mr Knebworth ? dit Adèle.

Le réalisateur sourit :

– Ne jouez-vous pas déjà, miss... Je ne me rappelle pas votre nom... Miss Leamington, n'est-ce pas ?

– Oui, certainement, je joue... Je suis l'un des mannequins du fond, dit-elle avec un sourire. Je ne demande pas un grand rôle, mais je sens que je pourrais faire quelque chose de mieux que ce que je fais actuellement.

– Je suis bien sûr que vous ne pourriez pas faire pis que beaucoup d'autres, grogna-t-il. Non, ma bonne amie, il n'y a aucun rôle pour vous. Là !

Elle allait sortir lorsqu'il la rappela.

– Ça a sûrement laissé ses vieux parents à la maison ; ça s'est imaginé qu'au cinéma, on aura un million par an et une nouvelle voiture tous les jeudis, hein ? Ou bien aviez-vous une bonne place de dactylo et vous êtes-vous fourrée dans la tête que vous pourriez éblouir Hollywood si seulement on vous en donnait la chance ? Allons, rentrez chez vos parents, petite fille ; retournez à votre machine à écrire, qui vous assure au moins un morceau de pain.

La jeune fille eut un faible sourire.

– Ce n'est pas sur un « coup de tête » que je me suis lancée dans le cinéma. Je suis venue ici sachant fort bien quelles difficultés m'attendent. Je n'ai plus de parents.

Il lui jeta un regard de curiosité.

– De quoi vivez-vous ? On ne gagne pas d'argent comme extra, pas ici du moins. Peut-être en gagnerait-on si j'étais un de ces directeurs à millions qui créent des films avec des courses de chars ; mais moi, mon film idéal ne devrait avoir que cinq personnages.

– J'ai reçu un petit héritage de ma mère, et puis j'écris.

Elle s'arrêta en le voyant diriger son regard vers l'entrée du studio. Tournant la tête, elle vit une silhouette étrange arrêtée à la porte. Elle crut d'abord que c'était un acteur habillé pour un essai.

C'était un vieillard, mais sa haute stature et un port très droit pouvaient, à distance, tromper sur son âge. Un habit collant, une culotte courte serrée autour des bottes, un col haut et une volumineuse cravate de satin noir, quoique neufs, évoquaient un lointain passé. Il avait des manchettes de linon plissé ; son gilet de velours gris était fermé par des boutons d'or. Il semblait être descendu d'un de ces vieux portraits de famille représentant quelque dandy de 1850. D'une main gantée, il tenait un chapeau haut de forme à bords relevés ; l'autre main s'appuyait au pommeau doré de sa canne. Sa figure, profondément sillonnée de rides, avait une expression de bonhomie ; il semblait ignorer sa complète calvitie.

En un clin d'œil, Jack Knebworth fut hors de son fauteuil et alla à la rencontre de l'étranger.

– Ah, Mr Longvale ! Je suis ravi de vous voir. Avez-vous reçu ma lettre ? Je ne saurais vous dire combien je vous suis reconnaissant de vouloir bien nous prêter votre maison.

C'était donc Sampson Longvale, le propriétaire de *Dower House* !

2. LA VISITE DE MR SAMPSON LONGVALE

Adèle se le rappelait, maintenant : il était connu à Chichester sous le nom de « gentilhomme démodé ». Un jour que la troupe était allée tourner des extérieurs, quelqu'un lui avait indiqué une grande et étrange habitation aux murs croulants, au jardin envahi d'herbes sauvages. C'était sa demeure.

– J'ai pensé bien faire en venant vous voir, dit le vieillard.

Sa voix était richement modulée. Adèle ne se souvenait pas d'avoir jamais entendu une voix aussi douce ; elle examina l'excentrique avec un nouvel intérêt.

– J'espère vivement que la maison et le jardin vous conviendront. Tout est dans un triste état, mais je ne puis, hélas ! me permettre d'entretenir la propriété telle qu'elle était du temps de mon aïeul !

– C'est justement ce qu'il me faut, Mr Longvale. Je craignais de vous offenser en vous disant…

Le vieux gentilhomme l'interrompit avec un rire musical.

– Non, non, vous ne m'avez pas offensé, cela m'a amusé. Vous avez besoin d'une maison hantée. Je puis presque vous offrir cela, quoique je ne puisse vous promettre l'apparition de mon ancêtre. Dower House a été hantée pendant des centaines d'années. Un des anciens propriétaires, dans une crise de folie, avait assassiné sa fille, et la malheureuse femme est supposée hanter la maison. Je vous avoue que je ne l'ai jamais vue, quoique l'une de mes servantes l'ait aperçue, voici bien des années. Je suis maintenant débarrassé de ce genre d'ennuis : je n'ai plus de domestiques. (Il sourit.) Pourtant, ajouta-t-il, si vous désirez y passer la nuit, je serais heureux de recevoir cinq ou six d'entre vous.

Knebworth eut un soupir de soulagement. Il avait déjà fait une rapide enquête aux environs et savait qu'il était impossible d'y trouver des logements pour toute sa troupe ; de plus, il voulait à tout prix tourner certaines scènes le soir, et pour l'une d'entre elle, l'effet recherché ne pouvait être obtenu qu'à la lumière du jour naissant.

– Je crains que cela ne vous donne trop d'ennuis, Mr Longvale, dit-il, et puis il nous faudrait mettre au point la question délicate de…

Le vieillard l'arrêta d'un geste.

– S'il s'agit de la question d'argent, je vous en prie, n'en parlons pas, dit-il d'un ton ferme. Je m'intéresse au cinéma, comme d'ailleurs à tout ce qui est moderne. Les vieilles gens ont tendance à décrier le modernisme, mais pour ma part, j'éprouve le plus grand plaisir à étudier les merveilles scientifiques récemment révélées.

Il eut un sourire énigmatique.

– Un jour, vous me filmerez dans un rôle où, je crois, je serai sans rival... un film où j'aurais le rôle de mon illustre ancêtre...

Jack Knebworth le regardait, mi-amusé, mi-surpris. Il n'était pas extraordinaire pour lui de rencontrer des gens qui désiraient paraître à l'écran, mais il ne se serait jamais attendu à cette vanité de la part de Mr Longvale.

– J'en serais très heureux, dit-il poliment. Vos ancêtres étaient sans doute célèbres dans le pays ?

Mr Longvale soupira.

– Mon regret est de ne pas descendre en ligne droite de la branche de Charles Henry, le membre le plus célèbre de ma famille. C'était mon grand-oncle. Moi, je suis le descendant de la branche des Longvale de Bordeaux ; notre nom est historique, Sir.

– Êtes-vous français, Mr Longvale ? demanda Jack.

Le vieillard ne sembla d'abord pas l'avoir entendu. Il regardait dans le vide. Puis, dans un sursaut :

– Oui, oui, nous étions français. Mon arrière-grand-père épousa une Anglaise qu'il avait rencontrée dans des circonstances tout à fait particulières. Nous sommes venus nous fixer en Angleterre sous le Directoire.

À ce moment seulement, il eut l'air de s'apercevoir de la présence d'Adèle et s'inclina devant elle.

– Il faut que je m'en aille, dit-il en consultant une volumineuse montre en or.

La jeune fille le suivit des yeux tandis que Knebworth l'accompagnait à travers le hall ; elle vit par la fenêtre le « gentilhomme démodé » monter dans une automobile du modèle le plus ancien qu'elle ait jamais vu. Ce devait être l'une des toutes premières voitures introduites dans le pays, haute sur roues, volumineuse, inconfortable. Elle passa lentement avec un bruit de tonnerre.

Jack Knebworth revint à pas lents.

– Décidément, cette folie de l'écran les prend à tout âge, prononça-t-il. Bonne nuit, miss… J'ai oublié votre nom… Miss Leamington, n'est-ce pas ? Bonne nuit.

Arrivée à la porte de son logement, Adèle se rendit compte que cette conversation, pour laquelle elle avait fait appel à tout son courage, avait mal fini : elle était plus loin que jamais d'avoir un rôle à jouer.

3. LA NIÈCE DE FRANCIS ELMER

Adèle Leamington occupait une petite chambre dans une maison d'aspect très modeste. À certains moments, elle aurait même souhaité que cette chambre fût encore plus petite ; elle aurait eu ainsi un prétexte pour demander à l'imposante et inflexible Mrs Watson une réduction de son loyer.

Les extras de la troupe de Jack Knebworth étaient bien payées lorsqu'on les employait, mais cela était rare. Jack était un de ces réalisateurs spécialisés dans les drames familiaux.

Adèle était en train de s'habiller, lorsque Mrs Watson lui apporta son petit déjeuner.

– Il y a un jeune homme dehors depuis que je suis levée. Je l'ai vu à la porte en rentrant mon lait. Il est très poli, mais je lui ai dit que vous dormiez encore.

– Désire-t-il me voir ? demanda la jeune fille avec étonnement.

– C'est ce qu'il m'a dit, grogna Mrs Watson. Je lui ai demandé s'il venait de la part de Knebworth, il m'a dit que non. Si vous désirez le recevoir, vous pouvez le faire entrer au salon, quoique je n'aime pas beaucoup ces visites de jeunes gens à jeunes filles… Je n'ai jusqu'à présent jamais logé d'actrices ; j'ai toujours eu une réputation respectable et je désire la conserver.

Adèle sourit.

– Rien ne peut être plus respectable qu'un visiteur matinal, Mrs Watson, dit-elle.

Elle descendit et ouvrit la porte. Le jeune homme, arrêté sur le trottoir, lui tournait le dos, mais il fit volte-face au bruit de la porte qu'elle ouvrait. Agréable et bien mis, son sourire franc lui fut sympathique d'emblée.

– J'espère que votre propriétaire ne vous a pas réveillée ? J'aurais pu attendre. Vous êtes miss Adèle Leamington, n'est-ce pas ?

– Oui. Voulez-vous entrer, s'il vous plaît ?

Elle le conduisit dans un petit salon encombré de meubles, referma la porte derrière elle et attendit.

– Je suis journaliste, prétendit-il.

Le visage de la jeune fille se voila de tristesse.

– Vous venez au sujet de mon oncle Francis ? Lui est-il vraiment arrivé quelque chose ? Un détective est venu me voir, il y a huit jours. L'a-t-on retrouvé ?

– Non, on ne l'a pas retrouvé. Vous le connaissiez certainement très bien, n'est-ce pas, miss Leamington ?

Elle secoua la tête.

– Non, je ne l'ai vu que deux fois dans ma vie. Mon père et lui s'étaient brouillés avant ma naissance, et je ne l'ai vu qu'une fois après la mort de Papa et une autre fois avant que ma mère ne tombe gravement malade.

Il lui sembla, assez étrangement, que son interlocuteur se rassurait à ces paroles.

– Mais vous l'avez vu à Chichester ?

– Oui. J'allais avec toute la troupe à Goodwood Park en char à bancs et je l'aperçus longeant le trottoir. Il semblait malade et bien malheureux ; il sortait d'un bureau de tabac lorsque je le vis ; il avait un journal sous le bras et une lettre à la main.

– Où se trouve ce bureau de tabac ? demanda immédiatement le jeune homme.

Elle lui donna l'adresse qu'il nota.

– Et depuis, vous ne l'avez plus revu ?

– Non. Lui est-il vraiment arrivé quelque chose ? demanda-t-elle avec angoisse. J'ai souvent entendu ma mère dire qu'Oncle Francis était extravagant et manquait parfois de scrupules. A-t-il eu des ennuis ?

– Oui, admit Michel Brixan, il en avait, mais rien qui doive vous inquiéter. Vous êtes une grande vedette, n'est-ce pas ?

Elle rit, malgré son inquiétude.

3. LA NIÈCE DE FRANCIS ELMER

– La seule chance pour moi de devenir une grande vedette serait que vous l'annonciez dans votre journal.

– Mon quoi ? fit-il, stupéfait une minute. Ah oui, mon journal, bien sûr !

– Je ne crois pas du tout que vous soyez journaliste, enchaîna Adèle, soupçonneuse.

– Mais si, mais si, affirma-t-il, osant même, nommer un journal très populaire.

– Quoique je ne sois pas une grande vedette et ne doive probablement jamais l'être, hélas ! je veux vous croire, car je n'ai jamais eu aucune chance... Je soupçonne même Mr Knebworth de penser que je suis bonne à rien.

Brixan venait de découvrir un nouvel intérêt à sa mission en la personne de la nièce de Francis Elmer. Il n'avait jamais rencontré une jeune fille aussi jolie, aussi sincère et naturelle.

– Vous devez maintenant vous rendre au studio, je suppose ?

– Oui.

– Je me demande si Mr Knebworth serait fâché que je vienne vous voir ?

Elle hésita.

– Mr Knebworth n'aime pas les visiteurs.

– Eh bien, j'irai alors lui rendre visite personnellement, dit Brixan. Peu importe qui je viens voir, n'est-ce pas ?

– Cela m'importe certainement très peu, à moi, répondit froidement Adèle.

L'enquête ne prit pas beaucoup de temps à Brixan. Il trouva facilement la petite boutique de tabac et son propriétaire put heureusement se souvenir de Francis Elmer.

– Il était venu chercher une lettre, mais elle n'était pas adressée au nom d'Elmer, lui confia-t-il. Quantité de gens se font adresser leur correspondance chez moi ; cela me rapporte un petit supplément.

– Vous a-t-il acheté un journal ?

– Non, Sir, il en avait un sous le bras, le *Morning Telegraph*. Je m'en souviens, parce que j'avais remarqué que l'une des annonces en première page était encadrée au crayon bleu, et je me suis alors demandé ce que cela pouvait signifier. J'ai ici un exemplaire de ce numéro. Voulez-vous le voir ?

Il sortit dans l'arrière-boutique et revint avec un journal jauni.

– Voilà, il y a six annonces. Je ne sais plus laquelle c'était.

Brixan examina les annonces. L'une était un message passionné d'une mère à son fils, lui demandant de revenir et promettant que « tout serait pardonné ». Une autre était chiffrée ; il n'avait pas le temps d'en rechercher la clef. Une troisième était évidemment un rendez-vous. La quatrième était une réclame mal voilée. À la cinquième, il s'arrêta. Elle disait : « Ennuyé ; instructions définitives à l'adresse que vous ai donnée. Courage. Le Bienfaiteur. »

– Le Bienfaiteur…, dit Michel Brixan. De quoi avait-il l'air, votre client ? Était-il déprimé ?

– Oui, Sir, il semblait bouleversé, désespéré. Il avait l'air de quelqu'un qui perd la tête.

– C'est cela. La description est juste, dit Michel.

4. UNE VEDETTE

La troupe de la *Knebworth Picture Corporation*, tout habillée pour la prise de vues, attendait depuis plus d'une heure au studio.

Jack Knebworth, recroquevillé dans son fauteuil en une pose qui lui était familière, se frottait nerveusement le menton, jetant de temps en temps un coup d'œil à la pendule fixée au-dessus de la porte de son bureau.

À 11 heures, Stella Mendoza fit enfin son apparition, apportant avec elle un parfum de violettes et un malheureux pékinois.

– Auriez-vous adopté l'heure d'été, miss ? demanda lentement Knebworth. Ou peut-être avez-vous pensé que la convocation était pour l'après-midi ? Vous avez fait attendre cinquante personnes, Stella.

– Tant pis pour elles ! fit-elle en haussant les épaules. Vous m'avez dit que vous alliez tourner des extérieurs ; j'ai naturellement pensé qu'il n'y avait pas à se presser. Et puis j'avais ma valise à faire.

– Vous avez naturellement pensé qu'il n'y avait pas à se presser…

Jack Knebworth savait qu'il avait régulièrement trois esclandres par an. Celui-ci était le troisième. Le premier avait été avec Stella, le deuxième avait encore été avec Stella et le troisième allait certainement être avec Stella.

– Je vous avais demandé d'être là à 10 heures. Ces jeunes gens et jeunes filles attendent depuis 9 h 45.

– Voyons, Knebworth, que voulez-vous tourner ? fit-elle avec un mouvement impatient de la tête.

– Mais... vous, surtout, dit Jack avec lenteur. Allez mettre votre costume n° 9 et n'oubliez pas d'enlever vos boucles d'oreilles : vous jouez une petite chanteuse qui crève de faim. Nous devons tourner au château de Griff et j'ai promis au vieux gentilhomme qui nous prête sa demeure que j'aurais terminé les scènes de jour à 3 heures. Si vous étiez une Pauline Frédérick, une Norma Talmadge, ou encore Lillian Gish, vous vaudriez qu'on vous attende ; mais une Stella Mendoza doit être là à 10 heures... Ne l'oubliez plus.

Le vieux Knebworth s'était levé pour enfiler tranquillement son pardessus, tandis que la jeune artiste, rouge de colère, le suivait d'un regard où flamboyait toute sa vanité outragée.

Stella avait jadis été simplement Maggie Stubbs, fille d'un épicier de province, et Jack venait de la traiter comme si elle était encore Maggie Stubbs et non la grande vedette de cinéma, « l'idole des écrans du monde entier », ainsi que prétendait son agent de publicité.

– Fort bien, Knebworth, puisque vous voulez une histoire, vous l'aurez ! Je m'en vais immédiatement ! Dans ma situation, j'ai le droit d'exiger ce qui m'est dû. D'ailleurs, ce rôle doit être complètement changé pour me donner une chance d'y déployer ma personnalité. Il y a beaucoup trop de jeunes premiers là-dedans. Les gens ne paient pas leur place pour voir ces messieurs. Vous n'êtes pas juste à mon égard, Knebworth ; j'ai du tempérament, je le reconnais. Mais vous ne pouvez tout de même pas vous attendre à ce qu'une femme comme moi ne soit qu'une bûche.

– L'ennui avec vous, Stella, c'est que vous n'ayez en guise de cervelle qu'une vraie bûche, grogna le réalisateur ; (puis, sans faire attention à l'expression furieuse adoptée par la jolie physionomie de l'actrice, il continua :) Vous avez passé deux ans à tourner des petits rôles à Hollywood et vous n'avez su rapporter en Angleterre rien d'autre qu'une nouvelle manière de parler que vous auriez parfaitement pu acquérir dans les magazines à deux sous ! Du tempérament ! Oh ! Cela signifie des certificats médicaux lorsque le film est à moitié fini, et des besoins urgents de long repos à moins que vos honoraires ne soient augmentés de 50 % ! Dieu merci, ce film-ci n'est pas encore commencé. Partez, sotte bécasse que vous êtes ! Partez, et le plus vite sera le mieux !

Suffoquée de rage, incapable d'articuler un mot de ses lèvres tremblantes, la jeune fille se précipita dehors.

Le réalisateur aux cheveux blancs promena son regard sur la troupe silencieuse.

– Voici l'heure des miracles, dit-il d'un ton sardonique. Voici le moment où l'extra qui a laissé à la maison la misère et une mère malade devient star en une nuit. Si vous ne savez pas que cela arrive une fois dans l'existence de toute troupe de Hollywood, c'est que vous ne lisez pas les romans. Allons, avancez, Mary Pickford bis !

Les extras souriaient, les unes amusées, les autres mal à l'aise, mais personne ne parla. Adèle était figée, incapable du moindre mouvement.

– La modestie ne fait pas partie de notre métier, persifla Jack. Qui de vous se croit capable de jouer « Roselle » dans cette production ? Car une extra va me jouer ce rôle, croyez-moi ! Je m'en vais lui montrer, à cette pseudo-actrice, qu'il n'y a pas une extra dans ma troupe qui ne puisse jouer mieux qu'elle. Quelqu'un de vous m'a parlé hier d'un rôle à jouer… C'est vous !

De son doigt tendu, il indiqua Adèle qui s'avança, le cœur battant tumultueusement.

– Voyons, j'ai dû voir votre essai, il y a six mois environ, dit Jack. (Puis, se tournant vers son assistant :) Quelque chose n'allait pas pour celle-ci, qu'était-ce donc ?

Le jeune assistant se gratta la tête dans un effort de mémoire.

– Les chevilles ? hasarda-t-il sans se compromettre, connaissant les exigences de Knebworth en matière de chevilles.

– Non, rien qui cloche de ce côté. Sortez le négatif et voyons-le !

Dix minutes plus tard, Adèle était assise à côté de Knebworth dans la salle de projection et elle vit son « essai ».

4. UNE VEDETTE

– Les cheveux ! s'écria tout à coup Knebworth. Je savais bien qu'il y avait quelque chose. Je n'aime pas les cheveux courts ; ils donnent à la femme un air impudent et poseur. Vous les avez laissé repousser ? ajouta-t-il quand on redonna les lumières.

– Oui, Mr Knebworth.

Il la regarda, froidement admiratif.

– Oui, vous ferez l'affaire, conclut-il d'un ton boudeur. Allez au vestiaire et prenez les costumes de miss Mendoza. Mais il y a une chose que je voudrais encore vous dire : il se peut que vous fassiez bien, comme il se peut que vous fassiez mal ; mais, bonne ou mauvaise, sachez qu'il n'y a là aucun avenir pour vous. Donc, ne vous montez pas la tête. La seule femme qui ait quelque chance de réussir en Angleterre, c'est la femme du réalisateur, et moi, je ne vous épouserai jamais, même si vous veniez m'en supplier à genoux ! C'est là la seule catégorie de star qu'admette le public anglais, la femme du réalisateur ; et à moins de l'être, jamais vous… (Il fit un geste de la main pour accentuer la vanité d'un pareil espoir et reprit :) Je m'en vais vous donner un bon conseil, ma petite ; si vous réussissez dans ce film-ci, tâchez donc d'accrocher un de ces réalisateurs anglais bien malins qui vous collent trois pans de décor avec un pot de fleurs au milieu et appellent cela un salon !… Harry, donnez le manuscrit à miss… miss… chose. Et éloignez-vous d'ici, filez en un endroit tranquille et étudiez-le un peu. Harry, voyez la garde-robe. Je vous donne une demi-heure pour lire le scénario !

Tout étourdie, croyant rêver, la jeune fille sortit dans le jardin qui entourait le studio et s'assit à l'ombre, s'efforçant de concentrer toutes ses facultés sur les lignes dactylographiées. Ce n'était pas vrai, ce n'était pas possible ! Tout à coup, elle entendit des pas sur le gravier et leva la tête, alarmée. C'était son visiteur matinal, Michel Brixan.

– Oh, je vous en prie… Il ne faut pas m'interrompre ! implora-t-elle tout agitée. J'ai un rôle… un grand rôle à lire !

Sa détresse était si sincère qu'il eut hâte de s'éloigner.

– Je vous demande mille fois pardon…

Dans son agitation, elle laissa glisser à terre les feuilles volantes qu'elle tenait sur ses genoux ; ils se baissèrent rapidement tous les deux pour les ramasser et leurs têtes se rencontrèrent dans un choc.

– Oh ! pardon… C'est une vieille scène de vaudeville que nous jouons-là…, commença-t-il.

C'est alors que ses yeux tombèrent sur la feuille qu'il venait de ramasser et s'y fixèrent avec avidité. C'était la description d'une scène :

« La cave est spacieuse, éclairée par une lampe au plafond. Au centre, une grille de fer derrière laquelle on voit aller et venir une sentinelle… »

– Ciel ! s'écria Brixan, devenant tout pâle.

Les U de la feuille étaient brouillés, les G illisibles. La page avait été tapée sur la machine avec laquelle le Coupe-Têtes dactylographiait ses terribles avis de mort.

5. MR LAWLEY FOSS

– Qu'y a-t-il ? demanda Adèle, voyant l'expression grave du jeune homme.

– D'où vient cette feuille ?

Il indiqua celle qu'il tenait à la main.

– Je n'en sais rien ; je l'ai trouvée parmi les autres pages du manuscrit, mais j'ai aussitôt remarqué qu'elle ne se rapporte pas à *Roselle*.

– Qui peut me renseigner ?

– Mr Knebworth.

– Où est-il ?

– Passez par cette porte et vous le trouverez dans le studio.

Sans ajouter un mot, il la quitta et entra rapidement dans le bâtiment. Il reconnut instinctivement parmi la troupe l'homme qu'il recherchait. Jack Knebworth fronça les sourcils à la vue de l'étranger, car il interdisait sévèrement les visites aux heures de travail ; mais avant qu'il eût pu demander une explication, Brixan était devant lui :

– Pouvez-vous m'accorder deux minutes ?

– Je ne puis accorder une seule minute à personne ! gronda Jack. Qui êtes-vous et qui vous a laissé entrer ?

– Je suis détective du Foreign Office.

5. MR LAWLEY FOSS

L'attitude de Jack changea aussitôt.

– Qu'y a-t-il ? demanda-t-il en introduisant le détective dans son bureau.

Brixan posa sur la table la feuille dactylographiée.

– Qui a écrit cela ? demanda-t-il.

Jack Knebworth regarda le manuscrit et répondit :

– Je ne l'ai jamais vu. De quoi s'agit-il ?

– Vous n'avez jamais vu ce manuscrit ?

– Non, je puis vous le jurer. Mais mon directeur littéraire pourra vous renseigner.

Il pressa une sonnette et dit à l'employé qui entra :

– Demandez à Mr Lawley Foss de venir tout de suite. Livres, scénarios et pièces à jouer sont remis entièrement entre les mains de mon directeur littéraire, dit-il ensuite en s'adressant au jeune détective. Je ne vois jamais un manuscrit à moins qu'il ne le juge digne de production et même alors, le film n'est pas toujours créé. Si la pièce est mauvaise, je ne la vois même pas. Je ne suis pas plus sûr que ça de n'avoir pas laissé ainsi échapper quelques bons scénarios, car Foss… (Il hésita une seconde.) Ma foi, lui et moi, nous ne sommes pas toujours du même avis. Mais dites-moi, Mr Brixan, de quoi s'agit-il ?

En quelques mots, Michel lui expliqua la gravité de sa découverte.

– Le Coupe-Têtes ! murmura Jack.

On frappa à la porte et Lawley Foss entra. C'était un petit homme fluet, à la physionomie sombre, aux yeux rusés. Son visage, profondément ridé, était celui d'un homme atteint de quelque maladie chronique. Mais la seule maladie qui eût rongé Lawley Foss était l'envie. Dans sa jeunesse, il avait écrit deux pièces qui furent jouées avec succès pendant quelques soirées. Mais après cela, ce fut en vain qu'il frappa aux portes ; aucun metteur en scène ne voulut même feuilleter ses manuscrits…

En entrant dans le bureau de Knebworth, il lança un regard soupçonneux à Michel Brixan.

– J'ai voulu vous voir, Foss, au sujet de cette feuille qui s'est glissée dans le manuscrit de *Roselle,* dit Jack Knebworth. Puis-je dire à Mr Foss ce que vous venez de me raconter, Sir ?

Le détective eut une seconde d'hésitation. Une voix intérieure lui conseillait de garder secrète cette affaire. Mais malgré l'appel du bon sens, il fit oui de la tête.

Lawley Foss écouta passivement les explications du réalisateur concernant le feuillet, puis il le prit des mains de Jack Knebworth et l'examina. Pas un muscle de son visage ne trahit ses pensées.

– J'ai à la bibliothèque un tas de manuscrits et je ne puis vous répondre immédiatement ; mais si vous me permettez d'emporter cette page, je vais rechercher à quelle pièce elle appartient.

À nouveau, Brixan hésita. Il n'avait pas envie de se dessaisir de cette pièce à conviction ; et pourtant, sans une confirmation de ses soupçons, elle n'avait aucune valeur. À contrecœur, il donna son consentement.

– Que pensez-vous de ce type-là ? demanda Jack Knebworth lorsque la porte se fut refermée derrière l'écrivain malchanceux.

– Il ne me plaît pas, avoua Brixan. Je dirai même que ma première impression est franchement mauvaise ; mais me voici probablement bien injuste à l'égard de ce pauvre homme.

Jack Knebworth soupira. Foss était l'un de ses plus gros ennuis, bien plus pesant que la passionnée Stella Mendoza.

– C'est un drôle de type, dit-il. Il est diablement intelligent. Je n'ai jamais rencontré personne qui sache vous prendre un sujet et en sortir quelque chose comme ce Lawley Foss, mais… il n'est pas commode.

– Je le crois sans peine, dit brièvement Brixan.

Ils rentrèrent dans le studio et le détective se mit à la recherche de la jeune fille pour lui expliquer sa brusquerie.

Les yeux d'Adèle étaient pleins de larmes quand il l'approcha ; sa brusque fuite avec la feuille de papier à la main avait rendu toute concentration impossible chez la jeune artiste.

– Je vous prie de m'excuser. Je souhaiterais presque de n'être pas venu ici…, dit-il avec regret.

– Moi, je le souhaite bel et bien ! s'exclama-t-elle, souriant malgré elle. Qu'y avait-il dans la feuille que vous avez emportée ? Vous êtes bien un détective, n'est-ce pas ?

– Je l'avoue, dit bravement Brixan.

– Avez-vous dit la vérité en me disant que mon oncle…

Elle s'arrêta, cherchant ses mots.

– Non, je ne vous ai pas dit la vérité, répliqua doucement Brixan. Votre oncle est mort, miss Leamington.

– Mort ! s'écria-t-elle.

– Oui, il a été assassiné dans des circonstances mystérieuses.

Le visage d'Adèle devint subitement blême.

– Ce n'est pas sa tête qu'on a retrouvée à Esher ?

– Comment l'avez-vous appris ? interrogea Brixan.

– Je l'ai lu ce matin dans le journal.

Il maudit intérieurement le reporter doué de trop de flair qui avait su trouver la trace de ce nouveau drame.

Mais tôt ou tard, il aurait bien fallu que la jeune fille apprît la vérité.

Le retour de Foss le dispensa d'autres explications. L'homme eut une conversation à voix basse avec Jack Knebworth, puis le directeur fit signe à Brixan.

– Foss ne retrouve pas le manuscrit, dit-il, rendant le feuillet au détective. Il se peut que ce soit là une page échantillon envoyée pour examen préliminaire. Ou encore un héritage de nos prédécesseurs : j'ai repris ce studio avec tout un lot de manuscrits à une compagnie en faillite.

Il tira impatiemment sa montre. Brixan s'empressa de lui demander :

– Vous partez tourner en extérieur, Sir ; me permettriez-vous de venir avec vous ? Je vous promets de ne pas vous déranger.

Jack accepta d'un bref mouvement de la tête. Quelques minutes plus tard, Michel Brixan était assis à côté d'Adèle sur la banquette du char à bancs qui les emmenait jusqu'au lieu de la prise de vues.

6. LE CHÂTELAIN DE GRIFF

Le char à bancs avait parcouru toute la première partie de la route sans qu'Adèle adressât la parole au jeune homme. Elle lui en voulait un peu de s'être ainsi imposé à elle ; d'autre part, son énervement à l'approche de l'épreuve décisive s'était transformé en un vrai trac et rendait toute conversation impossible.

– Je vois que ce Mr Lawley Foss vient avec nous, prononça enfin Michel Brixan pour rompre le silence.

– Il nous accompagne toujours en extérieur, répondit-elle d'un ton bref. Il arrive fréquemment qu'un scénario soit modifié pendant le tournage.

– Où allons-nous en ce moment ? demanda-t-il.

– Au château de Griff, d'abord. C'est une grande propriété appartenant à sir Gregory Penne.

La jeune fille répondait à Brixan par pure politesse.

– Mais je croyais que nous allions à Dower House ?

Elle le regarda en fronçant légèrement les sourcils.

– Pourquoi donc m'interrogez-vous ? dit-elle presque fâchée.

– Parce que j'aime à vous entendre parler, déclara calmement le jeune homme. Sir Gregory Penne ? Il me semble que je connais ce nom-là.

Elle ne répondit pas.

– Il a passé plusieurs années sur l'île de Bornéo, n'est-ce pas ?

– C'est un homme abominable. Je le déteste ! s'exclama-t-elle tout à coup avec véhémence.

Elle n'expliqua pas la cause de cette antipathie et Michel Brixan eut la discrétion de ne pas insister, mais elle ajouta bientôt :

– J'ai été deux fois chez lui. Il a un très beau jardin que Mr Knebworth utilise parfois. Je n'y suis allée qu'en qualité d'extra et j'étais tout à fait à l'arrière-plan. Mais j'aurais voulu être encore plus effacée. Il a une drôle d'opinion sur les femmes et surtout sur les artistes… Ce n'est pas que je m'imagine être une grande artiste, ajouta-t-elle vite, mais je parle de toutes celles qui jouent pour gagner leur vie. Aujourd'hui, nous n'avons, Dieu merci, qu'une seule scène à tourner à Griff, et sir Gregory ne sera peut-être pas chez lui ; quoique ce soit peu probable : il est toujours là lorsque je viens.

Brixan lui jeta un coup d'œil à la dérobée. La première impression qu'il avait eue de sa beauté était plus que confirmée. Il y avait dans le visage de la jeune fille quelque chose de soucieux qui était très touchant ; l'honnêteté de ses yeux sombres lui dévoilait tout

6. LE CHÂTELAIN DE GRIFF

ce qu'il eût voulu savoir sur ce qu'elle pensait de l'admiration de ce sir Gregory.

– C'est curieux comme dans les romans tous les nobles gentilshommes sont des bandits, dit-il, et ce qui est plus curieux encore, c'est qu'en effet, tous les baronnets que j'ai connus étaient d'une moralité douteuse. Je vous ennuie, n'est-ce pas ? demanda-t-il à brûle-pourpoint, quittant ce ton de badinage.

Elle se tourna vers lui.

– Oui, un peu, dit-elle franchement. Voyez-vous, Mr Brixan, je vais avoir tout à l'heure à courir mon unique chance, une chance comme il n'en arrive aux extras que dans les romans, et j'en ai une peur mortelle. Votre présence ajoute encore un peu à mon énervement ; mais ce qui porte ma terreur à son comble, c'est que la première scène doit être tournée à Griff. J'en ai horreur, j'en ai horreur ! ajouta-t-elle, presque hors d'elle. Cette immense et lugubre maison, avec ses tigres empaillés et ses horribles sabres…

– Des sabres ? demanda-t-il rapidement. Que voulez-vous dire ?

– Des sabres d'Orient, oui… Les murs en sont couverts. Leur seul aspect me fait frissonner. Mais sir Gregory en fait son bonheur ; la dernière fois que nous y sommes allés, il a raconté à Knebworth que toutes ces lames étaient aussi tranchantes qu'en sortant de fabrication, et certaines d'entre elles datent pourtant de trois cents ans. Cet homme est extraordinaire. Il peut trancher en deux une pomme posée sur votre main sans vous faire une égratignure. C'est un de ses amusements favoris… Et voici la maison en question. Sa vue suffit à me donner le frisson !

Le château de Griff était une de ces sombres demeures qu'aimaient à bâtir les architectes sous le règne de Victoria. L'unique tour grise, placée à l'aile gauche du château, lui donnait un aspect mal équilibré – qui ne suffisait cependant pas à distraire l'attention de la laideur de la bâtisse rectangulaire. L'absence de verdure autour de la maison ajoutait encore à l'impression lugubre qu'elle produisait ; elle s'élevait, morne, au centre d'une plate-forme recouverte de gravier.

– Cela ressemble à une caserne avec un terrain de parade, dit Brixan.

Ils passèrent la grille et le char à bancs s'arrêta. Le jardin devait se trouver derrière la maison.

Le détective descendit de son siège et alla trouver Jack Knebworth qui surveillait déjà le déchargement de la caméra et des projecteurs. Derrière le char, on plaça la grande dynamo avec ses trois arcs électriques qui devaient renforcer l'éclairage du jour.

– Ah, vous voilà, vous ! grogna Jack. Vous allez me rendre le service de ne pas me déranger, car j'ai devant moi une matinée éreintante.

– Je viens vous demander de me prendre comme… comment dit-on ? Comme extra, dit Michel.

Le vieillard fronça les sourcils.

– En voilà une idée ! Pour quoi faire ? demanda-t-il, soupçonneux.

– J'ai une excellente raison pour vous demander cela. Et je vous promets que rien de ce que je ferai ne vous dérangera. La vérité, Mr Knebworth, c'est que je voudrais être près de vous pour le reste de la journée et que j'ai besoin d'un prétexte.

Jack Knebworth se renfrogna, se mordit les lèvres, se gratta le menton, puis bougonna :

– C'est bon ! Vous nous serez peut-être utile. Quoique j'aurai amplement à faire à diriger une seule débutante… Vous avez de la chance que je ne vous envoie pas promener.

Il y avait dans la troupe un grand jeune homme dont les cheveux, peignés en arrière, semblaient avoir été brossés à la colle, puis passés au vernis. C'était un assez joli garçon ; il avait fait le trajet assis à gauche d'Adèle, sans prononcer une parole. Lorsque Michel Brixan eût fait sa demande à Knebworth, cet acteur leva les sourcils et, s'approchant du réalisateur, les mains dans les poches, demanda d'un ton vexé :

– Dites-moi, Mr Knebworth, quel est donc cet oiseau ?

– Quel oiseau ? grogna Jack. Ah, vous parlez de Brixan ? C'est un extra.

– Oh, un extra ? dit le jeune homme. Mais c'est réellement exaspérant que des extras se croient les égaux des artistes ! Et cette petite Leamington… Elle va tout simplement gâcher le film, je vous le jure !

– Vous le jurez ! ricana Knebworth. Écoutez donc, Mr Connolly, je ne suis pas enchanté de votre travail au point de vous permettre de faire de semblables pronostics, même concernant une extra.

– Mais je n'ai encore jamais joué avec une extra pour partenaire !

– Alors, vous deviez vous sentir bien seul, marmotta Jack, occupé à son installation.

– Tenez, Mr Knebworth, Mendoza, voilà une artiste…, recommença le jeune premier.

Jack Knebworth se redressa.

– Vous, passez de l'autre côté ! hurla-t-il. Lorsque j'aurai besoin des conseils de beaux gosses de votre espèce, je vous les demanderai. Pour le moment, vous êtes de trop ici !

Reggie Connolly dut s'éloigner ; d'un haussement d'épaules, il signifia que le film allait être gâché, mais qu'il dégageait toute sa responsabilité.

À l'arrivée de la troupe, sir Gregory Penne parut devant la grande porte d'entrée de son château. C'était un homme trapu. Le soleil de Bornéo et un appétit exagéré avaient coloré son visage d'un teint allant du pourpre au brun. Sa physionomie était sillonnée de rides innombrables ; ses yeux étaient fortement bridés. Le menton, d'une rondeur féminine, semblait être le seul point de sa figure que le soleil et d'autres stimulants aient laissé dans son état naturel.

Tandis qu'il descendait la pente pour venir rejoindre les acteurs, Brixan put l'examiner à loisir. Sir Gregory portait un vêtement de golf à carreaux de couleurs voyantes où le rouge prédominait. Une volumineuse casquette était enfoncée sur ses yeux. Retirant un reste de cigare d'entre ses dents, il s'essuya les moustaches du revers de la main d'un geste rapide et caractéristique.

– Bonjour, Knebworth, prononça-t-il.

Sa voix était dure et cruelle ; une voix que jamais le rire ni la tendresse n'avaient adoucie.

– Bonjour, sir Gregory.

Le vieux Knebworth fit quelques pas à sa rencontre.

– Je m'excuse d'être en retard.

– Vous n'avez pas à vous en excuser, répondit l'autre. Mais j'avais cru que vous viendriez plus tôt. Avez-vous amené ma poulette, dites ?

– Votre poulette ? (Jack le regarda, franchement interloqué.) Vous parlez de Mendoza ? Non, elle ne vient pas.

– Je ne parle pas de Mendoza, si c'est le nom de la petite brune. Mais peu importe, je plaisantais.

« Qui peut bien être sa *poulette* ? » se demandait Jack, ignorant les deux malheureux incidents dont avait été l'objet l'une de ses extras. Mais il eut bientôt la clef de ce mystère : le baronnet s'approcha lentement d'Adèle Leamington, qui faisait mine d'être très absorbée par la lecture de son rôle.

– Bonjour, petite fille, dit-il en soulevant sa casquette d'un centimètre au-dessus de sa tête.

– Bonjour, sir Gregory, répondit-elle froidement.

– Vous n'avez pas tenu votre promesse ! (Il hocha la tête avec reproche.) Ô femme, éternelle femme !

– Je ne me rappelle pas vous avoir fait une promesse, dit tranquillement la jeune fille. Vous m'aviez demandé de venir dîner avec vous et je vous ai répondu que c'était impossible.

– Je vous avais pourtant promis de vous envoyer ma voiture. Ne me dites pas que c'est trop loin de chez vous. Mais cela ne fait rien, je ne vous en veux pas.

Et, à l'indignation de Brixan, il caressa le bras de la jeune fille d'un geste qui se voulait paternel, mais qui la remplit d'horreur. Elle retira vivement son bras et, tournant le dos à cet amoureux, courut vers Jack Knebworth pour lui poser une question incohérente sur le sens d'une ligne parfaitement claire du manuscrit.

Le vieux Knebworth n'était pas un sot. Il avait suivi de loin la petite comédie et en avait compris tous les gestes.

« C'est la dernière fois que nous tournons au château de Griff », se dit-il.

Car Jack Knebworth avait certains principes en matière de conduite et ses opinions sur la femme étaient diamétralement opposées à celles de sir Gregory Penne.

7. LES ÉPÉES ET BHAG

La petite troupe s'éloigna, laissant le détective seul avec le baronnet. Pendant quelques instants, Gregory Penne suivit la jeune fille d'un regard allumé ; puis il remarqua la présence de Brixan et tourna vers lui ses yeux froids et insolents.

– Qui êtes-vous ? demanda-t-il en examinant le détective de haut en bas.

– Je suis un extra, dit Brixan.

– Ah, un extra ? Une espèce de garçon de cœur, quoi ? Qui se maquille et se poudre la face… Quelle vie pour un homme !

– Il y en a de pires, dit Brixan, faisant un effort pour dominer son antipathie.

– Connaissez-vous cette petite… comment s'appelle-t-elle… Leamington ? demanda tout à coup le baronnet.

– Je la connais très bien, affirma Brixan.

– Ah, vraiment ? (Le châtelain devint soudainement aimable.) C'est une gentille petite. Elle est bien différente des autres figurantes. Vous pourriez me l'amener un soir à dîner. Elle viendrait bien avec vous, hein ?

De ses paupières bouffies, le vieillard essaya un clignement d'œil complice. Quelque chose dans cet homme intéressait Michel Brixan : c'était une brute, mais une brute munie d'un cerveau ; et pourtant, il devait avoir quelque chose de plus, ayant occupé un poste de haut fonctionnaire.

– Avez-vous à jouer en ce moment ? Si non, vous pourriez monter avec moi et jeter un coup d'œil sur mes épées, dit tout à coup sir Gregory.

Michel comprit que cet homme tenait, pour une raison quelconque, à cultiver sa société.

– Non, je ne joue pas en ce moment, répondit-il.

Aucune autre invitation n'aurait pu lui causer un plus grand plaisir. Sans que le maître de céans l'eût deviné, Michel Brixan s'était en effet promis de ne pas quitter Griff avant d'avoir examiné cette curieuse collection.

– Oui, c'est une gentille petite.

Penne revenait à son sujet favori.

– Comme je viens de vous le dire, c'est une trouvaille dans le tas des figurantes : jeune, fraîche, virginale ! Vos autres petites camarades n'ont en elles plus aucun mystère. Elles me révoltent. Une jeune fille, il faut que ce soit comme une petite fleur printanière. Parlez-moi de la violette, de la pâquerette : je donnerais volontiers tout un bouquet de roses cultivées pour un seul pétale de ces petites chéries de la forêt !

Michel écoutait ce bavardage avec un dégoût mêlé pourtant d'un certain intérêt. Ce vieillard disait des choses écœurantes, monstrueuses. Brixan eut parfois de la peine à ne pas lever la main sur l'homme obscène qui marchait à côté de lui ; c'est en adoptant à son égard l'attitude d'un naturaliste enthousiaste en face d'un serpent qu'il put se dominer.

Le grand hall dans lequel ils entrèrent était pavé de briques ; levant les yeux sur les murs, Brixan aperçut les fameuses lames. Il y en avait des centaines : poignards, épées, anciens sabres japonais, stylets et dagues des croisés à poignée double.

– Qu'en pensez-vous, hein ?

Sir Gregory parlait avec la fierté d'un collectionneur enthousiaste.

– Il n'y a pas ici une arme qui ait sa pareille, mon petit ; et vous ne voyez là que le moins intéressant de ma collection.

Il conduisit son visiteur à travers un large corridor éclairé par des fenêtres étroites et espacées, et, là encore, les murs étaient couverts d'armes brillantes. Ouvrant une porte, sir Gregory le fit entrer dans une grande pièce qui lui servait à l'évidence de bibliothèque, quoique les livres n'y fussent pas nombreux ; ceux que Brixan vit au premier coup d'œil étaient des volumes qu'on trouve généralement dans toute maison de gentilhomme campagnard.

Au-dessus de la cheminée, le détective aperçut deux grands sabres d'un modèle qu'il n'avait pas encore rencontré.

– Que pensez-vous de ceux-là ?

Penne décrocha l'une des lames et la sortit de son fourreau.

– N'en essayez pas le tranchant, vous vous couperiez. Cette lame trancherait un cheveu, mais elle vous fendrait aussi bien en deux sans que vous eussiez le temps de vous en apercevoir.

Puis son attitude changea soudainement ; arrachant presque le sabre des mains de Brixan, il le remit dans le fourreau et l'accrocha à sa place.

7. LES ÉPÉES ET BHAG

– C'est une arme de Sumatra, n'est-ce pas ?

– Elle vient de Bornéo, répondit brièvement le baronnet, les sourcils froncés.

Il était évident que cette arme avait éveillé en lui des souvenirs désagréables. Pendant un long moment, il tisonna en silence le feu qui brûlait dans la cheminée.

– J'ai tué son propriétaire, dit-il enfin. Du moins, c'est, bien ce que j'espère !

Il se retourna et Brixan put lire la peur dans ses yeux.

– Asseyez-vous, Sir…, commanda-t-il, indiquant au jeune homme un siège bas. Nous allons boire quelque chose.

Il appuya sur une sonnette ; au grand étonnement de Brixan, un petit homme à la peau cuivrée, nu jusqu'à la ceinture, répondit à l'appel. Gregory donna un ordre dans une langue inconnue, mais qui devait être du malais. Le serviteur sortit après un bref salut, puis revint presque instantanément, apportant un plateau avec une carafe et deux verres.

– Je n'ai pas de serviteurs blancs… Je ne puis les supporter, dit Penne, avalant d'un seul coup le contenu de son verre. J'aime les serviteurs qui ne volent pas et ne bavardent pas. Ceux-ci, vous pouvez les fouetter sans ennui s'ils désobéissent. J'ai ramené ce garçon-là l'année dernière de Sumatra ; c'est bien le meilleur valet de chambre que j'aie jamais eu.

– Retournez-vous chaque année à Bornéo ? demanda Michel.

– Presque chaque année. Je possède un yacht ; il est à Southampton en ce moment. Si je ne m'en allais pas de ce maudit pays une fois par an, je deviendrais fou ! On n'a rien, ici ! Vraiment rien ! Avez-vous jamais rencontré cette espèce de fou, Mr Longvale ? Knebworth m'a dit que vous alliez tourner chez lui. Quel vieil âne ! Il vit dans le passé et s'habille comme une réclame pour vins fins. Prendrez-vous encore un verre ?

– Non, merci, je n'ai pas encore fini le mien, dit Brixan avec un sourire.

Ses yeux allèrent au sabre suspendu au-dessus de la cheminée.

– L'avez-vous depuis longtemps, celui-là ? Il semble être tout moderne.

– Mais non, il n'est pas moderne, coupa Gregory. Moderne ! Il a au moins trois cents ans. Je ne le possède que depuis un an.

Brusquement, il changea de nouveau de sujet.

– Vous me plaisez, Sir… Chose. Moi, les gens me plaisent ou me déplaisent au premier contact. Vous êtes un type qui pourrait réussir en Orient. J'y ai fait deux millions, moi. L'Orient est plein de merveilles, mais aussi plein de choses incroyables. (Il fixa Brixan d'un regard brillant.) Plein de bons serviteurs, dit-il lentement. Voulez-vous faire connaissance du serviteur parfait ?

Il y avait dans son ton quelque chose de particulier. Brixan acquiesça.

– Voulez-vous voir l'esclave qui ne pose jamais de questions et ne désobéit jamais, qui n'a d'autre amour que l'amour de son maître, (il se frappa la poitrine.) d'autre haine, que celle des gens que je hais… mon confident… Bhag ?

Il se leva, alla à son bureau et pressa un ressort que Brixan n'avait pas remarqué. Un panneau s'ouvrit aussitôt dans le mur opposé. Pendant une seconde, Brixan ne vit rien. Puis, les yeux clignotant à la lumière, apparut la plus sinistre et la plus terrifiante des silhouettes. Il fallut à Brixan toute sa volonté pour étouffer l'exclamation qui lui était montée aux lèvres.

8. BHAG

C'était un grand orang-outang de plus de deux mètres de haut qui, voûté, mi-assis, examinait le visiteur de ses yeux malins. Sa poitrine velue était énorme ; ses bras, qui touchaient presque le plancher, étaient aussi épais qu'une jambe humaine. Il était habillé d'un pantalon de toile bleue retenu par des bretelles qui se croisaient sur son large dos.

– Bhag ! appela sir Gregory d'une voix si douce que Brixan put à peine la reconnaître. Viens ici.

La bête gigantesque traversa la pièce à grands pas.

– C'est un ami, Bhag.

Le singe tendit la main et les doigts de Brixan se trouvèrent pour une seconde emprisonnés dans sa paume velue. Puis il porta sa main à ses narines et renifla bruyamment. Ce fut le seul son qu'il émit.

– Apporte-moi des cigares, dit Penne.

Le singe se dirigea immédiatement vers un petit meuble, tira un tiroir et apporta une boîte.

– Pas ceux-là, dit Gregory, les petits.

Il parlait distinctement, articulant les syllabes comme pour parler à un sourd et la hideuse créature replaça sans hésitation la boîte et en offrit une autre.

– Verse-moi un whisky-soda.

Le singe obéit. Il ne répandit pas une goutte et quand son maître lui dit « assez », il replaça le bouchon dans la carafe et remit celle-ci en place.

– Merci, Bhag, c'est tout.

Sans un son, le singe se dirigea vers le panneau ouvert et disparut. La porte se referma derrière lui.

– Grand Dieu, mais c'est une créature humaine ! dit Brixan, la gorge sèche d'émotion.

Sir Gregory ricana :

– Plus qu'humaine, dit-il. Bhag, c'est mon bouclier contre tout mal.

Ses yeux semblèrent se fixer instinctivement sur l'épée au-dessus de la cheminée.

– Où se tient-il ?

– Il possède son petit appartement et il l'entretient dans une grande propreté. Il mange avec les serviteurs.

– Quelle horreur ! s'exclama le détective.

Gregory ricana encore, content de sa stupéfaction.

– Mais oui, il mange avec les domestiques. Ils en ont peur et ils l'adorent en même temps ; c'est une sorte de dieu pour eux et ils le craignent. Savez-vous ce qui se serait produit si j'avais dit : cet homme est mon ennemi ? Il vous aurait déchiqueté membre après membre. Rien n'aurait pu vous sauver, Sir… Chose, rien ! Et pourtant, il sait être doux… Ah oui, il peut être doux. Et intelligent ! Il sort presque chaque nuit et je n'ai jamais eu aucune plainte des villageois. Pas de bêtes volées, pas de gens effrayés. Il s'en va rôder tout simplement dans les bois et ne tue pas même un poulet.

– Depuis combien de temps l'avez-vous ?

– Depuis huit ou neuf ans, dit le baronnet en avalant le whisky que le singe lui avait versé. Et maintenant, sortons et allons voir les acteurs. C'est une gentille petite, hein ? N'oubliez pas que vous allez me l'amener à dîner, n'est-ce pas ? Comment vous appelez-vous ?

– Brixan, Michel Brixan.

Sir Gregory marmotta quelque chose d'inintelligible.

– Je m'en souviendrai… Brixan. J'aurais dû le dire à Bhag. Il aime à connaître les noms.

– Mais m'aurait-il donc reconnu si vous le lui aviez dit ? demanda Brixan avec un sourire.

– S'il vous aurait reconnu ? Non seulement il vous reconnaîtra à l'avenir, mais il sera maintenant capable de trouver votre trace. Avez-vous remarqué comme il a flairé sa main après avoir serré la vôtre ? C'était pour vous classer, mon garçon. Si je lui disais : va porter ce message à Brixan, il vous trouverait n'importe où.

Lorsqu'ils arrivèrent dans le jardin placé derrière le château, la première scène du film était terminée et un large sourire sur la figure de Jack Knebworth fit comprendre à Brixan que les craintes d'Adèle n'avaient pas été justifiées.

– Cette petite est une perle, dit Jack. Une actrice née, faite pour la scène… C'est presque trop beau pour être vrai. Que me voulez-vous encore ?

C'était Reggie Connolly qui, souffrant de cette obsession commune à tous les jeunes premiers, estimait qu'on ne lui offrait pas la possibilité d'apparaître suffisamment à l'écran.

– Dites-moi, Mr Knebworth, dit-il d'un ton vexé, on ne me voit pas beaucoup, moi, dans cette histoire ! Jusqu'à présent, c'est à peine s'il y a eu dix mètres de moi dans tout le film. Écoutez, ce n'est pas juste, tout de même. Si on doit paraître…

– Vous n'avez pas à *paraître*, dit Jack brusquement. Et l'un des principaux griefs de Mendoza avait été justement qu'on vous voyait trop.

Brixan s'éloigna. Sir Gregory Penne s'était dirigé vers Adèle, trop bouleversée de bonheur pour garder un ressentiment même contre cet homme qu'elle détestait cordialement.

– Petite fille, je voudrais vous parler avant votre départ, dit-il, baissant la voix.

Pour la première fois, elle lui sourit.

– Eh bien, vous en avez l'occasion en ce moment, sir Gregory.

– Je voudrais vous dire combien je regrette ce qui s'est passé l'autre jour, et combien je vous estime pour ce que vous avez dit, car une jeune fille a le droit de garder ses baisers pour l'homme qui lui plaît. N'est-ce pas ?

– Mais bien entendu, dit-elle. Je vous en prie n'y pensez plus, sir Gregory.

– Je n'avais aucun droit de vous embrasser contre votre volonté, surtout pendant que vous étiez chez moi. Me pardonnerez-vous ?

– Mais je vous pardonne, dit-elle.

Elle voulut s'éloigner ; il lui saisit le bras.

– Vous allez venir dîner chez moi, n'est-ce pas ? (Il indiqua d'un geste de la tête l'endroit où se trouvait Brixan.) Votre ami m'a dit qu'il vous amènerait.

– Quel ami ? demanda-t-elle, les sourcils levés. Vous parlez de Mr Brixan ?

– Oui, le petit Brixan. Pourquoi donc vous liez-vous avec ce genre d'homme ? Ce n'est pas qu'il ne soit pas un brave garçon. Personnellement, il me plaît. Alors, viendrez-vous ?

– Je regrette, mais je ne le pourrai pas, répondit-elle, son aversion pour cet homme lui revenant.

– Petite fille, dit-il avec émotion, il n'y a rien au monde que vous ne puissiez obtenir de moi. Qu'avez-vous besoin de fatiguer votre jolie personne à ce métier d'actrice ? Je vous donnerai une troupe à vous, si vous le voulez, et la plus belle voiture que l'argent puisse payer.

Les yeux de l'homme luisaient comme deux points enflammés. Elle en frissonna.

– Je possède tout ce que je désire, sir Gregory, dit-elle.

Elle était furieuse contre Michel Brixan. Comment avait-il osé accepter une invitation en son nom ? Comment osait-il se dire son ami ? Sa colère dépassait presque l'antipathie qu'elle éprouvait pour son persécuteur.

– Venez ce soir, venez avec lui…, dit Penne dans un souffle. Je le veux… M'entendez-vous ? Toute la troupe sera chez le vieux Longvale. Vous pourrez facilement vous échapper.

– Je n'en ferai rien. Je pense que vous ne vous rendez pas compte vous-même de ce que vous me proposez, sir Gregory, dit-elle calmement. Quelles que soient vos intentions, c'est une insulte à mon égard.

Faisant brusquement demi-tour, elle le quitta. Brixan aurait voulu lui parler ; mais elle passa, la tête haute, lui jetant un regard qui le cloua sur place, quoique, après un moment de réflexion, il en devinât la cause.

Lorsque les appareils furent pliés et que la troupe fut remontée dans le char à bancs, Brixan vit Adèle se placer ostensiblement entre Jack Knebworth et le jeune premier qui boudait ; il crut sage d'aller s'asseoir à quelque distance d'elle.

La voiture allait partir lorsque sir Gregory s'approcha de Brixan et, montant sur le marchepied, commença :

– Vous m'aviez dit que vous la persuaderiez…

– Pour vous le dire, répondit Brixan, j'aurais certainement dû être ivre ; or, il me faut plus d'un verre de whisky pour me réduire à ce triste état. Miss Leamington est une créature libre et elle serait bien mal avisée d'aller dîner seule avec vous ou avec un autre homme.

Il s'attendait à une rebuffade, mais, à sa grande surprise, le vieillard ricana seulement et lui fit un signe amical d'adieu. En tournant la tête au moment où la voiture passait la grille, il vit sir Gregory en conversation avec un autre homme ; il reconnut Foss qui, pour une raison inconnue, était resté en arrière.

Le regard du jeune homme se porta alors à la fenêtre de la bibliothèque où le monstre Bhag, enfermé dans son logis obscur, attendait les instructions de son maître pour les exécuter sans raisonnement ni pitié. Michel Brixan, tout endurci qu'il fût au danger, se sentit frissonner.

9. LE NOBLE ANCÊTRE

Dower House se trouvait à l'écart de la grande route. C'était un fouillis de constructions basses placées derrière des buissons désordonnés et un mur croulant. À une époque lointaine, cette propriété avait eu un garde ; maintenant, la loge était déserte, ses fenêtres étaient brisées et des brèches s'ouvraient dans le toit. Le portail n'avait plus été fermé depuis des générations ; il gisait, appuyé contre le mur, ainsi que l'avait jeté la dernière personne ayant ouvert la grille de *Dower House*.

Ce qui jadis avait été une belle pelouse n'était plus qu'un fourré d'herbes sauvages. Le chardon et les orties s'entremêlaient là où autrefois de galants gentilshommes avaient joué à la paume. Dès le premier coup d'œil, Brixan jugea qu'une seule partie de la maison devait être habitée. Dans une aile seulement les fenêtres étaient en bon état ; partout ailleurs, elles étaient brisées ou tellement couvertes de poussière qu'elles semblaient avoir été peintes en gris.

Amusé et intrigué, Brixan découvrit le pittoresque Mr Sampson Longvale, qui s'avança à leur rencontre, sa tête chauve luisant au soleil, sa culotte fauve, son gilet de velours et son veston démodé tel que Gregory Penne l'avait décrit.

– Ravi de vous voir, Mr Knebworth. Je n'ai qu'une pauvre demeure, mais je vous offre mon hospitalité de grand cœur ! J'ai préparé le thé dans ma petite salle à manger. Voudriez-vous me présenter aux autres membres de votre troupe ?

Sa courtoisie, sa dignité d'un autre siècle, étaient charmantes, et Brixan ressentit une chaude sympathie pour cet aimable vieillard qui savait évoquer malgré l'atmosphère moderne l'exquis parfum de l'âge passé.

– J'aimerais tourner une scène avant le coucher du soleil, Mr Longvale, dit Knebworth. Aussi, si vous voulez bien me le permettre, je n'accorderai que quinze minutes pour le thé. Où est Foss ? demanda-t-il, se retournant. Je voudrais modifier une scène.

– Mr Foss a dit qu'il reviendrait du château de Griff à pied, répondit quelqu'un. Il avait à parler à sir Gregory.

Jack Knebworth eut à l'adresse de son collaborateur bavard un juron aussi vigoureux qu'original.

– J'espère qu'il n'est pas resté en arrière pour emprunter de l'argent, ajouta-t-il, s'adressant à Brixan. Si je n'y fais pas attention, ce garçon-là va compromettre mon crédit dans le pays.

Il semblait être revenu de son mauvais sentiment à l'égard du détective ; ou peut-être sentait-il qu'il ne pouvait, sans rompre la discipline instituée, se laisser aller à la confidence avec une autre personne de la troupe.

– A-t-il cette tendance ? interrogea Brixan.

– Il manque constamment d'argent et est toujours en train d'inventer quelque truc abracadabrant pour en gagner, truc qui le laisse chaque fois plus pauvre que jamais. Lorsqu'on se fourre dans une telle situation, la prison n'est pas loin, vous savez. Allez-vous rester ici pour la nuit ? dit-il, changeant de sujet. Je ne crois pas que vous puissiez coucher dans la maison ; je suppose que vous allez retourner à Londres ?

– Non, pas ce soir, dit rapidement Brixan. Ne vous occupez pas de moi, je vous en prie. Je ne veux surtout pas vous déranger.

– Venez faire la connaissance du vieux, dit Knebworth à voix basse. C'est un drôle de bonhomme, au cœur d'enfant.

– Il m'a plu de prime abord, dit Brixan.

Mr Longvale accueillit aimablement cette nouvelle présentation.

– Je crains qu'il n'y ait pas de place pour tout le monde dans ma salle à manger. J'ai disposé une autre table dans ma bibliothèque. Peut-être voudrez-vous y prendre votre thé en compagnie de vos amis ?

– Oh, c'est trop aimable de votre part, Mr Longvale. Connaissez-vous déjà Mr Brixan ?

Le vieillard sourit et fit un signe affirmatif.

– J'ai fait sa connaissance sans m'en apercevoir. Je ne me rappelle jamais les noms… C'est un défaut curieux dont était également affligé mon arrière-grand-oncle Charles, ce qui l'amena à certaines confusions dans ses mémoires. De sorte que plusieurs des incidents qu'il y relate ont même été considérés comme apocryphes.

Mr Longvale les fit entrer dans une pièce étroite qui s'étendait sur toute la largeur de la maison. Son plafond était soutenu par des poutres noircies ; les lambris, polis et usés par le temps, devaient

9. LE NOBLE ANCÊTRE

dater de cinq cents ans au moins. « Point d'épées au-dessus de cette cheminée », pensa Brixan en souriant. Au lieu d'armes, il aperçut le portrait d'un beau vieillard, dont le visage avait une expression d'une dignité étonnante. Un seul mot pouvait rendre l'impression qu'il produisait : il était majestueux.

Brixan ne fit aucun commentaire sur ce portrait et le maître de la maison n'en dit rien non plus. Le repas fut rapidement expédié et bientôt, assis sur le pan d'un mur, Brixan put assister au tournage d'une scène de *Roselle*. Il fut frappé par les dons artistiques extraordinaires que déployait Adèle. Il connaissait suffisamment le cinéma pour deviner le prix qu'un réalisateur pouvait attacher à une actrice aussi capable de reproduire fidèlement les mouvements et les émotions qu'il lui dictait.

En d'autres circonstances, il aurait pu trouver grotesque de voir Jack Knebworth imiter une jeune fille, appuyer sa joue ridée sur le revers de la main et marcher à pas menus d'un bout de la scène à l'autre. Mais il se rendait compte que le metteur en scène ne faisait que dessiner adroitement les contours du rôle à jouer, laissant à la fine artiste la tâche d'exprimer sa personnalité dans les détails délicats qui feraient les délices des amateurs de l'art muet. Elle n'était plus Adèle Leamington ; elle était Roselle, l'héritière d'une grande propriété dont un cousin mal intentionné cherchait à la déposséder. Brixan reconnut facilement l'histoire. C'était un remake de *The Cat and the canary* agrémenté de quelques scènes de *Miracle Man*. Il signala la chose au réalisateur à la fin de la scène.

– Je suppose que c'est un vol, dit Jack Knebworth avec philosophie, mais je n'approfondis pas la chose. C'est un scénario de Foss et je serais navré de découvrir qu'il contient quelque chose d'original.

Mr Foss fit une apparition tardive et Brixan se demanda quelle avait été la nature de l'entretien confidentiel qui l'avait retenu auprès de sir Gregory.

Revenant au salon, il s'arrêta pour contempler le coucher du soleil, méditant sur ce mystère des mystères… l'impression extraordinaire qu'Adèle avait produite sur lui.

Michel Brixan avait connu bon nombre de jolies femmes, de tous les genres ; il en avait envoyé quelques-unes en prison. Un jour, à Vincennes, il assista même à l'exécution de l'une d'elles par un peloton français. Plusieurs lui avaient plu ; il crut en aimer une. Et voilà qu'aujourd'hui, en analysant froidement ses sentiments, il se sentait en danger de tomber réellement amoureux d'une jeune fille qu'il ne connaissait que depuis quelques heures.

– Ce qui serait absurde ! prononça-t-il à haute voix.

– Qu'est-ce qui serait absurde ? demanda Knebworth qui venait d'entrer dans la chambre.

– Moi aussi, je me demandais à quoi vous pensiez, sourit Mr Longvale qui avait observé le jeune homme en silence.

– Moi ?... Eh bien, je songeais à ce portrait.

Michel se tourna et indiqua le tableau au-dessus de la cheminée ; dans un certain sens, il disait la vérité, car cette pensée était présente dans son esprit, mêlée aux autres.

– Ce visage me semble familier, ajouta-t-il. Ce qui est absurde, puisqu'il s'agit évidemment d'une vieille peinture.

Mr Longvale alluma deux bougies et en approcha une du portrait. Brixan le regarda de nouveau et fut une fois de plus impressionné par la majesté de ce visage.

– C'est mon arrière-grand-oncle, Charles-Henry, dit avec fierté Mr Longvale, ou, ainsi que nous le nommons affectueusement dans notre famille, le grand Monsieur.

Au moment où le vieillard prononça cette phrase, le visage de Brixan était tourné vers la fenêtre. Soudainement, tout vacilla devant ses yeux. Jack Knebworth le vit pâlir et, lui saisissant le bras, demanda :

– Qu'y a-t-il ?

– Ce n'est rien, dit faiblement Brixan.

Knebworth regarda aussi la fenêtre.

– Qu'était-ce ? dit-il.

À l'exception de la flamme des deux bougies et de la pâle lumière du crépuscule qui venait du jardin, la chambre était plongée dans l'obscurité.

– L'avez-vous vu aussi ? demanda le metteur en scène et, courant à la fenêtre, il regarda au dehors.

– Qu'était-ce ? demanda à son tour Mr Longvale, le rejoignant.

– Je jurerais que je viens de voir une tête à la fenêtre. L'avez-vous vue, Brixan ?

– J'ai vu quelque chose, dit celui-ci avec hésitation. Me permettez-vous d'aller voir au jardin ?

– Il m'a semblé que c'était une tête de singe, dit Knebworth.

Brixan fit un signe affirmatif et sortit ; tout en courant, il transféra rapidement son browning d'une poche de son pantalon à celle du veston.

Il disparut ; cinq minutes plus tard, Knebworth le vit remonter le sentier du jardin et alla à sa rencontre.

– Avez-vous trouvé quelque chose ?

– Non, rien au jardin. Vous avez dû vous tromper.

– Mais ne l'avez-vous pas vu également ?

Brixan hésita.

– J'ai cru voir quelque chose, dit-il d'un ton qu'il s'efforça de rendre insouciant. Quand comptez-vous tourner vos scènes de nuit ?

– Vous avez vu quelque chose… Était-ce un visage ?

Brixan fit un signe affirmatif.

10. LA FENÊTRE OUVERTE

Lorsque Brixan redescendit au jardin, il entendit le ronronnement de la dynamo, puis, avec un sifflement et une légère explosion, les charbons s'allumèrent et la façade de la demeure s'éclaira subitement.

Dehors, un automobiliste s'était arrêté sur la route pour voir ce spectacle inusité.

– Que se passe-t-il ici ? demanda-t-il avec curiosité.

– On tourne, lui répondit Brixan.

– Ah, c'est ça ? Je suppose que c'est la troupe Knebworth ?

– Où allez-vous ? demanda Brixan à son tour. Excusez-moi, mais si vous allez à Chichester, vous pourriez me rendre un grand service en m'emmenant.

– Montez donc, dit l'inconnu. J'allais à Petworth, mais le détour n'est pas grand, je vous déposerai à l'entrée de la ville.

Tout le long du chemin, il assaillit Brixan de questions, trahissant cette curiosité universelle qu'éveille invariablement parmi les profanes tout ce qui touche au cinéma.

Le détective descendit à la place du marché et se dirigea vers la maison de l'un de ses anciens professeurs qui demeurait à Chichester, et qui possédait une excellente bibliothèque.

Déclinant une invitation pressante à dîner, Brixan expliqua le but de sa visite, qui fit rire son vieux maître.

– Je ne me rappelle pas que vous vous soyez montré très studieux dans le temps, dit-il. Mais vous pouvez disposer de ma bibliothèque. Est-ce quelque vers de Virgile qui vous échappe ? Je pourrais peut-être vous éviter la peine de chercher.

– Il ne s'agit pas de Virgile, Maître, dit Brixan en souriant. C'est quelque chose d'infiniment plus concret.

Il passa vingt minutes dans la bibliothèque et lorsqu'il en sortit, une lumière de triomphe brillait dans ses yeux.

– Je vais user de votre téléphone, si vous le permettez.

Il eut Londres aussitôt. Après une longue conversation avec Scotland Yard, il entra dans la salle à manger où son maître était attablé en face de son repas solitaire.

– Vous pourriez me rendre encore un service, ô mentor de ma jeunesse. Possédez-vous dans cet asile de paix un revolver qui tire des cartouches plus lourdes que celles-là ?

Brixan posa son arme sur la table. Il savait que Mr Scott avait été officier de l'armée territoriale ; sa requête n'était donc pas aussi ridicule qu'elle pouvait le sembler au premier abord.

– Mais oui, je puis vous en donner un plus lourd que ça. Que vous préparez-vous donc à tuer, des éléphants ?

– Quelque chose d'un peu plus dangereux, dit l'autre.

– La curiosité n'a jamais été de mes défauts, dit son maître.

Il sortit et revint avec un browning de gros calibre et une boîte de cartouches.

Les deux hommes passèrent cinq minutes à nettoyer l'arme qui n'avait pas servi depuis des années. Puis, sa poche alourdie de ce nouveau revolver, Michel prit congé, se sentant le cœur et l'esprit allègres grâce aux lumières qu'il venait de puiser dans cette maison.

10. LA FENÊTRE OUVERTE

Il loua une voiture au garage de la ville et se fit conduire à *Dower House*, renvoyant la voiture à quelque distance de la maison. Jack Knebworth n'avait même pas remarqué son absence.

Mais le vieux Longvale, vêtu d'un pardessus à pèlerines superposées et d'un bonnet de soie souple, vint à lui dès qu'il fut arrivé.

– Puis-je vous parler, Mr Brixan ? dit-il à voix basse.

Ils entrèrent ensemble dans la maison.

– Vous rappelez-vous, cet après-midi, Mr Knebworth a été bouleversé par quelque chose qu'il crut voir à la fenêtre, quelqu'un avec une tête de singe ?

– Oui.

– Eh bien, figurez-vous qu'il y a un quart d'heure environ, je me promenais au bout de mon jardin ; regardant par-dessus la haie dans le champ, j'ai vu une forme gigantesque se lever de terre et se diriger vers ces buissons…

Il indiqua par la fenêtre un fourré dans le champ, de l'autre côté de la route.

– L'énorme silhouette semblait se baisser et avancer furtivement.

– Voudriez-vous me montrer exactement la place ? demanda le détective.

Il suivit Mr Longvale dans le champ jusqu'aux buissons qu'il trouva déserts. Il scruta l'horizon, mais ne vit pas trace de Bhag. Car il ne doutait pas que ce ne fût Bhag. Cela pouvait n'avoir aucune signification. Penne lui avait dit que l'animal faisait d'habitude des promenades nocturnes et qu'il était tout à fait inoffensif.

Mais si…

Cette pensée était absurde. Et pourtant, cet animal était si extraordinairement humain qu'aucune conjecture le concernant n'était tout à fait absurde.

En rentrant au jardin, il se mit à la recherche d'Adèle. Elle venait de terminer sa scène et suivait des yeux les mouvements furtifs de deux cambrioleurs qui grimpaient le long d'un mur à la lumière réduite d'un seul projecteur.

– Excusez-moi, miss Leamington, je vais vous poser une question indiscrète. Avez-vous apporté avec vous d'autres vêtements que ceux que vous portez ?

– Pourquoi diable cette question ? demanda-t-elle, les yeux grand ouverts d'étonnement. Mais bien entendu, j'en ai apporté. J'emporte toujours avec moi de quoi me changer en cas de pluie…

– Une autre question encore : avez-vous perdu quelque chose au château de Griff ?

– Oui, j'y ai perdu mes gants, répondit-elle vivement. Les auriez-vous trouvés ?

– Non. Quand vous êtes-vous aperçue de cette perte ?

– Aussitôt. J'ai même eu la pensée… (Elle s'arrêta.) C'était une pensée stupide, mais…

– Qu'avez-vous pensé ? demanda-t-il.

– Je préférerais ne pas vous le dire. C'est une affaire toute personnelle.

– Vous avez pensé que sir Gregory les avait gardés en souvenir ?

Malgré l'obscurité, il la vit rougir.

– Eh bien, oui, je l'ai cru, dit-elle d'un ton sec. »

– Ah ? En tous cas, ce n'est plus la peine que vous changiez de vêtements, dit-il.

– De quoi parlez-vous donc ?

Elle le regarda, soupçonneuse, et il comprit qu'elle le croyait ivre. Mais les raisons de ses questions désordonnées étaient bien la dernière chose qu'il eût pu lui expliquer en ce moment.

– Et maintenant, tout le monde au lit !

C'était Jack Knebworth qui parlait.

– Allons, tout le monde, filez vite ! Mr Foss vous a indiqué vos chambres. Je vous veux tous debout dès 4 heures du matin. Aussi, profitez du sommeil que vous avez devant vous. Mr Foss, avez-vous marqué les chambres ?

– Oui, j'ai inscrit les noms sur chaque porte, répondit l'homme. J'ai cru bien faire en réservant une chambre pour mademoiselle seule ; ai-je eu raison ?

– Mais je pense que oui, dit Knebworth avec hésitation. En tout cas, elle n'aura pas le temps de s'y habituer.

La jeune fille souhaita bonne nuit au détective et s'en alla à la chambre qu'on lui avait assignée. C'était une petite pièce simplement meublée et sentant le moisi. Un lit-cage, une commode surmontée d'une glace tournante, une petite table et une chaise, c'était tout ce qu'elle contenait. À la lumière de la bougie, Adèle put apercevoir un plancher récemment encaustiqué et recouvert en son milieu d'un bout de tapis.

Elle donna un tour de clef à la porte, souffla sa bougie, puis, s'étant déshabillée, s'approcha de la fenêtre et l'ouvrit. Ce fut alors qu'elle aperçut au centre de l'un des petits carreaux de verre un disque de papier blanc. Il était collé sur le côté extérieur de la fenêtre ; elle allait l'arracher lorsqu'elle eut la pensée que ce devait être un signe placé par Knebworth pour retrouver la position exacte de ce qu'il voulait tourner le lendemain.

Elle se coucha, mais ne s'endormit pas immédiatement. L'agacement étrange que lui causait Michel Brixan la préoccupait avec persistance. « Il est gentil », se dit-elle plusieurs fois. « Mais il ne manque certainement pas d'aplomb… »

Finalement, le sommeil la gagna. Elle souriait encore quand ses paupières se fermèrent.

Elle avait dû dormir pendant deux heures environ ; une sensation de danger immédiat la réveilla en sursaut. Elle s'assit sur son lit, le cœur battant, et regarda autour d'elle. Un pâle rayon de lune éclairait toute la chambre, vide.

Était-ce la présence de quelqu'un derrière la porte qui l'avait éveillée ? Elle essaya la poignée : la porte était bien fermée à clef. La fenêtre ? « Elle est tout près du sol », se souvint Adèle. S'approchant de la croisée restée ouverte, elle en ferma un battant et allait pousser l'autre quand, soudain, un bras velu sortit de l'ombre et une main encercla le poignet de la jeune fille.

Elle n'eut aucun cri. Debout, le souffle arrêté, elle était frappée d'épouvante. Son cœur cessa de battre et elle sentit que son corps se glaçait. Qu'était-ce ? Rassemblant tout son courage, elle se pencha à la fenêtre et rencontra une face hideuse ; deux yeux verts plongèrent dans les siens.

11. LA FENÊTRE MARQUÉE

Le monstre murmura quelque chose, émettant des sons semblables au gazouillis d'un oiseau. Adèle vit ses dents blanches briller dans l'obscurité. Il ne cherchait pas à l'attirer, tenant simplement son poignet d'une main de fer, tandis que de l'autre, il s'agrippait aux branches de lierre qui lui avaient permis de grimper jusqu'à la fenêtre. Tout à coup, il eut un nouveau murmure et tira le bras de la jeune fille. Celle-ci fit un mouvement en arrière, mais sans pouvoir se libérer de l'étau qui l'emprisonnait. Puis une longue jambe velue passa par-dessus l'appui de la fenêtre ; la seconde main vint s'abattre sur le visage d'Adèle. Son cri fut à moitié étouffé dans la large paume, mais quelqu'un l'entendit.

Un éclair vint d'en bas, suivi du bruit d'un coup de feu. Une balle siffla dans le lierre, frappa le rebord de brique et la jeune fille l'entendit ricocher. L'énorme singe lâcha immédiatement prise et, sautant par la fenêtre, disparut dans la nuit. Craignant de perdre connaissance, incapable de bouger, Adèle s'appuya au rebord de la fenêtre. Elle vit une silhouette dans les buissons de lauriers et reconnut aussitôt ce rôdeur nocturne. C'était Michel Brixan.

– Êtes-vous blessée ? demanda-t-il à voix basse.

Elle ne put que secouer négativement la tête.

– Je ne l'ai pas atteint, je crois ?

Faisant un grand effort, elle put articuler quelques syllabes.

– Non, je ne crois pas. Il a fui.

Brixan avait tiré de sa poche une lampe électrique et examinait les buissons.

– Aucune trace de sang. C'était assez difficile de l'atteindre, je craignais de vous blesser.

Une fenêtre s'ouvrit dans la maison et la voix de Jack Knebworth résonna dans la nuit.

– Qu'est-ce que c'est que ces coups de feu ? Est-ce vous, Brixan ?

– C'est moi. Descendez donc, je vais vous expliquer ce qui se passe.

Le bruit ne semblait avoir éveillé ni Mr Longvale ni aucun membre de la troupe ; lorsque Knebworth descendit au jardin, il y trouva Michel Brixan qui, en quelques mots, lui raconta ce qui venait de se passer.

– Le singe appartient à l'ami Penne, dit le jeune homme. Je l'ai vu chez lui ce matin.

11. LA FENÊTRE MARQUÉE

– Que supposez-vous ? Qu'en rôdant par là, il a aperçu une fenêtre ouverte et… ?

Brixan secoua la tête.

– Non, dit-il lentement. Il est venu dans un but déterminé, celui d'enlever votre vedette. Cela semble bien romanesque, bien improbable ; mais c'est là ma conviction. Ce singe, je vous l'affirme, est doué de facultés humaines.

– Mais il ne pouvait reconnaître Adèle. Il ne l'a jamais vue.

– Et le flair ? dit Brixan. Ce matin, elle a perdu au château une paire de gants et il y a tout lieu de croire qu'ils lui ont *été* volés par le noble sieur Gregory Penne dans le but de faire reconnaître par Bhag le parfum de la jeune fille.

– C'est incroyable ! Je ne puis l'admettre. Quoique je doive reconnaître que ces grands singes font parfois des choses stupéfiantes. L'avez-vous tué ?

– Non, Sir, je ne l'ai pas touché, mais je puis vous affirmer une chose : c'est que cet animal a déjà dû essuyer des coups de feu, car autrement, il se serait précipité sur moi et je l'aurais tué.

– Mais que faisiez-vous donc par ici ?

– Bah, je veillais, dit-il d'un ton insouciant. Un détective convaincu a tant de choses dans la tête qu'il ne peut dormir comme tout le monde. Je dois avouer que je n'avais pas l'intention de quitter le jardin cette nuit, car j'attendais la visite de Bhag. Qui est-ce ?

La porte de la maison s'ouvrit et une mince silhouette enveloppée d'une robe de chambre apparut sur le seuil.

– Jeune dame, vous allez attraper un bon gros rhume, déclara Knebworth. Que vous est-il arrivé ?

– Je n'en sais rien. (Elle se frotta le poignet.) J'avais entendu du bruit et me suis approchée de la fenêtre ; et alors, cette chose horrible m'a saisie par la main. Qu'était-ce, Mr Brixan ?

– Rien d'autre qu'un singe, dit-il en affectant l'indifférence. Je regrette que vous ayez été tellement effrayée. Je pense que mon coup de feu a été le plus impressionnant ?

– Oh, pas du tout, vous le savez bien. Ah, c'était horrible, horrible !

Elle se couvrit le visage de ses mains.

Le vieux Jack grogna.

– En tous cas, vous devez une grande reconnaissance à notre ami, jeune dame. Il s'attendait apparemment à cette visite et veillait au jardin.

– Vous l'attendiez ? s'exclama-t-elle.

– Mr Knebworth exagère mon rôle dans cette affaire, dit Brixan. J'attendais cet animal parce qu'il avait été vu dans les champs par Longvale. Et vous-même, d'ailleurs, aviez cru l'apercevoir, n'est-ce pas, Mr Knebworth ?

Jack fit un signe affirmatif.

– À vrai dire, nous l'avions tous vu, continua Brixan, et comme l'idée d'une visite nocturne de ce singe à une future star ne me plaisait nullement, je me suis installé au jardin.

D'un geste impulsif, Adèle tendit sa petite main et Brixan la prit.

– Je vous remercie, Mr Brixan, dit-elle. Je vous avais mal jugé.

– Qui donc ne se trompe jamais ? dit Brixan en riant.

Elle revint dans sa chambre et cette fois referma la fenêtre.

Avant de s'endormir, elle se leva encore une fois et alla jeter un coup d'œil à travers la vitre ; elle aperçut en bas le petit point lumineux de la cigarette de son gardien et se recoucha, tranquillisée, pour s'éveiller aussitôt, crut-elle, aux coups frappés par Foss qui appelait la troupe au travail.

L'homme de lettres fut le premier en bas. Le jardin commençait à s'envelopper de lumière ; d'un ton brusque, Foss salua Michel Brixan.

– Bonjour, Sir, dit ce dernier. À propos, Mr Foss, vous êtes resté à Griff hier pour parler à notre ami, Mr Penne ?

– Cela ne vous regarde pas, grogna l'homme en s'en allant.

Mais Brixan l'arrêta d'un geste.

– Il y a quelque chose qui me regarde bien, c'est de savoir pourquoi ce disque de papier blanc a été placé sur la fenêtre de miss Leamington.

Il montra le petit cercle de papier que la jeune fille avait découvert.

– Je n'en sais rien, dit Foss, en colère mais avec un certain frémissement de crainte dans la voix.

– Si vous n'en savez rien, qui donc le saura ? Car moi, je vous ai vu hier soir placer ce papier sur la vitre !

– Eh bien, puisque vous tenez à le savoir, c'était pour délimiter le champ de l'objectif.

Cette explication était plausible. Brixan avait en effet déjà vu Knebworth marquer les limites du champ de l'objectif pour que tous les acteurs y figurent. À la première occasion, il posa la question à Knebworth.

– Non, je n'ai pas demandé ces marques. Où était-ce ?

Brixan lui montra la fenêtre.

– Je n'aurais en tous cas jamais fait marquer là-haut, au milieu d'une fenêtre ! Qu'en pensez-vous ?

– Je crois que Foss a marqué cette fenêtre suivant les instructions de Gregory.

– Mais dans quel but ? demanda Knebworth avec étonnement.

– Pour indiquer à Bhag la chambre d'Adèle Leamington, voilà dans quel but, dit le détective, sûr de ne pas se tromper.

12. LE SECRET DE LA TOUR

Brixan n'attendit pas qu'on eût commencé à tourner. Il avait un plan d'action ; dès qu'il le put, il s'échappa de *Dower House*, traversa le champ et prit la route conduisant au château de Griff. Son œil exercé avait remarqué un sentier à travers champs qui longeait la limite de la propriété de sir Gregory Penne et devait être un raccourci entre *Dower House* et Griff ; en effet, après dix minutes de marche, ce sentier l'amena à la grande route. Il marchait d'un pas rapide, les yeux baissés, cherchant sur le sol quelque trace laissée par la bête ; mais à moins que l'animal n'eût été blessé, il y avait peu d'espoir d'en trouver.

Enfin, il arriva à la haute muraille de pierre qui entourait les terrains du baronnet. Il la suivit jusqu'à un petit portillon grand ouvert, ce qui semblait indiquer qu'on s'en était servi tout récemment.

En entrant par ce portillon, Brixan se trouva dans un champ qui devait servir de jardin potager. Il ne vit personne à proximité. Dans la lumière du matin, la haute tour du château paraissait encore plus inhospitalière et laide.

Aucune fumée ne sortait des cheminées ; Griff semblait être la demeure de la mort. Cependant, le jeune homme n'avançait qu'avec prudence ; au lieu de traverser le champ, il rentra dans l'ombre projetée par le mur et marcha ainsi jusqu'à la clôture de bois qui séparait à angle droit le jardin potager et le beau parc que Knebworth avait utilisé la veille pour ses extérieurs.

Les yeux de Brixan ne cessaient de scruter les environs ; il s'attendait à tout moment à voir apparaître devant lui la forme hideuse de Bhag. Il n'était plus qu'à quelques pas de l'entrée principale du château et à une demi-douzaine de mètres de la tour grise. Il pouvait voir maintenant toute la façade de la maison. Les stores baissés, l'apparence endormie de la demeure auraient pu dissiper les soupçons d'un homme moins sceptique que lui.

Il se demandait s'il irait jusqu'à la maison, lorsqu'il entendit un bruit de vitres brisées et leva les yeux juste à temps pour voir des fragments de verre tomber d'une fenêtre située tout en haut de la tour. Le soleil n'était pas encore levé ; la terre était enveloppée d'une brume trompeuse et les buissons formaient un admirable abri.

« Qui donc peut briser des vitres à cette heure matinale ? Ce n'est sûrement pas le singe si adroit », se demanda Brixan. Subitement, l'air fut traversé par un cri déchirant ; une telle épouvante vibra dans cet appel que le jeune homme sentit tout son corps se glacer. Ce cri de terreur était venu de la fenêtre supérieure de la tour et mourut aussitôt, comme si une main appliquée sur la bouche de l'infortunée victime l'eût étouffé...

N'hésitant plus, le détective sortit de son abri, traversa en courant le sentier et tira la cloche de la grande porte d'entrée qui se trouvait au-dessous de la tour. Il entendit la cloche résonner et se retourna pour s'assurer que ni Bhag, ni aucun des serviteurs du château ne l'avaient suivi.

Une minute passa, puis deux ; sa main se portait de nouveau à la cloche lorsqu'il entendit un pas lourd résonner dans le corridor, perçut le bruit de pantoufles sur les dalles du hall et une voix brusque demanda :

– Qui est là ?

– Michel Brixan.

Il y eut un grognement, un bruit de chaîne, de verrous, enfin, la porte s'entrouvrit de quelques centimètres.

12. LE SECRET DE LA TOUR

Gregory Penne était vêtu d'un pantalon de flanelle grise et d'une chemise déboutonnée aux poignets.

Son regard exprimait la surprise.

– Que me voulez-vous ? demanda-t-il en ouvrant la porte de quelques centimètres de plus.

– Je viens vous parler, dit Brixan.

– C'est dans vos habitudes, les visites à l'aurore ? grogna sir Gregory Penne en refermant la porte derrière son visiteur.

Brixan ne répondit pas. Il suivit Gregory Penne à la bibliothèque qui, de toute évidence, avait été occupée pendant la nuit. Les volets étaient clos, les lampes allumées et, devant le feu de cheminée, une petite table portait deux bouteilles de whisky dont l'une était vide.

– Un verre ? demanda Penne machinalement en se servant à boire d'une main tremblante.

– Votre singe est-il rentré ? demanda le visiteur, refusant d'un geste la boisson.

– Qui, Bhag ? Je suppose. Il va et vient comme il lui plaît. Voulez-vous le voir ?

– Je n'y tiens pas. Je l'ai déjà vu une fois cette nuit.

En train d'allumer une cigarette à l'aide d'une brindille de bois prise à la cheminée, Penne se retourna rapidement à cette parole.

– Vous l'avez déjà vu ? Que voulez-vous dire ?

– Je l'ai vu à *Dower House*, essayant de s'introduire dans la chambre de miss Leamington. Il s'en est fallu de peu qu'il ne laisse sa vie dans cette histoire.

L'homme laissa retomber dans le feu la brindille allumée et se leva.

– Avez-vous tiré sur lui ?

– Oui.

– Vous avez tiré sur lui..., dit Gregory doucement. Voilà qui explique la chose. Pourquoi avez-vous tiré ? Il est parfaitement inoffensif.

– Il n'en avait pas l'air, dit sèchement Brixan. Il a tenté d'enlever miss Leamington.

Les yeux de l'homme s'ouvrirent tout grands.

– Il était allé aussi loin que cela ? Et alors ?

Il y eut une pause.

– Vous l'avez envoyé chercher la jeune fille, dit Brixan. Vous avez aussi obtenu que Foss marquât sa fenêtre pour que Bhag sache la retrouver.

Il s'arrêta ; l'autre ne répondait rien.

– Le procédé de l'homme des cavernes est bestial, même quand il exécute lui-même le rapt. Mais lorsqu'il envoie un singe faire sa besogne malpropre, cela s'appelle d'un tout autre nom et passe dans une autre catégorie.

Les yeux de Penne n'étaient plus visibles. Son teint était devenu gris.

– Ainsi, voilà où vous voulez en venir ! dit-il. Et moi qui vous croyais un ami !

– Je ne suis pas responsable de vos illusions, dit Brixan. Mais je puis vous dire une chose : si par votre faute ou par celle de votre infernal agent il arrive le moindre mal à Adèle Leamington, je ne me contenterai pas de tuer Bhag ; je viendrai ici et vous logerai une balle dans la peau. Avez-vous compris ? Et maintenant, voudriez-vous me dire la signification du cri que j'ai entendu tout à l'heure partir de votre tour ?

– Qui diable croyez-vous interroger, sale petit acteur ? cria Penne, livide de colère.

Brixan sortit une carte de sa poche et la lui tendit.

– Voici en quelle qualité je vous interroge, dit-il.

L'homme approcha la carte de la lumière et la lut. L'effet fut instantané. Sa grosse mâchoire tomba et la main qui tenait la carte trembla si fort qu'elle la laissa échapper.

– Un détective ? murmura-t-il. Un… un détective ? Que me voulez-vous ?

– J'ai entendu quelqu'un appeler au secours, dit Brixan.

– C'était probablement l'une de mes domestiques. J'ai ici une Papoue malade ; elle est même un peu folle et nous devons la transporter demain à l'hôpital. Si vous le voulez, je m'en vais aller voir ce qu'il y a.

Il regardait Brixan, comme pour lui demander la permission de se retirer. Toute son attitude était maintenant bien humble et le détective n'eut qu'à voir cette face blême et ces lèvres tremblantes pour que ses soupçons devinssent une certitude. Il se passait dans cette maison quelque chose qu'il lui fallait découvrir.

– Puis-je aller voir ? demanda Penne.

Brixan fit un signe affirmatif. L'homme se hâta de quitter la pièce ; un bruit de serrure se fit entendre. Brixan courut à la porte et essaya de l'ouvrir. Elle était fermée à clef.

Il regarda rapidement autour de lui, puis alla à l'une des fenêtres, tira le rideau et voulut ouvrir le volet. Mais le volet était également verrouillé. Il se mettait à examiner cette serrure spéciale quand, brusquement, toutes les lampes s'éteignirent. Seule la lueur rougeâtre de la cheminée continuait à vaciller.

13. LE PIÈGE

Brixan entendit à une extrémité de la bibliothèque un faible craquement, suivi d'un bruit presque imperceptible de pieds nus sur le tapis et d'un souffle précipité.

Le jeune homme n'hésita pas. Palpant de la main le trou de la serrure du volet, il y appliqua son revolver et tira deux fois. Le bruit de la détonation dans la pièce fermée fut assourdissant et dut avoir un effet instantané sur l'intrus, car lorsque le volet céda et s'ouvrit, inondant la chambre de lumière, Brixan était seul.

Presque aussitôt, le baronnet réapparut à la porte. Si, quelques minutes auparavant, il avait semblé effrayé, son état était maintenant piteux.

– Qu'y a-t-il ? Qu'y a-t-il ? gémit-il. Quelqu'un a tiré ?

– Oui, quelqu'un a tiré, dit calmement le détective. Et ce quelqu'un, c'est moi. Les messieurs que vous avez envoyés pour régler vos comptes avec moi, Penne, ont eu de la chance que je n'aie visé que la serrure de votre volet.

Il aperçut quelque chose de blanc sur le tapis et le ramassa rapidement. C'était une écharpe de grosse soie ; il la porta à son nez.

– Quelqu'un a perdu cela dans sa hâte. Je devine l'usage auquel on destinait cette écharpe, dit-il.

– Mon ami, je vous assure que j'ignorais tout de cela.

– Et comment se porte notre intéressante malade ? demanda Brixan avec un sourire. La dame un peu folle qui crie ?

L'homme se passa les doigts sur ses lèvres tremblantes, comme pour dominer leur agitation.

– Elle va bien. C'était bien ce que… ce que je pensais…, dit-il. Elle a eu une espèce de crise.

Brixan le surveillait, pensif.

– Me serait-il possible de la voir ? demanda-t-il.

– C'est impossible ! dit Penne d'un air de défi. Vous ne pouvez voir personne ! Comment osez-vous venir ainsi chez moi à pareille heure et détériorer ma maison ? Je me plaindrai à Scotland Yard, mon bonhomme, et vous verrez qu'il va vous en cuire ! Certains de ces détectives s'imaginent que la terre leur appartient, ma parole ! Mais je saurai vous démontrer le contraire, allez !

Dans sa violence, il commençait à hurler, masquant sa peur sous cette apparence colérique. Le jeune homme leva, comme par hasard, les yeux vers les lames suspendues au-dessus de la cheminée. Sir Gregory suivit ce regard et son attitude changea de nouveau.

– Mon ami, pourquoi m'exaspérez-vous ? Je suis l'homme le plus doux du monde, si on sait me prendre. Je vous assure que vous vous êtes forgé des idées folles sur mon compte.

Brixan ne discuta pas. Il sortit dans le vestibule où commençaient à pénétrer les premiers rayons du soleil. Arrivé à la porte, il se retourna.

– Je ne puis insister pour perquisitionner chez vous, car, vous le savez bien, je n'ai pas sur moi un ordre régulier, et d'ici à ce que je l'apporte, il n'y aura plus rien à découvrir. Mais faites attention, mon bonhomme ! (Il tendit un doigt menaçant.) J'ai horreur des allégories classiques, mais vous feriez bien d'étudier dans la mythologie l'histoire d'une dame que les Grecs appelaient Adrastée !

Sur ce, il s'en alla, suivi du haut de la tour par le regard désespéré d'un pâle visage féminin, tandis que sir Gregory rentrait à la bibliothèque et, après de fébriles recherches, découvrait qu'Adrastée était synonyme de Némésis.

Brixan revint à *Dower House* au moment du petit déjeuner. Il constata sans fierté que son absence était apparemment passée inaperçue, sauf d'Adèle qui fut aussi la première à le voir revenir.

13. LE PIÈGE

Jack Knebworth était d'excellente humeur. Les scènes, croyait-il, étaient des plus réussies.

– Je ne puis évidemment rien dire de définitif avant d'avoir développé les films ; mais en ce qui concerne la petite Leamington, elle est épatante ! Je n'aime pas à prophétiser, mais j'ai la conviction qu'elle deviendra une grande artiste !

– Vous ne vous y attendiez pas ? dit Brixan, surpris.

Jack se mit à rire.

– Cette histoire avec la Mendoza m'ennuyait fort et lorsque je suis parti pour tourner ces extérieurs, j'étais à peu près certain qu'il me faudrait revenir pour refaire le tout avec Stella. Les stars de cinéma ne naissent pas stars ; l'expérience amère, les souffrances supportées vaillamment les forment. Il leur faut passer par des périodes d'insuccès absolu, connaître le danger d'être à tout moment mises à la porte, avant de gagner la bataille. Votre petite a sauté toutes ces phases intermédiaires et a réussi dès son premier essai !

– En parlant de *ma petite,* remarqua calmement Brixan, voudriez-vous avoir la bonté de vous rappeler que si je m'intéresse à cette demoiselle, c'est tout à fait incidemment.

– Si vous ne mentez pas, vous n'êtes qu'un sot ! rétorqua Jack Knebworth.

– Quelles sont ses chances de réussite ? demanda Brixan, désireux de changer de sujet.

Knebworth hérissa brusquement sa chevelure blanche et répondit :

– Ses chances ? Très pauvres. En Angleterre, la réussite est impossible pour une jeune fille. C'est terrible à dire, mais c'est ainsi. Vous pouvez compter sur les doigts les soi-disant stars anglaises ; elles n'ont qu'une renommée locale et sont généralement mariées à leur metteur en scène. Quelle chance peut donc avoir une petite fille bien douée pour le cinéma ? Et même si elle perçait, cela ne lui servirait pas à grand-chose. La production anglaise est bien inférieure aux productions américaine et allemande. Elle est même devancée par la production française. Le producteur anglais n'a aucune idée originale. Il ne sait qu'adopter et adapter les trucs de jeu, les méthodes d'éclairage qu'il a vus à l'étranger ; avec le concours d'un opérateur américain, il veut arriver à présenter quelque chose qui retarde sur Hollywood de plusieurs années.

Jack Knebworth devisa avec volubilité sur ce sujet tout le long du chemin du retour à Chichester.

– Dans le monde entier, l'industrie cinématographique est entre les mains des réalisateurs ; en Angleterre, elle est entre les mains d'imitateurs. Non, votre petite amie n'a aucune chance de réussite dans ce pays. Si le film que je suis en train de tourner marche en Amérique, alors, oui. Elle ira jouer à Hollywood d'ici douze mois !

Une visiteuse attendait Jack Knebworth devant la porte de son bureau ; il la salua froidement.

– Je voudrais vous voir, Mr Knebworth, dit Stella Mendoza, en décochant un sourire au jeune premier qui était entré derrière le réalisateur.

– Ah, vous voudriez me voir ? Eh bien, vous me voyez. Que me voulez-vous ?

Avec un joli air de repentir et de confusion, elle tripotait son petit mouchoir de dentelle. Jack n'en fut pas impressionné. C'était lui-même qui lui avait appris ce truc du mouchoir.

– J'ai été bien sotte, Mr Knebworth, et je viens vous demander pardon… Je n'aurais jamais dû faire attendre tout le monde ; je le regrette sincèrement. Dois-je revenir demain matin ? Ou puis-je rester dès aujourd'hui ?

Un sourire à peine perceptible parut au coin des lèvres du réalisateur.

– Pas besoin de revenir demain, ni de rester aujourd'hui, Stella, dit-il. Votre remplaçante a réussi d'une façon remarquable et je ne suis nullement disposé à recommencer le travail.

Elle lui lança un regard furieux, complètement en désaccord avec son attitude de soumission.

– Mais vous n'ignorez pas, Mr Knebworth, que j'ai un contrat ? dit-elle d'une voix aiguë.

– Moi, je préférerais de beaucoup avoir miss Mendoza pour partenaire…, murmura une gentille voix.

C'était le jeune Reggie Connolly, à la chevelure bien lissée.

– Il n'est guère facile de jouer avec miss… je ne connais même pas son nom, ajouta-t-il. Elle est tellement… Mon Dieu,

Mr Knebworth, elle manque totalement de sens artistique.

Le vieux Jack ne répondit pas. Son regard sombre était fixé sur le jeune homme.

– Bien plus, je ne me sens pas capable de montrer toute ma valeur si miss Mendoza est exclue de la troupe…, continua Reggie. Non, vraiment, je ne le puis pas ! Je me sens terriblement nerveux, et il est difficile d'exprimer toute sa personnalité quand on est si impressionnable. Tenez, ajouta-t-il, je crois que je préfère ne pas continuer si miss Mendoza ne revient pas.

Elle le récompensa d'un regard reconnaissant, puis, souriante, se tourna lentement vers Jack, toujours silencieux.

– Voudriez-vous que je reprenne dès aujourd'hui ?

– Ni aujourd'hui, ni un autre jour ! hurla le vieux metteur en scène, ses yeux lançant des éclairs. Quant à vous, espèce de petit enfant de chœur, si vous essayez de me laisser tomber maintenant, je vous fais chasser de tous les studios du pays et chaque fois que j'aurai l'occasion de vous rencontrer, je vous passerai une de ces raclées…

Fulminant de rage, il rentra dans son bureau, où Brixan l'avait précédé.

– Qu'en pensez-vous ? demanda-t-il quand il se fut calmé. Voilà les tours qu'ils essaient de vous jouer. Il va me quitter au beau milieu d'un film ! L'avez-vous entendu ? Ce blanc-bec ! Cette nullité ! Dites, Brixan, voudriez-vous jouer avec ma petite fille ? Vous ne pouvez faire pire que Connolly et cela vous distraira, pendant que vous cherchez le Coupe-Têtes.

– Non, je vous remercie, dit lentement le détective. Ce n'est pas mon métier. Quant au Coupe-Têtes… (Il alluma une cigarette et envoya des cerceaux de fumée au plafond.), je le connais, maintenant, et puis mettre la main sur lui quand je le voudrai.

14. MENDOZA DÉCLARE LA GUERRE

Jack le regardait, stupéfait.

– Vous plaisantez, dit-il.

– Je suis, au contraire, très sérieux, dit tranquillement Michel

Brixan. Mais connaître le Coupe-Têtes et prouver sa culpabilité sont deux choses très différentes.

Jack Knebworth, les mains dans ses poches, s'assit sur le bord de son bureau et fixa sur le détective un regard incrédule.

– Est-ce quelqu'un de ma troupe ? demanda-t-il, troublé.

Michel rit.

– Je n'ai pas le plaisir de connaître toute votre troupe, répondit-il avec diplomatie, mais en tous cas, ne vous mettez pas martel en tête. Qu'allez-vous faire avec Reggie Connolly ?

Le réalisateur haussa les épaules.

– Oh, il ne pense pas un mot de ce qu'il a dit et j'ai été bête de me mettre dans cet état. Cette sorte de mollusque ne pense jamais à rien. En le voyant à l'écran si mâle et si tendre, vous ne vous imagineriez jamais quelle pâte molle c'est ! Quant à Mendoza… (Il fit un geste significatif de la main.)

Cependant, miss Stella Mendoza n'allait pas accepter sa démission aussi facilement que cela. Après une lutte acharnée, elle s'était frayé une place dans le monde artistique et n'allait pas la perdre sans bataille. Sa situation était d'ailleurs bien assise. Elle avait de l'argent… tant d'argent qu'elle aurait pu ne plus continuer à travailler ; car en plus de son salaire élevé, elle jouissait d'un revenu dont la source ne mériterait pas d'être révélée. Mais elle risquait de voir Knebworth reporter la guerre contre elle sur un champ plus vaste.

Son premier mouvement fut de se mettre à la recherche d'Adèle Leamington qui, à ce qu'elle venait d'apprendre, avait pris sa place. Elle était prête à se montrer conciliante, mais en découvrant qu'Adèle occupait déjà la loge de la star, cette loge qui lui avait toujours été assignée à elle, Stella, l'artiste se sentit envahie par la colère. Furieuse, mais gardant une apparence de calme, elle frappa à la porte. Qu'elle, Stella Mendoza, eût à frapper à cette porte était suffisant pour la mettre hors d'elle.

Adèle était assise devant la table de toilette, considérant avec une certaine timidité le déploiement de miroirs et de lumières le long des murs. À la vue de Mendoza, elle rougit.

– Miss Leamington, n'est-ce pas ? demanda Stella avec douceur. Puis-je entrer ?

– Je vous en prie.

14. MENDOZA DÉCLARE LA GUERRE

Adèle se hâta de quitter sa chaise.
– Mais restez donc assise, dit Stella. C'est un siège bien inconfortable, mais la plupart des sièges ici sont inconfortables. On me dit que c'est vous qui me doublez ?
– Vous doubler ? dit Adèle, perplexe.
– Mais oui, Mr Knebworth m'a dit qu'il vous a prise comme doublure. Vous comprenez bien ce que cela signifie, n'est-ce pas ? Quand une artiste est empêchée de jouer, on met parfois une figurante à sa place dans les scènes où elle n'est pas bien distincte, les scènes de second plan.
– Mais Mr Knebworth m'a prise également dans des premiers plans, dit tranquillement la jeune fille. Je n'ai figuré que dans un seul second plan.

Miss Mendoza, cachant sa colère, eut un soupir.
– Pauvre vieil ami ! Il est bien fâché contre moi, et je n'aurais vraiment pas dû le provoquer. Je reviens demain, vous savez.

Adèle pâlit.
– C'est très humiliant pour vous, chère petite, je vous comprends, mais nous sommes toutes passées par là. Et on sera très gentil pour vous au studio malgré tout, vous verrez.
– Mais c'est impossible, dit Adèle. Mr Knebworth m'a dit que je jouerais dans ce film d'un bout à l'autre.

Mendoza, souriante, secoua la tête.
– C'est terrible, on ne peut jamais avoir confiance en ce que ces gens-là vous racontent, fit-elle. Il vient de me dire d'être prête à tourner demain matin à South Downs.

Le cœur d'Adèle se serra. Elle savait que c'était bien là le lieu du rendez-vous, ignorant que Stella Mendoza avait obtenu ce renseignement du fidèle Reggie Connolly.
– C'est vraiment humiliant pour vous, continua Stella pensive. Moi, à votre place, je partirais, je m'en irais en ville pour une quinzaine de jours, jusqu'à ce que tout cela soit terminé. Je me sens bien fautive, dans toute cette histoire, ma chère ; je suis un peu la cause de votre déception et si l'argent peut être une compensation…

Elle ouvrit son sac à main, prit une liasse de billets de banque, en détacha quatre et les mit sur la table.

– Qu'est-ce que c'est ? demanda Adèle froidement.

– Eh bien, ma chère, il vous faudra de l'argent pour vos frais…

– Si vous vous imaginez que je vais partir pour Londres sans avoir vu Mr Knebworth et avant de m'être assurée que vous dites la vérité…

Le visage de Mendoza s'enflamma.

– Voulez-vous insinuer que je mens ?

Elle oublia son attitude amicale et se planta devant Adèle, véritable virago, les mains sur les hanches, le regard fulminant.

– Je ne sais si vous mentez ou si vous vous trompez, dit Adèle, moins émue par l'aspect de cette mégère que par les nouvelles qu'elle venait d'entendre. La seule chose dont je sois bien certaine, c'est que pour le moment cette loge est à moi et je vous demande d'en sortir.

Elle ouvrit la porte et eut un moment la crainte que l'actrice ne la frappât ; mais une énorme Irlandaise, l'habilleuse de la troupe, qui avait assisté en silence à toute cette scène s'interposa entre les deux rivales ; elle poussa avec bonhomie la star excitée hors de la loge.

– Je vous ferai bien sortir de là ! cria Stella par-dessus l'épaule de l'habilleuse. Jack Knebworth n'est pas tout dans la Compagnie ! J'ai suffisamment d'influence pour faire mettre à la porte Knebworth lui-même !

Les injures qui suivirent n'étaient pas bonnes à entendre, mais Adèle Leamington les écouta en silence. Cette colère était éloquente et Adèle fut heureuse de comprendre que l'artiste n'avait pas dit la vérité.

Pendant quelques horribles minutes, la jeune fille l'avait crue ; elle savait que Knebworth n'hésiterait pas à la sacrifier, elle ou n'importe quel autre membre de sa troupe, si cela pouvait donner plus de poids commercial au film.

Knebworth était seul lorsqu'on lui annonça à nouveau son ex-star. Sa première pensée fut de ne pas la recevoir. Mais elle l'empêcha de prendre une décision en apparaissant à la porte. Il la fixa pendant une seconde de ses yeux perçants, puis d'un geste de la tête l'invita à entrer. Dès qu'ils furent seuls, il prit la parole :

– Il y a en vous beaucoup de choses que j'admire, Stella, et votre aplomb n'est pas la moindre d'entre elles. Mais il est tout à fait inutile de revenir. Oublions le passé ! Vous ne paraîtrez pas dans ce film et il se peut que vous ne paraissiez plus jamais dans aucune de mes productions.

– Ah, vraiment, vous croyez ?

Elle s'assit sans attendre d'y être invitée et sortit une cigarette de son porte-cigarettes doré.

– Vous venez pour me dire que vous avez de l'influence sur des gens intéressés pécuniairement dans notre Compagnie, dit Jack à la grande confusion de l'actrice qui se demanda s'il n'existait pas une liaison téléphonique entre la loge de la vedette et le bureau, puis se souvint qu'il n'y en avait pas. J'ai eu affaire à bon nombre de femmes dans ma vie et je n'en ai jamais mis une à la porte sans qu'elle n'invoquât le Président, le Vice-Président ou le Trésorier de la Compagnie, en le tenant suspendu au-dessus de ma tête, telle l'épée de Damoclès. Mais aucune de ces menaces n'a jamais pris, Stella. Des gens intéressés pécuniairement dans l'affaire peuvent vous aimer à en mourir, mais pour vous aimer, il leur faut de l'argent ; et si je ne produis pas de films qui se vendent, quelqu'un que je connais n'aura plus jamais de beaux colliers de perles.

– Nous verrons bien si sir Gregory Penne est de votre avis ! dit-elle avec défi.

Jack Knebworth eut un sifflement.

– Ah, Gregory Penne ? Je ne savais pas que vous aviez des amis de ce côté-là. Mais oui, c'est un actionnaire de la Compagnie, mais il n'a pas assez de voix pour que son avis y joue un rôle. Je suppose qu'il vous a affirmé le contraire ? D'ailleurs, Penne eût-il 99 % des actions, cela n'aurait rien pu changer pour le vieux Jack Knebworth, car le vieux Jack Knebworth a un contrat qui lui donne carte blanche et la seule clause qui prévoie un dédit possible le prévoit pour moi ! Non, ma chère, ne cherchez pas, vous ne pouvez m'atteindre.

– Je présume que vous allez me faire porter sur la liste noire ? dit-elle.

Ce qu'elle craignait le plus était en effet que Jack Knebworth ne fît circuler l'histoire de son crime, impardonnable dans le monde du cinéma, celui d'avoir abandonné un film commencé.

– J'y avais pensé, affirma-t-il, mais je ne suis pas vindicatif. Je vous laisserai raconter partout que le rôle ne vous convenait pas et que vous l'avez refusé, ce qui sera aussi près de la vérité que toute autre histoire qu'il me faudrait inventer. Allez, Stella, et que Dieu soit avec vous. Je sais que ce n'est pas votre genre, mais enfin, tâchez de bien vous conduire.

Il lui fit un signe et elle sortit. Dehors, elle rencontra Lawley Foss et lui résuma son entrevue.

– S'il en est ainsi, vous ne pouvez rien faire, dit-il. Je serais bien intervenu pour vous, Stella, mais en ce moment, il me faut intervenir pour moi-même, ajouta-t-il avec amertume. N'est-ce pas une humiliation pour un homme de ma valeur d'avoir à faire des courbettes, chapeau bas, devant ce maudit Yankee ?

– Vous mériteriez d'avoir une Compagnie à vous, Lawley, dit-elle, comme elle l'avait déjà dit une douzaine de fois auparavant. Vous écririez des scénarios ; et moi, je serais la vedette et les lancerais. Ma foi, vous auriez vite fait d'étouffer Knebworth, j'en suis sûre ! J'ai été dans le seul endroit où l'art est apprécié, à Hollywood, et je puis vous assurer qu'un fanfaron comme Jack Knebworth n'y resterait pas le temps d'un éclair.

– Est-il dans son bureau ? fut la réponse de Foss.

Elle fit oui d'un signe de tête et Lawley Foss frappa avec une certaine nervosité à la porte du chef.

– Mr Knebworth, je viens vous demander une faveur.

– Est-ce de l'argent ? demanda Jack, fronçant ses épais sourcils.

– Eh oui, c'est de l'argent. J'ai oublié une ou deux petites dettes et l'on me poursuit, en ce moment. Il me faut trouver cinquante livres d'ici cet après-midi.

Jack ouvrit un tiroir, y prit un carnet et remplit un chèque de quatre-vingts livres.

– Voici vos appointements d'un mois d'avance, dit-il. Vous avez déjà pris ce qui vous est dû à ce jour. Aux termes de votre contrat, vous avez droit à un mois de préavis ou à une somme équivalente. Vous la tenez.

Le visage de Foss se couvrit d'une vilaine rougeur.

– Est-ce à dire que je suis mis à la porte ? demanda-t-il en élevant la voix.

– Oui, vous êtes mis à la porte. Non parce que vous venez de me demander de l'argent, ni parce que vous êtes l'homme le plus incommode de la terre, mais pour ce que vous avez fait hier, Foss.

– Que voulez-vous dire ?

– Je veux dire que je crois avec Mr Brixan que vous avez fixé une marque à la fenêtre de miss Leamington pour guider l'envoyé de sir Gregory Penne qui a failli enlever ma vedette.

Les lèvres de Foss s'efforcèrent à sourire.

– Vous devez avoir du mélodrame dans le sang, Knebworth, dit-il. Enlever votre vedette ! Il se peut que ces sortes de choses arrivent aux États-Unis, mais jamais en Angleterre.

– Refermez la porte en sortant, dit Jack, revenant à son travail.

– Permettez-moi de vous dire…, commença Foss.

– Je vous permettrai de ne rien me dire ! trancha Knebworth, pas même au revoir. Allez !

Et lorsque la porte eut claqué derrière son visiteur, le vieux réalisateur pressa une sonnette sur son bureau et dit à l'assistant qui entra :

– Faites venir miss Leamington. J'ai besoin de voir quelqu'un de propre.

15. LES DEUX AGENTS DE SCOTLAND YARD

Si Chichester n'est pas renommé pour ses restaurants, la salle à manger du petit hôtel où trois personnes étaient réunies cet après-midi-là présentait l'avantage de l'isolement.

En rentrant à son hôtel, Michel Brixan avait trouvé deux hommes qui l'attendaient ; il les fit monter dans son petit salon.

– Je suis content de vous voir, dit-il à l'inspecteur. Le travail en matière purement criminelle est nouveau pour moi, et pourtant, je veux garder secrets les résultats de mes recherches à ce jour…, poursuivit-il en souriant. Pour le moment, je n'ai pas l'intention de vous révéler tous mes soupçons.

L'inspecteur Lyle rit, amusé.

– Nous avons été placés entièrement à votre disposition, capitaine Brixan, dit-il, et ni l'un ni l'autre ne sommes bien curieux. Le sergent Walters vous apporte le renseignement que vous aviez demandé.

Il indiqua son compagnon.

– Quel renseignement… ? Concernant Penne ? Est-il connu de la police ? demanda Michel avec intérêt.

Le sergent Walters fit un signe affirmatif.

– Il est passé en jugement, il y a quelques années, et a été condamné à une amende pour avoir porté la main sur une domestique. Il avait dû la fouetter et a frôlé de près la prison. C'est donc la première fois qu'il attira notre attention. Nous avons alors procédé à une enquête à Londres aussi bien qu'en Malaisie et avons eu des détails sur lui. C'est un homme très riche ; parent éloigné du dernier baronnet de ce nom, il s'en est approprié le titre. Il a passé de quinze à vingt ans à Bornéo, vivant isolé dans la jungle ; les histoires que nous avons recueillies sur son compte ne sont pas bien élégantes. Vous pourrez en lire quelques-unes à vos moments perdus, Mr Brixan ; vous les trouverez dans le rapport que nous vous avons apporté.

Brixan demanda :

– Avez-vous appris quelque chose concernant un orang-outang apprivoisé dont il a fait son compagnon ?

À sa grande surprise, l'officier répliqua :

– Bhag ? Mais oui, nous en avons entendu parler. Il a été pris par Penne tout petit encore et a été élevé en captivité. Il nous est difficile de suivre exactement la trace de cet homme, car il ne revient jamais en Angleterre par la ligne maritime habituelle. Il possède un yacht, le *Kipi*, joli petit bateau manœuvré par des Papous. Je ne sais pas ce qu'il apporte ou emmène, ce navire… Il y a quelques mois, nous avons reçu une plainte : la dernière fois que Penne a été là-bas, il a failli y perdre la vie dans une querelle avec un indigène. Et maintenant, Mr Brixan, que désirez-vous que nous fassions ?

Les instructions de Brixan furent brèves. Ce même soir, en revenant chez elle, Adèle eut la conviction qu'un homme la suivait. Après son aventure de la nuit précédente, ce fait l'aurait certainement inquiétée sans le mot du détective qu'elle trouva chez elle :

« M'en voudrez-vous si j'envoie un homme de Scotland Yard pour veiller sur vous ? Je ne crois pas que vous couriez un danger quelconque, mais je me sentirais infiniment plus tranquille si vous vouliez bien supporter cet ennui. »

Elle lut cette lettre et fronça les sourcils. Ainsi, on la faisait suivre ? Cette sensation lui était désagréable et pourtant, elle ne pouvait guère s'y opposer ; elle ne put même s'empêcher d'éprouver un sentiment de reconnaissance à l'égard de ce jeune homme impulsif qui semblait bien déterminé à ne pas la perdre de vue.

16. L'ÉTRANGER AU TEINT CUIVRÉ

Muni d'un nouveau grief contre l'univers, Lawley Foss rassemblait ses forces pour se venger de ceux qui l'avaient si mal traité. La première et la plus puissante de ses armes était Stella Mendoza.

Un conciliabule de guerre fut tenu dans le salon du joli petit cottage que Stella avait loué dès son entrée dans la troupe de Knebworth. Le troisième membre de ce conseil était Reggie Connolly. Et, chose caractéristique, la mutuelle sympathie qui réunissait les trois amis était égalée par leur mutuel désintéressement.

– Nous avons été traités par Knebworth d'une façon honteuse, surtout vous, Mr Foss. Je trouve que, comparé à votre cas, le mien n'est rien.

– C'est la façon dont il s'est conduit avec vous, Stella, qui me fait de la peine, assura Foss énergiquement. Une artiste de votre valeur…

– Pensez à tout le travail que vous avez fait pour lui ! Et Reggie… Il l'a traité comme un chien !

– Pour moi personnellement, cela n'a aucune importance, dit Reggie. Je puis toujours trouver un engagement… Mais c'est vous…

– Nous pouvons tous trouver des engagements, interrompit Stella avec un soupçon d'acidité dans la voix. Je pourrai avoir une troupe à moi quand je le voudrai : je connais deux metteurs en scène qui seraient ravis de travailler avec moi, et deux hommes qui verseraient jusqu'à leur dernier sou pour fonder une compagnie théâtrale pour moi… Enfin, ils donneraient beaucoup, en tous cas. Chauncey Seller n'a d'autre rêve que de jouer avec moi et vous savez quelle renommée il a ; et lui me laisserait avoir tous les premiers plans, prêt à s'effacer toujours. C'est un homme charmant et le meilleur jeune premier que je connaisse dans ce pays ou ailleurs.

Mr Connolly eut une quinte de toux.

– L'important *en ce moment* est de répondre à cette question : pouvons-nous trouver l'argent nécessaire ou non ? demanda Foss.

Aucune assurance immédiate et enthousiaste ne vint de la part de la jeune femme.

– Car, dans le cas contraire, moi, je puis obtenir tout ce que je voudrai, annonça Foss à la surprise des deux autres. Je ne vous dirai ni de qui, ni comment je vais obtenir cet argent, mais je suis certain de pouvoir en trouver beaucoup ; et il me sera plus facile de le demander pour la réalisation d'un projet précis qu'à des fins personnelles.

– Moins de risque ? suggéra Connolly, désireux de soutenir la conversation.

Sa remarque était d'autant plus malheureuse que, sans s'en douter, il avait touché juste. Foss devint cramoisi.

– Que diable voulez-vous dire par ce « moins de risque » ? demanda-t-il.

Le malheureux Reggie n'avait rien voulu dire du tout et se hâta de le déclarer. Il était prêt à servir ses amis, mais au fur et à mesure que la discussion avançait, il sentait que son rôle devenait de plus en plus insignifiant. Rien ne déprime autant un conspirateur que de se voir enlever l'objet même de sa conspiration. Reggie Connolly crut le moment venu de faire complète volte-face et de saisir cette occasion pour affirmer ce qu'il appelait « sa personnalité ».

– Tout cela est parfait, Stella, dit-il, mais il me semble qu'on me laisse un peu de côté. Qu'est-ce que c'est, ce projet de jouer avec Chauncey Seller… Il a gâché plus de films que n'importe quel autre artiste de ma connaissance… Et toutes ces histoires ? Vraiment, je ne vois pas en quoi je puis vous être utile. Je sais que vous allez me traiter d'abominable lâcheur, mais je trouve tout de même que nous devons une certaine reconnaissance au vieux Jack Knebworth. Pour vous, j'ai envoyé promener ma situation et je serais prêt à faire bien d'autres sacrifices, mais cette idée de prendre Chauncey Seller dans votre groupe… Chauncey Seller qui est une nullité de la pire espèce… Et puis voilà que Foss me saute presque à la gorge pour un rien… !

16. L'ÉTRANGER AU TEINT CUIVRÉ

Ses deux compagnons ne semblaient pas enclins à le rassurer, considérant tous deux l'avenir plutôt que le présent. Le jeune homme sortit avec fracas, avant même que Stella eût réfléchi qu'en gardant Reggie, elle aurait pu mettre Knebworth dans l'embarras et l'obliger à reprendre toutes les scènes dans lesquelles le jeune premier avait déjà paru.

– Bah, ne vous occupez pas de Connolly, continua Foss. Le film ne peut que rater avec cette extra de malheur : elle est mauvaise. Écoutez, j'ai un ami à Londres : il peut mettre des fonds à notre disposition. J'ai sur lui un moyen de pression... Enfin, j'ai un moyen de le persuader. Je vais aller le voir ce soir.

– Et moi, dit Stella, je verrai de mon côté mon ami. Nous appellerons la Compagnie la *STELLA MENDOZA PICTURE CORPORATION*.

Lawley Foss hésita. Il avait en vue un autre titre, mais était disposé à s'arrêter à un compromis tel que *FOSS-MENDOZA* ou *F. M. Company*, compromis que Stella accepta, à condition cependant que les initiales soient interverties.

– Qui est ce Brixan ? demanda Mendoza au moment où Foss s'en allait.

– C'est un détective.

– Un détective ? Qu'est-il donc venu faire ici ?

Lawley eut un sourire de mépris.

– Il essaie de découvrir une chose que jamais un homme de son intelligence bornée ne découvrira. Il est à la recherche du Coupe-Têtes ! Je suis le seul homme au monde qui aurait pu le servir. Mais au lieu de cela, ajouta-t-il avec un rire rusé, je vais me servir moi-même !

Sur cette affirmation mystérieuse, il la quitta.

Stella Mendoza était une femme ambitieuse, et lorsque l'ambition vise la fortune et la célébrité, elle s'embarrasse rarement de scrupules. La vie privée de Stella et ses principes n'étaient ni meilleurs ni pires que ceux de milliers d'autres femmes : ils n'étaient pas plus inhérents à sa profession que ne l'était son goût pour la bonne chère et le luxe. Les péchés de telle catégorie de gens ne viennent jamais de leur profession ou de leur métier, mais bien plutôt de leur empire plus ou moins grand sur eux-mêmes. Ainsi, telle femme préférera mourir plutôt que d'accepter la honte. Telle autre souffrira la honte plutôt que d'accepter la misère ; et cela sans accorder une seule pensée de repentir à l'acte déshonorant qu'elle devra accomplir pour en arriver à ses fins.

Après le départ de Foss, Stella monta à sa chambre pour changer de toilette. Il était encore trop tôt pour la visite qu'elle projetait, car sir Gregory n'aimait pas à la recevoir dans la journée. Lui, qui n'avait pas hésité à envoyer Bhag avec la mission fantastique que l'on sait, observait très scrupuleusement certaines convenances.

Ayant une lettre à poster, l'artiste prit sa voiture et se rendit à Chichester ; arrivée près de la place du marché, elle aperçut Michel Brixan dans une situation assez étrange : il se trouvait au centre d'un petit rassemblement, sa haute stature dépassant tout le monde. Elle vit à côté de lui le casque d'un policeman et fut sur le point de céder à la curiosité qui la poussait à s'approcher d'eux, mais se ravisa et continua son chemin. Lorsqu'elle revint à la même place, la foule s'était dispersée et Brixan avait disparu.

Elle se demanda si elle venait de voir le détective dans l'accomplissement de ses fonctions.

Voici ce qui s'était passé : en traversant la place, Brixan avait été arrêté par la vue d'un rassemblement autour d'un policeman embarrassé et d'un homme à la chevelure épaisse, au visage cuivré. Le policeman cherchait en vain à se faire comprendre de cet étranger, malais évidemment, dont la silhouette bizarre, le complet mal taillé et le feutre mou trop grand attiraient l'attention des passants.

L'étranger avait à la main un paquet lié dans un mouchoir vert clair et sous le bras un long objet enveloppé d'une toile, attaché avec d'innombrables ficelles. Au premier coup d'œil, le détective crut reconnaître un des serviteurs indigènes de Penne, mais après réflexion, il se dit que sir Gregory ne permettrait pas à l'un de ses esclaves de courir librement la campagne.

Se frayant un passage dans la foule, il s'approcha du policeman qui le salua avec un sourire.

– Je n'arrive pas à saisir un seul mot de son baragouin, Sir, dit-il. Il me demande quelque chose, mais pas moyen de le comprendre. Il vient d'arriver dans le pays.

L'homme au teint cuivré tourna ses grands yeux vers Brixan et lui dit quelque chose d'incompréhensible. Il y avait dans l'attitude de cet étranger une dignité que même son ridicule accoutrement n'arrivait pas à atténuer, un port particulier, un air de grandeur qui attirèrent aussitôt l'attention de Brixan.

Soudain, il eut l'idée d'adresser à l'étranger quelques mots en hollandais. Les yeux de l'indigène s'animèrent aussitôt.

– *Ja, mynheer,* je parle le hollandais.

Brixan avait deviné qu'il devait venir de Malaisie où le hollandais et le portugais sont parlés par les indigènes des classes supérieures.

– J'arrive de Bornéo et je cherche un homme qui s'appelle *Truji* en anglais. Non, *mynheer,* je voudrais voir sa demeure, car c'est un grand homme dans mon pays. Lorsque j'aurai vu sa demeure, je retournerai à Bornéo.

Brixan l'examina pendant qu'il parlait. Son visage était d'une grande beauté, mais enlaidi par une longue balafre allant de la tempe jusqu'au bas du menton.

« Un nouveau serviteur de Gregory Penne », songea le détective en indiquant à l'étranger la direction à prendre. Arrêté près du policeman, il suivit des yeux cette silhouette bizarre avec ses paquets, jusqu'à ce qu'elle eût disparu au tournant. Puis il continua son chemin.

17. LE CONSEIL DE MR FOSS

Assise sur son lit, les jambes repliées sous elle, une boîte de marrons glacés à portée de sa main, Adèle était plongée dans la lecture de son cher manuscrit. Un grand pli barrait son front ; malgré tous ses efforts, elle n'arrivait pas à concentrer ses pensées sur les instructions inextricables dont Foss parsemait invariablement ses scénarios.

En temps ordinaire, elle aurait pu surmonter ces difficultés ; mais, pour une raison ou pour une autre, des pensées qui n'appartenaient nullement au domaine de l'art l'envahissaient aujourd'hui avec une telle impétuosité que le sens des lignes placées devant ses yeux n'atteignait pas son cerveau.

Qui était au fond ce Michel Brixan ? Il ne ressemblait pas à l'image qu'elle s'était faite du détective. Pourquoi restait-il à Chichester ? Se pourrait-il… ? Elle rougit à cette pensée et s'irrita contre elle-même. Il n'était guère probable qu'un homme occupé à la recherche d'un terrible criminel perde là son temps uniquement pour rester près d'elle. Ou est-ce que le Coupe-Têtes, l'assassin, se trouverait à proximité de Chichester ? À cette pensée, elle laissa retomber le manuscrit qu'elle tenait.

La voix de sa propriétaire l'éveilla de sa songerie.

– Voulez-vous recevoir Mr Foss, miss ?

Elle sauta de son lit et ouvrit la porte.

– Où est-il ?

– Je l'ai introduit dans le salon, dit la dame.

Cette dernière était devenue un peu plus aimable depuis quelque temps. La nouvelle de l'élévation de la petite extra au grade de star s'était probablement déjà répandue dans la petite ville.

Lorsqu'Adèle entra au salon, elle trouva Lawley Foss debout près de la fenêtre.

– Bonjour, Adèle, dit-il gaiement. (Il ne l'avait encore jamais appelée par son prénom.)

– Bonjour, Mr Foss, répondit-elle en souriant. Je suis bien fâchée d'apprendre que vous nous quittez.

Foss haussa les épaules avec indifférence.

– Le champ d'action était trop limité pour mon genre, dit-il.

Il se demandait si Brixan avait parlé à la jeune fille du petit disque de papier sur la fenêtre et conclut avec raison qu'il n'en avait rien dit. Foss lui-même n'avait d'ailleurs attaché aucune signification à cette marque de papier, acceptant l'explication de Gregory selon laquelle il voulait jeter à la jeune fille qui lui plaisait des fleurs et un cadeau de réconciliation. Foss, tout en traitant Penne de fou amoureux, lui avait rendu le service demandé. Il prit ensuite pour un mélodrame purement imaginaire l'histoire que Knebworth lui raconta.

– Adèle, dit-il, vous n'êtes qu'une petite sotte de repousser un homme tel que Gregory Penne !

À l'expression de la physionomie d'Adèle, il vit aussitôt qu'il marchait sur un terrain périlleux.

17. LE CONSEIL DE MR FOSS

– Voyons, ça n'a aucun sens de planer dans les nuages. Nous sommes des êtres humains, après tout, et il n'est pas anormal que Penne se soit amouraché de vous. Il n'y a aucun mal à cela. Des centaines de jeunes filles acceptent de dîner avec des messieurs sans y voir quelque chose de sinistre. Penne est mon ami, je dois le voir ce soir pour une affaire très importante... Voulez-vous venir avec moi ?

Elle secoua la tête.

– Il se peut en effet qu'il n'y ait aucun mal à cela, mais je n'y vois aucun plaisir non plus.

– C'est un homme riche, un homme puissant, dit gravement Foss. Il pourrait vous être utile.

Elle secoua à nouveau la tête.

– Je ne veux avoir recours qu'à mes propres capacités, dit-elle. J'ai failli dire « mon talent », mais cela vous aurait semblé trop prétentieux. Je n'ai pas besoin de la protection d'un homme riche. Si je ne puis réussir sans cela, c'est que je ne le mérite pas et je me résignerai alors à l'échec.

Foss ne s'en allait pas.

– Je crois que je pourrai me passer de vous, remarqua-t-il, mais j'aurais été content de pouvoir compter sur votre collaboration. Il est fou d'amour pour vous. Si Mendoza le savait, elle vous tuerait !

– Mendoza ? s'exclama la jeune fille. Mais pourquoi ? Est-ce qu'elle... elle le connaît ?

Il fit un signe affirmatif.

– Mais oui. Peu de gens le savent. Il fut un temps où Gregory était prêt à tout faire pour elle ; elle a été intelligente : elle lui a permis de l'aider ! Mendoza a maintenant de l'argent à en allumer le feu et des bijoux qui rempliraient un musée.

Adèle écoutait, frappée d'horreur, incrédule ; Foss se hâta de se mettre à l'abri d'une éventuelle colère de Stella.

– Vous n'avez pas besoin de lui dire que je vous ai raconté... C'est tout à fait confidentiel... Je ne tiens pas non plus à me mettre Penne sur le dos ! (Il frissonna.) Cet homme est un vrai démon !

Elle eut un sourire sarcastique.

– Et pourtant, vous me proposez calmement de venir dîner chez lui et faites même miroiter devant mes yeux l'appât des diamants de miss Mendoza !

– Je suppose que vous la trouvez abjecte ? ricana-t-il.

– Je la plains profondément, dit doucement la jeune fille, et je suis bien décidée à ne pas avoir à me plaindre moi-même.

Elle lui ouvrit la porte et il sortit sans rien ajouter. « Après tout, se dit-il, je n'ai besoin d'aucun secours extérieur. »

Il avait dans la poche de son gilet une page de manuscrit tapée à la machine du Coupe-Têtes. Ce document devait bien valoir une petite fortune.

18. UN VISAGE À L'ARRIÈRE-PLAN

Mr Sampson Longvale était en train de faire une petite promenade le long du sentier étroit parallèle à sa maison. Fidèle à ses habitudes, il était habillé d'une longue robe de chambre en soie grise attachée à la taille par une écharpe écarlate. Un bonnet de nuit ornait sa tête et il tirait solennellement sur la pipe en terre qu'il tenait entre ses dents.

Il venait de souhaiter bonne nuit à sa femme de ménage qui rangeait chaque jour son appartement et lui préparait son frugal repas, lorsqu'il entendit un bruit de pas qui s'approchaient. Il pensa d'abord que ce devait être son employée qui, selon son habitude, avait oublié quelque chose ; mais en se retournant, il reconnut le visage peu aimable de son voisin, sir Gregory, qui avait par deux fois trouvé l'occasion d'être malpoli avec lui.

Le vieillard immobile regardait venir ce visiteur.

– Bonsoir…, grogna Penne. Pourrais-je vous parler en particulier ?

Mr Longvale inclina la tête avec courtoisie.

– Mais certainement, sir Gregory. Voulez-vous entrer ?

Il l'introduisit dans son long salon et alluma des bougies. Sir Gregory regarda autour de lui et eut une grimace de dégoût à l'aspect délabré de l'appartement.

Lorsque le vieillard lui avança un fauteuil, il hésita avant de s'y asseoir.

18. UN VISAGE À L'ARRIÈRE-PLAN

– Et maintenant, Sir, dit poliment Longvale, à quoi dois-je le plaisir de votre visite ?

– L'autre jour, vous avez eu ici une troupe d'acteurs...

Mr Longvale inclina la tête.

– On a raconté une histoire insensée... que mon singe aurait essayé de pénétrer dans la maison.

– Un singe ? dit Mr Longvale, doucement surpris. C'est la première fois que j'entends parler de singe.

L'autre le regardait, soupçonneux.

– Est-ce vrai ? demanda-t-il. Vous voulez me dire que vous n'en avez pas entendu parler ?

Le vieillard se leva, image de la dignité.

– Voulez-vous insinuer que je mens, Sir ? dit-il. S'il en est ainsi, voici la porte ! Et quoi qu'il m'en coûte de manquer de courtoisie envers un visiteur, je crains qu'il ne me reste qu'à vous prier de quitter ma maison.

– C'est bon, c'est bon, dit sir Gregory. Ne vous fâchez pas, mon ami. Ce n'est pas pour cela que j'étais venu vous voir. Vous êtes médecin, n'est-ce pas ?

Mr Longvale était évidemment surpris.

– J'ai pratiqué la médecine dans ma jeunesse, dit-il.

– Et... vous êtes pauvre ? (Gregory regarda autour de lui.) Je parierais que vous ne possédez pas un sou !

– Vous vous trompez, dit tranquillement le vieux Mr Longvale. Je suis au contraire très riche et le fait que je ne répare pas ma maison est dû uniquement à mon amour des vieilles choses. C'est un goût malsain, probablement morbide, même. Comment avez-vous su que j'étais médecin ?

– Je l'ai appris par l'un de mes serviteurs. Vous avez remis un doigt cassé à un charretier.

– Il y a des années que je ne pratique plus, dit Longvale. Je le regrette presque, ajouta-t-il. C'est une noble science.

– Quoi qu'il en soit, même si vous n'êtes pas sans le sou, vous êtes un vieux taciturne et cela m'arrange. Il y a là-haut, chez moi, une jeune fille qui est très malade. Je ne veux pas qu'un de ces médecins de campagne vienne fourrer son nez dans mes affaires. Voulez-vous venir avec moi et l'examiner ?

Le vieil homme restait pensif.

– J'en serais heureux, dit-il, mais je crains que mes connaissances médicales ne soient un peu rouillées. Est-ce une servante ?

– Une sorte de servante, répondit l'autre d'un ton bref. Quand pouvez-vous venir ?

– Je vais venir avec vous, dit gravement Mr Longvale.

Il sortit pour revenir aussitôt vêtu de son pardessus.

Le baronnet eut un regard moqueur pour cet habit des temps passés.

– Pourquoi diable portez-vous des vêtements aussi démodés ? demanda-t-il.

– Ils sont tout neufs pour moi, dit le vieillard avec douceur. Les vêtements actuels n'ont aucune poésie ; ils ne m'apportent pas l'émotion que me procurent ceux-ci.

Il caressa la cape de son manteau et sourit.

– Un vieil homme a le droit d'avoir ses manies ; laissez-moi les miennes, sir Gregory.

Au moment où Mr Sampson Longvale arrivait au château de Griff, Michel Brixan, appelé par un message urgent, entrait dans le bureau de Jack Knebworth.

– J'espère que vous m'excuserez de vous avoir demandé de venir ; c'est probablement sot de ma part, dit le directeur. Vous rappelez-vous que nous avons tourné des scènes au château de Griff ?

Brixan s'en souvenait fort bien.

– Je voudrais que vous voyiez l'une de ces scènes, prise avec la tour pour arrière-plan, et que vous me disiez ce que vous pensez de… quelque chose.

Étonné, Brixan accompagna le directeur dans la chambre de projection.

– Mon directeur de laboratoire m'a signalé la chose sur le négatif, expliqua Jack lorsqu'ils se furent assis et qu'on eut éteint les lumières.

– Qu'est-ce donc ? demanda Brixan avec curiosité…

18. UN VISAGE À L'ARRIÈRE-PLAN

– C'est justement ce que je ne sais pas, dit Knebworth se frottant le front, mais vous allez le voir vous-même.

Il y eut un rayon vacillant de lumière, puis des grésillements de projecteur et enfin, deux personnes apparurent sur le petit écran. C'étaient Adèle et Reggie Connolly ; Brixan suivit avec une attention mêlée d'un malaise croissant la scène d'amour jouée par les deux acteurs.

Dans le fond, on voyait la tour, et Brixan y remarqua pour la première fois une petite fenêtre qu'il n'avait pas aperçue à l'intérieur du hall, particulièrement sombre et toujours éclairé par des lampes électriques.

– Je n'avais jamais remarqué cette fenêtre, dit-il.

– C'est justement cette fenêtre que je vous prie de surveiller, dit Knebworth.

Au même moment, une figure apparut furtivement à la fenêtre. Indistincte et trouble d'abord, elle fut bientôt mise au point. C'était une figure ovale de jeune fille, aux yeux sombres, aux cheveux en désordre, une terreur inexprimable peinte sur tous ses traits. Elle leva la main comme pour appeler quelqu'un... Jack Knebworth lui-même, probablement, puisqu'il avait dirigé la prise de vue. Les deux spectateurs avaient à peine eu le temps de s'accoutumer à la présence de cette jeune fille mystérieuse lorsqu'elle disparut avec une rapidité qui laissait supposer qu'elle avait été violemment tirée en arrière.

– Qu'en pensez-vous ? demanda Knebworth.

Brixan réfléchissait en se mordillant les lèvres.

– On dirait que l'ami Penne a une prisonnière dans sa sombre tour. Ce doit être la femme que j'ai entendu appeler et qu'il prétendit être une servante. Mais la fenêtre me rend perplexe. Il n'y a aucune trace de fenêtre à l'intérieur. L'escalier qui monte du hall est placé de telle sorte qu'il est impossible que la jeune fille se soit trouvée sur une marche ou un palier. Il doit donc y avoir à l'intérieur un autre mur cachant un escalier. Est-ce que vous allez être obligé de reprendre ces scènes ?

– Non, nous pouvons supprimer l'apparition ; elle ne se trouve que sur une longueur d'une cinquantaine de mètres. Mais j'ai pensé que vous seriez content de voir cela.

On redonna les lumières et ils revinrent au bureau du réalisateur.

– Je n'aime pas ce Penne pour plusieurs raisons, dit Jack Knebworth. Je l'aime encore moins depuis que j'ai appris sa grande affection pour Mendoza ; je l'ignorais.

– Qui est Mendoza ?… La vedette détrônée ?

– Oui, Stella Mendoza… Ce n'est pas une mauvaise fille, mais pas bonne non plus, dit l'autre. Je me suis toujours demandé pourquoi Penne nous autorisait si facilement à utiliser ses terres pour nos extérieurs, et maintenant, je le sais. Je vous assure que cette propriété a plus d'un secret.

Brixan sourit faiblement.

– Au moins l'un de ces secrets sera dévoilé cette nuit, dit-il. Je m'en vais explorer la tour de Griff et je n'ai pas l'intention d'en demander la permission à sir Gregory Penne. Si j'y découvre ce que je suppose, Gregory Penne dormira cette nuit sous les verrous.

19. UNE VISITE NOCTURNE

Michel Brixan s'était fait envoyer de Londres une lourde valise qui contenait des choses bien précieuses. Il s'occupait depuis une demi-heure de ce contenu, lorsque le garçon d'étage de l'hôtel vint lui annoncer l'arrivée de la motocyclette qu'il avait fait louer.

Le détective descendit, un sac de montagne attaché sur son dos, enfourcha la motocyclette et fut bientôt hors de la ville, filant à toute vitesse sur les routes sinueuses du Sussex. En arrivant près de *Dower House*, il ralentit, s'arrêta et dissimula sa machine.

Il était 11 heures du soir lorsqu'il se mit à traverser prudemment les champs conduisant au petit portillon du château. L'oreille tendue, il s'attendait à chaque instant à entendre le pas velouté de Bhag.

Le portillon latéral était fermé et verrouillé, obstacle que le jeune homme avait cependant prévu. Ouvrant son sac, il en sortit une ligne de pêcheur en trois pièces et la monta. Il fixa au bout de cette ligne un lourd crochet qu'il éleva ensuite jusqu'au haut du mur et le planta ; il tira fortement sur la ligne pour en éprouver la solidité et, quelques secondes plus tard, grimpant à cette échelle improvisée,

19. UNE VISITE NOCTURNE

il atteignit le sommet et sauta de l'autre côté du mur.

Il suivit le chemin qu'il avait déjà pris une fois à l'abri de la haie, regardant continuellement à gauche et à droite pour ne pas se laisser surprendre par le monstrueux serviteur de Penne. Au moment où il atteignait l'extrémité de la haie, la grande porte d'entrée de la maison s'ouvrit tout à coup et deux hommes en sortirent. L'un d'eux était Penne ; Michel Brixan ne reconnut pas tout d'abord la silhouette élancée de l'autre, puis il entendit sa voix : c'était M. Sampson Longvale !

– Je crois qu'elle s'en remettra fort bien. Ses plaies sont tout à fait particulières. On dirait presque qu'elle a été griffée par une énorme patte d'animal, dit Longvale. J'espère vous avoir été utile, sir Gregory, quoique, ainsi que je vous l'ai dit, il y a presque cinquante ans que je ne pratique plus la médecine.

Ainsi donc, le vieux Longvale était médecin ! Chose curieuse, cette nouvelle ne surprit pas beaucoup Brixan. Quelque chose dans les manières bienveillantes et détachées du vieillard aurait fait deviner son éducation médicale à quelqu'un de moins observateur que Michel Brixan.

– Ma voiture va vous ramener chez vous, dit sir Gregory.

– Non, non, merci, ce n'est pas la peine. Je préfère marcher un peu, ce n'est pas bien loin. Bonne nuit, sir Gregory.

Le baronnet bougonna « bonne nuit » et rentra dans le hall mal éclairé ; Brixan entendit le bruit de chaînes : il verrouillait sa porte.

Il n'y avait pas de temps à perdre. Avant même que Sampson Longvale eût disparu dans l'obscurité, le détective avait ouvert son sac et avait ajouté à sa ligne trois autres tronçons. Chacun de ces tronçons était muni d'une pointe ; c'était une sorte d'échelle à crochets qu'utilisent les pompiers. Au cours de sa carrière mouvementée, Brixan avait plus d'une fois recouru à ce moyen pour pénétrer dans des maisons inabordables.

Il ne s'était pas trompé en évaluant la distance, car lorsqu'il eut élevé sa ligne et fixé le crochet au rebord de la petite fenêtre de la tour, l'échelle était peu éloignée du sol. Après l'avoir essayée, il fit un léger bond et en quelques mouvements parvint en haut. Il n'eut pas de peine à ouvrir la fenêtre et, pénétrant à l'intérieur, se trouva sur la marche d'un étroit escalier plongé dans la pénombre.

Sortant sa lampe de poche, il fit circuler de haut en bas un rayon de lumière. Il vit en bas une petite porte qui devait conduire dans le hall ; par un effort de mémoire, il put effectivement se rappeler la présence dans un coin de ce hall d'un rideau auquel il n'avait pas attaché d'importance.

Il descendit et essaya d'ouvrir la porte. Elle était fermée à clef. Sortant alors de sa poche un petit sac à outils, il se mit à manipuler la serrure. Après s'être assuré que la porte s'ouvrirait au besoin, il l'abandonna et monta l'escalier, arrivant à un étroit palier sans aucune porte.

Un deuxième étage, puis un troisième et un quatrième l'amenèrent, d'après ses calculs, au sommet de la tour ; là, il découvrit une petite porte. Il écouta pendant un moment et entendit quelqu'un bouger à l'intérieur ; d'après le son des pas, il jugea que ce devait être quelqu'un chaussé de pantoufles.

Puis une porte claqua. Il essaya alors de tourner la poignée qui céda. Il entra doucement, avançant petit à petit, jusqu'à ce qu'il pût voir toute la pièce.

C'était une petite chambre au plafond élevé, meublée seulement d'un lit bas sur lequel une femme était étendue.

Par bonheur, elle lui tournait le dos ; mais ses cheveux noirs et la couleur ambrée de son bras nu lui apprirent que ce n'était pas une Européenne.

Tout à coup, elle se retourna et il reconnut aussitôt le visage qu'il avait vu sur le film. Elle était jeune et belle. Ses yeux étaient fermés et elle se mit à pleurer doucement dans son sommeil.

Brixan s'était déjà avancé jusqu'au milieu de la chambre lorsqu'il vit la poignée de la porte, située à l'opposé, tourner lentement ; rapide comme l'éclair, il revint sur le palier obscur.

C'était Bhag, vêtu de son pantalon de toile bleue, un plateau dans ses grandes mains. Avançant une jambe, il tira à lui une petite table et plaça le repas devant le lit. La jeune femme ouvrit les yeux et recula avec un cri de dégoût ; et Bhag, évidemment accoutumé à de pareilles manifestations de sa part, s'en alla.

Brixan rentra à nouveau dans la chambre, la traversa sans que la jeune femme l'eût remarqué, ouvrit la porte opposée et regarda.

À deux mètres à peine de la porte, il vit Bhag assis sur ses talons,

19. UNE VISITE NOCTURNE

les yeux tournés vers lui.

Refermant vivement la porte, le jeune homme s'enfuit vers l'escalier secret et tira la deuxième porte derrière lui. Il tâta, espérant trouver une clef, mais n'en trouvant point, descendit à toute vitesse les escaliers.

Il ne tenta pas de sortir par la fenêtre, mais continua jusqu'au bas de l'escalier et entra par la porte conduisant dans le hall. Cette fois, il put verrouiller la porte derrière lui. Écartant le rideau, il entra doucement dans le hall. Il attendit. Au bout de quelques secondes, des pas, puis un bruyant reniflement se firent entendre de l'autre côté de la porte.

Son premier mouvement fut de s'assurer une retraite ; sans faire de bruit, il fit glisser les verrous de la porte d'entrée, retira la chaîne et tourna la clef. Puis, tout aussi silencieusement, il traversa le corridor jusqu'à la chambre de sir Gregory. Le danger était maintenant que les serviteurs malais ne le voient, mais il lui fallait courir ce risque. Lors de ses précédentes visites, il avait remarqué tout près de l'entrée de la bibliothèque une porte qui devait conduire à quelque antichambre. Cette porte n'était pas fermée ; il entra dans une pièce complètement sombre. Avançant à tâtons le long du mur, il trouva le commutateur et le tourna. Deux lampes murales s'allumèrent, éclairant suffisamment la pièce pour lui permettre de l'examiner.

C'était un petit salon, inutilisé apparemment, car les meubles étaient recouverts de housses et la cheminée était vide. De là, on devait pouvoir pénétrer dans la bibliothèque par la porte près de la fenêtre. Il éteignit les lampes, alla fermer à clef la porte de la bibliothèque, puis essaya les volets. Ils étaient fixés par des barres de fer, mais n'étaient pas verrouillés comme ceux de la bibliothèque. Il retira les barres, entrouvrit très doucement les volets, puis la fenêtre. Sa seconde voie de fuite était prête et il pouvait maintenant affronter le danger.

S'étant agenouillé devant la porte de la bibliothèque, il regarda par le trou de la serrure. La bibliothèque était éclairée et quelqu'un y parlait. Une femme ! Tournant sans bruit la poignée, il entrouvrit la porte de quelques millimètres et put voir l'intérieur de la pièce.

Penne se tenait debout dans sa pose favorite, le dos tourné à la cheminée, et devant lui se trouvaient les rafraîchissements sans lesquels la vie lui était apparemment insupportable.

Sur un siège bas à côté de la cheminée était assise Stella Mendoza. Elle était vêtue d'un manteau de fourrure et autour de son cou s'étalaient des joyaux comme Brixan n'en avait encore jamais vu sur une femme.

Il était évident que la conversation ne devait pas être des plus agréables, car le visage de Gregory était plus renfrogné que jamais et Stella n'avait pas l'air satisfaite.

– Si je vous ai quittée, c'est que je le devais, gronda l'homme en réponse à une observation qu'elle venait de faire. Une de mes domestiques est malade et j'ai dû aller chercher un médecin. D'ailleurs, si je n'étais pas sorti, le résultat serait le même. Rien à faire, ma petite. La poule aux œufs d'or a cessé de pondre. Vous avez été bien sotte de vous disputer avec Knebworth.

Elle dit quelque chose que le détective ne put saisir.

– Eh, je pense bien qu'une Compagnie à vous, ce serait splendide ! dit Penne, sarcastique. Ce serait splendide pour moi qui aurais à débourser et encore mieux pour vous qui n'auriez qu'à dépenser ! Non, Stella. Ce truc-là ne prend pas. J'ai été très bon pour vous ; n'espérez pas que je me ruine pour satisfaire vos caprices.

Elle s'écria avec véhémence :

– Ce n'est pas un caprice ! C'est une nécessité. Vous ne voudriez pas me voir aller de studio en studio acceptant le premier rôle venu, n'est-ce pas, Gregory ? plaida-t-elle.

– Je ne veux pas vous voir travailler du tout, et rien ne vous y oblige. Vous avez de quoi vivre. Quoi qu'il en soit, vous n'avez rien de sérieux contre Knebworth. Sans lui, vous ne m'auriez pas rencontré, et si vous ne m'aviez pas rencontré, vous n'auriez pas votre fortune. Au fond, que cherchez-vous ? Un changement ?

Un silence suivit. La tête de la jeune fille était baissée et Brixan ne pouvait voir son visage ; mais lorsqu'elle répondit à Penne, une note méchante dans sa voix lui en dit long sur son état d'esprit.

– C'est vous qui peut-être désirez un changement ? Si je voulais, je pourrais révéler des choses sur votre compte qui ne feraient pas bon effet dans les journaux, et cela vous procurerait un bon changement ! Mettez-le-vous bien dans la tête, Gregory Penne ! Je ne

19. UNE VISITE NOCTURNE

suis pas une sotte… J'ai vu et j'ai entendu ici bien des choses et je sais combien font deux et deux. Ah, vous croyez que je demande un changement ? Eh bien, oui ! Je veux trouver des amis qui ne soient pas des assassins…

L'homme avait bondi sur elle, sa grande main lui couvrant la bouche.

– Petite gueuse ! siffla-t-il.

À ce moment, on dut frapper à la porte, car il se retourna et dit quelques mots en un dialecte étranger.

Brixan ne put entendre la réponse.

– Écoutez-moi. (Gregory s'adressait à la jeune fille sur un ton plus calme.) Foss m'attend ; nous discuterons de cette affaire tout à l'heure.

Allant à son bureau, il pressa le ressort qui ouvrait la porte secrète du logis de Bhag.

– Entrez là et attendez-moi, dit-il. Je n'en ai pas pour plus de cinq minutes.

Elle regardait avec méfiance la porte qui venait soudain de s'ouvrir dans la boiserie.

– Non, dit-elle. Je veux rentrer chez moi. Demain sera assez tôt pour notre discussion. Je regrette d'avoir été trop dure, Gregory, mais vous me faites parfois perdre la tête.

– Entrez là !

Le visage devenu mauvais, il lui indiqua l'ouverture.

Elle pâlit.

– Non, je n'irai pas ! Ah, brute, pensez-vous donc que je ne sais pas ? C'est là l'antre de Bhag ! Oh, brute que vous êtes !

Le visage de l'homme était horrible à voir. Il semblait que tout son esprit se fût concentré dans une grimace diabolique.

La respiration bloquée par la terreur, la jeune fille se réfugia contre le mur et le regarda. Gregory réussit enfin à se dominer.

– C'est bon, passez dans le petit salon, dit-il, la gorge sèche.

Brixan n'eut que le temps de tourner le commutateur pour éteindre la lumière et de s'aplatir contre le mur. La porte s'ouvrit et la jeune fille fut poussée dans la pièce.

– C'est sombre ici, gémit-elle.

– Vous trouverez les boutons électriques.

La porte claqua.

Brixan se trouvait devant un dilemme. Il pouvait voir la silhouette de la jeune fille avançant le long du mur ; il fit un mouvement pour l'éviter. Mais en se reculant, il accrocha une chaise.

– Qui est là ? s'écria-t-elle. Gregory ! Ne le laissez pas me toucher. Gregory !

Son appel aigu vibra dans la maison.

Brixan bondit, passa devant elle, sauta par la fenêtre et, le cri d'agonie résonnant encore à ses oreilles, fila le long de la haie.

Malgré toute la promptitude de sa fuite, quelque chose de plus agile encore que lui avait bondi à sa poursuite, quelque chose de grand qui courait à quatre pattes, ne cessant d'émettre un étrange gazouillis.

Le détective l'entendit et devina aussitôt.

De quelle cachette secrète était sorti Bhag ? Ou bien se trouvait-il dans le jardin au moment où le détective sautait par la fenêtre ? Le jeune homme sentit tout à coup que la poche de son veston était devenue trop légère et y porta la main. Son revolver avait disparu, tombé probablement au moment où il avait sauté.

Le bruit des pas était toujours derrière lui. Prenant tout à coup la tangente, Brixan se précipita à travers champs, trébuchant au milieu des choux, glissant dans les sillons, l'énorme bête gagnant du terrain à chaque seconde.

Enfin, il vit devant lui le portillon fermé. Ce portillon eût-il même été ouvert, le mur n'aurait pas été un obstacle pour le singe. La fuite n'était donc plus possible. À bout de souffle, Brixan se retourna vers son adversaire et vit dans la nuit une paire d'yeux verdâtres qui luisaient comme des étoiles de malheur.

20. LE SAUVEUR INATTENDU

Michel Brixan s'apprêtait à livrer une suprême et inutile bataille. Mais voilà qu'à sa stupéfaction, le singe s'arrêta et son murmure d'oiseau devint un bredouillement mécontent. Se levant sur ses

20. LE SAUVEUR INATTENDU

pattes de derrière, il se tambourina rapidement la poitrine de ses poings fermés, produisant ainsi un son creux déchirant.

En même temps que ce son, Brixan entendit un étrange sifflement. Il regarda autour de lui. Portant les yeux au sommet du mur, il y vit un homme assis et le reconnut aussitôt. C'était l'étranger au teint cuivré qu'il avait rencontré ce même jour à Chichester.

Le sifflement devint plus fort et Brixan vit que l'étranger tenait dans la main un objet brillant et courbé. C'était un sabre tout pareil à celui que sir Gregory avait au-dessus de sa cheminée.

Une seconde plus tard, l'étranger avait sauté à terre et Bhag, lançant un cri presque humain, faisait demi-tour et s'enfuyait à toutes jambes.

Brixan le suivit des yeux jusqu'à ce qu'il eût disparu dans la nuit.

– Mon ami, dit-il en hollandais, vous êtes arrivé juste à temps.

Il se tourna vers son sauveur, mais celui-ci avait disparu comme si la terre l'avait englouti. Cependant, il put distinguer une forme sombre s'éloignant rapidement le long de la haie. Il eut un instant la tentation de le suivre et de l'interroger, mais il prit une autre décision.

Après quelques efforts, il réussit à grimper par-dessus le mur et à sauter sur la route. Il remit un peu d'ordre à sa toilette, fit le grand tour de la propriété et se présenta calmement à l'entrée principale de Griff en sifflotant un air allègre. Ne voyant personne au moment où il traversait les plates-bandes devant la façade, il s'empressa de retrouver son revolver.

Il lui fallait s'assurer que l'actrice ne courait aucun danger. Sa voiture était toujours à l'entrée. Brixan avait déjà levé la main vers la sonnette lorsqu'il entendit des pas et des voix résonner dans le hall. Il écouta attentivement : il n'y avait aucun doute, l'une de ces voix était celle de Stella Mendoza ; il se cacha rapidement.

La jeune fille sortit, suivie de sir Gregory ; au ton de leur conversation, un étranger ignorant les circonstances de leur entrevue aurait pu conclure que, malgré l'heure tardive, cette visite était bien ordinaire.

– Bonne nuit, sir Gregory, dit la jeune fille presque tendrement. Je viendrai vous voir demain.

– Venez déjeuner, dit Gregory. Et amenez votre amie. Désirez-vous que je vous accompagne jusqu'à votre voiture ?

– Non, je vous remercie, répondit-elle vivement.

Brixan la suivit des yeux jusqu'à ce qu'elle eût disparu ; la lourde porte du château se referma bientôt avec son bruit familier de chaînes et de verrous.

Où se trouvait Foss ? Il devait être parti plus tôt, si Gregory n'avait pas menti en l'annonçant. Brixan attendit que le silence fût revenu, puis, marchant sur la pointe des pieds, il traversa le sentier couvert de gravier et s'en alla.

Il chercha à apercevoir le petit homme au teint cuivré, mais celui-ci avait définitivement disparu. Le détective se souvint tout à coup qu'il avait laissé son échelle accrochée à la fenêtre et décida d'aller la reprendre. Il la trouva à sa place, la démonta, la remit dans son sac et, cinq minutes plus tard, il était auprès de sa motocyclette.

Une lumière jaunâtre éclairait la fenêtre de la salle à manger de Mr Longvale. Michel avait presque envie de passer chez lui. Le vieux gentilhomme aurait en tous cas pu le renseigner sur cette jeune femme au visage ovale qu'il avait vue dans la chambre de la tour. Mais au lieu de faire cette visite, il décida de rentrer chez lui. Il se sentait fatigué et un peu déçu. La tour ne lui avait pas révélé le secret important qu'il avait espéré y trouver. La jeune femme était évidemment une prisonnière, enlevée probablement pour l'amusement de sir Gregory et amenée en Angleterre sur son yacht. De pareilles choses s'étaient déjà produites ; quelques mois auparavant, une affaire toute semblable avait été jugée par les tribunaux. Mais cela ne semblait pas valoir la peine qu'il prolongeât encore sa veille.

En rentrant, il prit un bain, se fit une tasse de chocolat, puis, avant de se coucher, s'assit pour dresser le bilan de sa journée. En réfléchissant aux événements auxquels il venait d'assister, il se sentit moins sûr de sa première solution du mystère du Coupe-Têtes. Et plus il y pensait, plus il était mécontent de lui-même, jusqu'à ce qu'enfin, complètement dégoûté de se sentir aussi hésitant, il éteignit la lumière et se coucha.

Le lendemain, il dormait encore paisiblement lorsqu'un visiteur inattendu vint le réveiller. Brixan s'assit dans son lit, se frottant les yeux.

20. LE SAUVEUR INATTENDU

– Est-ce que je rêve, ou est-ce bien Staines ? s'écria-t-il.

Le commandant Staines sourit.

– Vous ne rêvez pas. C'est bien moi.

– Serait-il arrivé quelque chose de nouveau ? demanda Brixan, sautant hors de son lit.

– Non, rien. Mais j'ai dansé tard la nuit dernière. Pour me punir de cette frivolité, j'ai décidé de prendre le premier train du matin et de venir voir où vous en êtes dans l'affaire Elmer.

– L'affaire Elmer ? (Brixan fronça les sourcils.) Ciel ! J'avais presque oublié ce malheureux Elmer !

– Voilà quelque chose pour vous le remettre en mémoire, dit Staines.

Il sortit de sa poche une coupure de journal. Brixan la prit et lut :

« Votre mal physique ou moral est-il incurable ? Hésitez-vous au bord du néant ? Le courage vous manque-t-il ? Écrivez au Bienfaiteur, Boîte… »

– Qu'est-ce que c'est que cela ? demanda Brixan, perplexe.

– Cela a été trouvé dans la poche du gilet qu'Elmer avait porté quelques jours avant sa disparition. Mrs Elmer, examinant ses habits avant de les vendre, a trouvé ce bout de journal. C'est découpé dans le *Morning Telegraph* du 14, c'est-à-dire trois ou quatre jours avant qu'Elmer disparaisse. Le numéro est celui sous lequel les réponses devaient être adressées au journal. L'enquête a prouvé que quatre lettres étaient arrivées au nom du « Bienfaiteur ». On les a fait suivre à une petite boutique à Stiblington Street, à Londres. Là, elles ont été prises par une vieille femme, ouvrière d'apparence. Aucune trace n'a pu être retrouvée après cela. Des annonces du même genre ont été retrouvées dans d'autres journaux, mais là encore, les lettres étaient adressées à un intermédiaire chez qui une femme, la même probablement, était venue les prendre. À chaque annonce, l'auteur change d'adresse. Cette femme, entre autres, est une inconnue dans chacun des quartiers où elle s'est présentée et d'après ce que déclarent les boutiquiers, elle doit être un peu « timbrée » car elle a l'habitude de marmotter toujours quelque chose et de se parler à elle-même. Son nom, ou plutôt le nom qu'elle a toujours donné, est Stivins… Chaque fois, elle était munie d'un mot signé « Marc », l'autorisant à retirer la correspondance. Nous n'avons aucun doute qu'elle ne soit de Londres, mais jusqu'à présent, la police n'a pas su la retrouver.

– Et si on la retrouve ? demanda Brixan, croyez-vous à quelque rapport entre l'annonce et les assassinats ?

– Oui et non, répondit Staines. Je vous signale simplement que cette annonce est étrange et en tous cas suspecte. Et maintenant, qu'avez-vous à me raconter ?

Durant une heure, Brixan conta ses aventures, interrompu de temps en temps par une question de Staines.

– L'idée est curieuse, presque fantastique, dit gravement le commandant, mais si vous sentez ne fût-ce qu'un seul fil entre vos mains, allez-y. À vous dire vrai, j'avais une crainte horrible que vous n'ayez échoué ; et puisque je ne veux pas que notre département devienne la risée de Scotland Yard, j'ai voulu faire un saut jusqu'ici et vous communiquer le résultat de mes investigations.

Plus tard, au moment où tous les deux prenaient place à table, le commandant ajouta :

– Je suis de votre avis ; vous devez agir avec grande prudence. L'affaire est délicate. N'avez-vous pas parlé de vos soupçons aux agents de Scotland Yard ?

Brixan secoua la tête.

– Ne leur dites rien, insista son chef. Vous pouvez être certain qu'ils se hâteraient d'arrêter la personne que vous soupçonnez et cela ferait très probablement disparaître la preuve de sa culpabilité. Vous dites que vous avez perquisitionné dans la maison ?

– Pas perquisitionné ; j'y ai fait de rapides recherches.

– Y a-t-il des caves ?

– Je le suppose. Ce type de maison en a toujours.

– Des dépendances ?...

– Autant que j'ai pu en juger, il n'y en a pas.

Brixan accompagna son chef à la gare et le commandant lui déclara qu'il partait bien plus rassuré qu'il n'était venu. Au moment où le train allait s'ébranler, il ajouta :

– Je vais vous donner un conseil : tenez-vous sur vos gardes ! Vous avez affaire à un homme ingénieux et sans scrupules. Pour l'amour du ciel, ne sous-estimez pas trop son intelligence. Je ne veux pas avoir à me réveiller un matin en apprenant que vous avez quitté le monde des vivants.

21. LA RATURE

Le chemin conduisant de la gare au logis de Brixan ne passait pas par la petite rue où demeurait Adèle Leamington. Et pourtant, avant de rentrer chez lui, le jeune homme vint sonner à sa porte et fut déçu d'apprendre que l'artiste était sortie dès 7 heures du matin.

Knebworth tournait en extérieur à South Downs. Le studio était désert quand le détective y arriva ; seuls le secrétaire de Knebworth et le nouveau scénariste, arrivé la veille, s'y trouvaient.

– Je ne sais exactement où l'on tourne, Mr Brixan, dit le secrétaire, mais c'est quelque part près d'Arundel. Miss Mendoza est venue ce matin me poser la même question. Elle voulait inviter miss Leamington à venir déjeuner en sa compagnie.

– Ah, vraiment, Mr Dicker ? dit lentement Brixan. Eh bien, si elle revient, vous pouvez lui dire que miss Leamington a déjà pris un autre rendez-vous.

L'autre sourit d'un air entendu.

– J'espère qu'elle ne vous fera pas trop attendre. Quand Jack Knebworth tourne des extérieurs, on ne sait jamais…

– Je n'ai pas dit qu'elle avait rendez-vous avec moi, trancha Brixan en élevant la voix.

– Ah, à propos, Mr Brixan, dit tout à coup le secrétaire, vous rappelez-vous les recherches que vous avez faites… Je veux dire, au sujet d'une feuille dactylographiée qui s'était trouvée dans le manuscrit de miss Leamington ?

– Mais oui. A-t-on retrouvé le manuscrit ? demanda le détective.

– Non, mais le nouveau scénariste me dit qu'il a examiné le livre dans lequel Foss inscrivait tous les manuscrits qu'il recevait : il y a trouvé une entrée noircie avec de l'encre de Chine.

– Je voudrais voir le livre, dit Brixan, vivement intéressé.

On le lui apporta aussitôt. C'était un grand livre de comptabilité, divisé en colonnes portant le titre des scénarios offerts, le nom de l'auteur, son adresse, la date de la réception et la date du renvoi.

Brixan plaça le livre sur le bureau de Knebworth et se mit à étudier la liste des auteurs.

– Si cet auteur a envoyé un scénario, il en a probablement envoyé d'autres, dit-il. N'y a-t-il pas d'autres ratures ?

Le secrétaire secoua la tête.

– C'est la seule que nous ayons trouvée, dit-il. Vous verrez figurer là quantité de gens du pays… Depuis que nous travaillons ici, il n'y a pas un seul commerçant dans les environs qui n'ait écrit un scénario ou soumis une idée.

Le doigt du détective remontait lentement le long de la colonne des noms, page après page. Tout à coup, son doigt s'arrêta à un nom :

Sous l'Empire de la Peur : sir Gregory Penne.

Il se tourna vers Dicker.

– Est-ce que sir Gregory a soumis des scénarios, Mr Dicker ?

– Mais oui, il en a envoyé un ou deux. Vous retrouverez son nom plus loin encore. Il écrivait des scénarios qu'il croyait convenir à miss Mendoza. Ce n'est pas lui, l'homme que vous recherchez ?

– Non, dit vivement Brixan. Possédez-vous ici l'un de ses manuscrits ?

– Ils lui ont tous été renvoyés, dit Dicker avec regret. Il a écrit des choses idiotes ! J'en ai lu une. Je me rappelle que Foss a essayé de persuader le vieux Jack de l'accepter. D'après ce que nous venons d'apprendre, Foss y gagnait pas mal d'argent à ce petit truc-là. Il demandait une commission aux auteurs et Mr Knebworth a découvert ce matin qu'il avait même touché deux cents livres d'une jeune femme pour la faire entrer dans la troupe ! Le directeur lui a écrit ce matin une lettre salée, vous savez !

Brixan retrouva en effet une fois encore le nom de sir Gregory Penne. Il n'y avait rien de remarquable à ce que le châtelain de Griff ait soumis un manuscrit. Il n'y a guère d'être pensant au monde, homme ou femme, qui ne se croie capable d'écrire un scénario.

Il ferma le livre et le rendit à Dicker.

– Cette entrée raturée est étrange. Je m'en vais voir Foss et lui en parler.

Le détective se présenta au petit hôtel où demeurait Foss, mais

21. LA RATURE

celui-ci était sorti.

– Je ne crois pas qu'il soit rentré cette nuit, dit le directeur de l'hôtel. S'il est rentré, il n'a en tous cas pas dormi dans son lit. Il nous avait annoncé son départ pour Londres, ajouta-t-il.

Brixan revint au studio, car la pluie commençait à tomber : « la troupe ne devrait plus tarder », pensa-t-il. Il avait raison ; quelques minutes plus tard, le grand char à bancs jaune rentrait dans la cour. Adèle vit le jeune homme et, après un bref bonjour, elle allait passer, lorsqu'il l'arrêta.

– Merci bien, Mr Brixan, répondit-elle à son invitation, mais nous avons déjeuné dehors et j'ai deux grandes scènes à lire pour demain.

Son refus était assez catégorique, mais Brixan n'était pas homme à accepter facilement un échec.

– Et que direz-vous d'une tasse de thé ? Il faut bien que vous goûtiez, ma chère, eussiez-vous même cinquante scènes à étudier. Et vous ne pouvez pas manger et lire en même temps, ou si vous le faites, vous aurez une indigestion, et si vous avez une indigestion…

Elle rit.

– Si ma propriétaire veut bien me prêter son salon, vous pourrez venir à 4 heures et demie prendre une tasse de thé, dit-elle. Mais je vous préviens : si vous avez un autre rendez-vous à 5 heures, vous pourrez y arriver à temps.

Lorsque Brixan entra au studio, Jack Knebworth l'attendait.

– Vous a-t-on parlé de cette rature au livre des entrées ? demanda-t-il. Oui, je vois que vous êtes au courant. Qu'en pensez-vous ? (Puis, sans attendre une réponse :) Cela me semble tout à fait louche. Foss était un fieffé coquin… Il ne pouvait pas rester honnête. Je viens de découvrir encore une sale histoire : il se faisait graisser la patte pour faire accepter des artistes !

– Et comment cela a-t-il marché avec la jeune vedette ? demanda Brixan.

– Vous parlez d'Adèle ? Vraiment, Brixan, c'est une merveille ! Je touche du bois tout le temps. (Il effleura sa table de la main.) Je sais qu'une grosse déception doit m'attendre quelque part. Ces choses-là n'arrivent pas dans la vie réelle. Les seules vedettes qu'on ait vues naître ainsi en une nuit ont été de ces poupées présentées par quelque vice-président amoureux qui, ayant promis de faire quelque chose pour Mimi ou Lucette, ne peut manquer à sa parole. Et Mimi, ou Lucette, aidée par six cents extras, cinq cent mille dollars d'accessoires, deux courses de chars et une chute de Babylone, réussit finalement à donner une vague idée de ce qu'aurait été la reine des Perses si elle était née coryphée ou mannequin. Et de deux choses l'une, ou elle est si peu habillée qu'on oublie de regarder son visage, ou elle a tant de toilettes qu'on n'a pas le temps de remarquer son jeu… Ces sortes de stars ressemblent à la poussière lumineuse de la voie lactée : tant de splendeur l'entoure qu'elle pourrait ne pas y être du tout. Tandis que cette petite Leamington l'emporte entièrement et indiscutablement par son intelligence. Je vous le répète, Brixan, cela me fait peur. Ces choses-là n'arrivent que dans l'imagination des publicistes. Il doit y avoir un vice quelconque en cette enfant.

– Un vice ? dit Brixan, stupéfait.

– Mais oui, un vice caché. Ou bien elle va me laisser tomber et disparaître avant que le film ne soit terminé, ou encore elle se fera arrêter un de ces jours pour avoir conduit en état d'ivresse au milieu de Regent street !

L'autre éclata de rire.

– Je ne pense pas qu'elle fasse ni l'un, ni l'autre, assura-t-il.

– Avez-vous entendu parler de la nouvelle compagnie théâtrale que fonde Mendoza ? demanda Jack en bourrant sa pipe.

Brixan prit une chaise et s'assit.

– Non, première nouvelle.

– Elle monte une nouvelle affaire. Je n'ai encore jamais mis une star à la porte sans qu'elle ne fasse cette tentative ! Tout cela s'inscrit sur du papier, le capital versé en grosses lettres, le nom de la star en plus grosses encore ! Les amis de la star lui suggèrent généralement cette idée en l'assurant que cent mille livres par an est un salaire de famine pour une femme de son génie. Derrière tout cela, il y a toujours une *poire* qui fournit les fonds. L'étoile choisit une pièce dans laquelle elle ne quitte jamais l'écran et arbore une nouvelle toilette tous les cinq mètres de film. Si elle ne peut pas trouver un pareil scénario, elle s'en fait écrire un. Les autres membres de la troupe n'apparaissent que dans les seconds plans. Mais quand le

21. LA RATURE

film est à moitié chemin, l'argent manque subitement, la compagnie fait faillite et tout ce qui reste à la pauvre petite étoile, c'est une Rolls-Royce qu'elle avait achetée pour aller tourner les extérieurs, un pavillon qu'elle s'était fait bâtir pour être plus près du studio et 25 % environ du capital qu'elle avait touché à titre de versements des actionnaires.

– Mendoza ne trouvera pas en Angleterre un bon metteur en scène.

– Elle peut en trouver, dit Jack. Il y a des metteurs en scènes dans ce pays, mais malheureusement, ce ne sont pas des hommes en vue. Ils ont généralement été ruinés par leur folie des grandeurs. Un homme qui réalise un film avec un fort capital pour le soutenir peut gagner de l'argent. Il n'ira pas chercher des sujets rebattus. Il dira à ses capitalistes : « Réalisons la chute de Jérusalem. J'ai une idée épatante pour rebâtir le temple d'Ézéchiel. Cela ne nous coûtera qu'une bagatelle de deux cent mille dollars et nous aurons cinq cents extras dans l'une des scènes ; nous rebâtirons le Colisée et placerons cent lions roux dans l'arène ! Le sujet ? Qu'avez-vous besoin d'un sujet ? Le public aime les foules ! » Ou encore, il aura l'idée de reconstituer le Vésuve et ses éruptions au taux de cent cinquante dollars le mètre. Plusieurs grandes réputations ont été faites à coup de décors et d'extras… Entrez, Mr Longvale.

Brixan se retourna. L'aimable vieillard était à la porte, tenant son chapeau à la main.

– J'ai eu peur de vous avoir dérangés, dit-il de sa belle voix. Mais j'étais sorti pour une entrevue avec mon homme d'affaires et ne pouvais résister à la tentation de passer voir comment marche votre film.

– Cela avance fort bien, Mr Longvale. Je vous remercie. Vous connaissez Mr Brixan, je crois ?

Le vieillard sourit et fit un signe affirmatif.

– Je suis allé voir mon homme d'affaires pour une question assez drôle. Il y a bien des années de cela, j'ai fait des études de médecine et ai passé des examens. De sorte que je suis docteur, sans avoir jamais pratiqué la médecine. On ignore généralement que j'ai ce diplôme et j'ai été fort surpris la nuit dernière qu'un hum… un de mes voisins vînt me prier d'aller voir une de ses domestiques malade. Or, je suis tellement ignorant de ces questions que je me suis demandé si ce serait contrevenir à la loi que d'exercer la médecine sans m'être fait enregistrer ?

– Je puis vous rassurer à ce sujet, Mr Longvale, dit Brixan. Si vous avez été enregistré une fois comme médecin, vous êtes en règle pour toujours et vous n'avez rien fait de répréhensible.

– C'est ce que m'a dit mon homme d'affaires, répondit gravement Longvale.

– Était-ce un cas grave ? demanda Brixan qui avait deviné de quelle malade il s'agissait.

– Non, pas grave. Je craignais un empoisonnement du sang, mais je crois que je m'étais trompé. La médecine a fait de tels progrès depuis ma jeunesse que je n'osais presque pas prescrire un médicament. Quoique très heureux de pouvoir être utile à l'humanité, j'avoue que cet événement m'a secoué et je n'ai guère dormi après cela. Ma nuit a d'ailleurs été bien mouvementée. Figurez-vous que quelqu'un a eu l'idée de placer une motocyclette dans mon jardin.

Brixan ne put retenir un sourire.

– Je ne comprends pas ce que cela peut signifier, poursuivit Longvale. Et puis j'ai vu notre ami Foss qui m'a semblé bien préoccupé.

– Où l'avez-vous vu ? demanda vivement Brixan.

– Il passait devant ma maison. Moi, j'étais en train de fumer ma pipe à la grille du jardin et lui ai dit bonsoir sans voir qui c'était. Au moment où il s'est retourné, je l'ai reconnu. Il m'a dit qu'il revenait d'une visite et qu'il en avait une autre à faire.

– Quelle heure était-il ? demanda encore le détective.

– Il devait être près de 11 heures. (Le vieillard hésita.) Je n'en suis pas sûr. C'était juste avant que je me mette au lit.

Brixan pensa que sir Gregory, ayant probablement renvoyé Foss, lui avait demandé de revenir après le départ de la jeune fille.

– Et dire que ma petite propriété était remarquable par sa tranquillité, continua Mr Longvale en hochant la tête. (Puis, se tournant vers Knebworth, il dit :) Lorsque votre film sera terminé, peut-être me permettrez-vous de le voir ?

– Mais certainement, Mr Longvale.

– Je ne sais pourquoi je m'y intéresse tellement, dit le vieil homme. Je dois avouer qu'il y a quelques semaines à peine, la production d'un film était pour moi un mystère. Et même aujourd'hui encore, c'est une science occulte.

À ce moment, Dicker glissa sa tête dans l'entrebâillement de la porte.

– Désirez-vous recevoir miss Mendoza ? demanda-t-il.

Le visage de Jack Knebworth exprima un profond ennui.

– Non, répondit-il d'un ton bref.

– Elle dit…, commença Dicker.

Seule la présence du vénérable Mr Longvale empêcha Jack d'exprimer ce qu'il pensait de Stella Mendoza et de tout ce qu'elle pouvait dire.

– Ah, voilà encore une autre personne que j'ai vue hier soir, annonça Longvale. J'ai supposé d'abord que vous deviez « tourner » dans les environs, c'est bien ainsi que l'on dit, n'est-ce pas ? Mais Mr Foss m'a assuré que je me trompais. Elle est charmante, ne trouvez-vous pas ?

– Tout à fait, dit sèchement Jack.

– Une exquise nature, continuait Longvale sans se rendre compte de la situation. Le brouhaha et la fébrilité dans lesquels la vie moderne nous entraîne ne laissent plus de place à la douceur de caractère et on est heureux de rencontrer une exception. Ce n'est pas que je sois un ennemi du progrès. L'époque moderne est pour moi la phase idéale de l'existence.

– Exquise nature ! grommela Jack Knebworth lorsque le vieil homme eut pris congé avec sa dignité coutumière. L'avez-vous entendu, Brixan ? Ah, vraiment, si cette femme est douce, c'est alors que le diable est en chocolat !

22. LA TÊTE

En sortant, Brixan vit Stella à la grille du studio et se souvint qu'elle avait été invitée à déjeuner au château de Griff. À son grand étonnement, la jeune femme se dirigea vers lui.

– Je voudrais vous parler, Mr Brixan, dit-elle. J'ai envoyé un mot au bureau pour demander si vous y étiez.

– C'est par erreur, alors, que votre message a été transmis à Mr Knebworth ? sourit Michel.

Elle haussa les épaules, comme pour exprimer son dédain pour Jack Knebworth et pour tous ses travaux.

– Non, c'est vous que je désirais voir. Vous êtes détective, n'est-ce pas ?

– Oui, dit Brixan, se demandant ce qui allait suivre.

– Ma voiture est au coin de la rue ; voudriez-vous m'accompagner chez moi ?

Brixan hésita. Il avait hâte de voir Adèle, quoiqu'il n'eût rien de spécial à lui dire, excepté une chose qu'il ignorait encore lui-même et qu'elle ne pouvait deviner.

– Avec plaisir, répondit-il finalement.

Elle conduisait avec adresse et semblait trop absorbée par son volant pour parler pendant le trajet.

Lorsqu'il se trouva dans son élégant petit salon d'où une vue splendide s'ouvrait sur South Down, Brixan attendit avec curiosité que la jeune femme expliquât cette invitation imprévue.

– Mr Brixan, commença Stella, je vais vous raconter quelque chose que vous devriez, me semble-t-il, savoir.

Son visage était pâle, ses gestes très nerveux.

– Je sais ce que vous penserez de moi lorsque je vous aurai tout dit, mais il faut que je m'y résigne. Je ne peux plus me taire.

Une sonnerie retentit dans le hall.

– Le téléphone. Veuillez m'excuser une minute.

Elle sortit précipitamment, laissant la porte entrouverte. Brixan entendit qu'elle répondait d'un ton bref et dur, puis un long intervalle de silence suivit ; elle devait écouter sans commentaires. Il se passa près de dix minutes avant qu'elle ne revînt ; ses yeux étaient brillants, ses joues en feu.

– M'en voudrez-vous si je remets à un peu plus tard ce que j'allais vous raconter ? demanda-t-elle.

Elle venait d'avoir sir Gregory au téléphone, Brixan en était sûr sans qu'elle ait prononcé son nom.

– Rien ne vaut le moment présent, miss Mendoza, dit-il, encourageant.

Du bout de sa langue, elle humecta ses lèvres sèches.

– Oui, je le sais, mais j'ai des raisons pour ne pas parler maintenant. Voulez-vous que nous nous voyions demain ?

– Mais certainement, dit Brixan, secrètement heureux d'être libéré.

– Voulez-vous que je vous ramène ?

– Non, merci, je puis rentrer à pied.

– Laissez-moi vous déposer à l'entrée de la ville, je vais dans cette direction, proposa-t-elle.

Bien sûr qu'elle allait dans cette direction, songea Brixan. Elle allait au château de Griff. Il en était tellement certain qu'il ne prit même pas la peine de le lui demander et lorsqu'elle arrêta sa voiture devant l'hôtel, elle attendit à peine que le jeune homme fût descendu pour repartir à toute vitesse.

– Il y a un télégramme pour vous, Sir, dit le garçon de l'hôtel.

Il entra dans sa loge et revint avec un pli que Brixan ouvrit.

Il resta un moment sans comprendre le sens terrible du message qu'on lui adressait. Puis il le relut lentement :

« Une tête trouvée Chobham Common ce matin. Venez immédiatement commissariat Leatherhead. Staines. »

Une heure plus tard, une voiture le déposait devant le commissariat. Staines l'attendait à l'entrée.

– Trouvée ce matin à l'aube, dit-il. L'homme n'a pas été identifié.

Il conduisit le détective à une annexe. Sur une table au milieu de la chambre se trouvait une caisse et le commandant en souleva le couvercle.

Brixan jeta un coup d'œil sur le visage de cire de l'assassiné et pâlit.

– Grand Dieu ! s'exclama-t-il.

C'était la tête de Lawley Foss.

23. SUR UNE PISTE

Brixan, fasciné d'horreur, considéra pendant quelques secondes ce tragique spectacle. Puis il recouvrit lentement la caisse d'un drap et sortit dans la cour.

– Vous l'avez reconnu ? demanda Staines.

– Oui, c'est Lawley Foss, l'ancien scénariste de la *Knebworth Picture Corporation*. Il était encore vivant hier soir vers 11 heures ; on l'a vu. Moi-même, je l'ai entendu, sinon vu, un peu avant 11 heures. Il était au château de Griff, qui appartient à sir Gregory Penne. Avez-vous trouvé la note habituelle ?

– Nous avons bien trouvé une note, mais elle est bien différente des autres.

Staines montra la petite feuille dactylographiée : une seule ligne, caractéristique par ses lettres mal alignées.

« *Voici la tête d'un traître.* »

C'était tout.

– J'ai téléphoné à la police de Dorking. La nuit était pluvieuse et quoique plusieurs voitures aient passé par là, aucune n'a pu être identifiée.

– Et l'annonce a-t-elle paru ? demanda Brixan.

Staines hocha la tête.

– Non, c'est la première chose à laquelle nous avons pensé. Tous les journaux sont actuellement bien surveillés et tous les rédacteurs nous ont promis de nous aviser dès que pareille insertion paraîtrait. Mais rien de suspect n'a été publié.

– Il va falloir que je suive la voie des probabilités, dit Brixan. Il est clair que cet homme a été assassiné entre 11 heures du soir et 3 heures du matin… probablement plus près de 3 heures, car si le meurtrier demeure dans le Sussex, il lui fallait avoir le temps de transporter la tête jusqu'à Chobham Common, de l'y laisser et de rentrer chez lui avant le jour.

La voiture de Brixan le ramena vivement à Chichester. Avant d'atteindre la ville, il obliqua de côté et se dirigea vers le château de Griff où il parvint assez tard. Le château avait son aspect morose habituel. Le jeune homme tira la cloche, mais aucune réponse ne vint. Il sonna encore ; enfin, la voix de sir Gregory l'interpella d'une fenêtre de l'étage supérieur.

– Qui est là ?

23. SUR UNE PISTE

Brixan leva la tête. Sir Gregory Penne ne le reconnut pas et cria à nouveau :

– Qui est là ?

Puis il ajouta quelque chose en malais.

– C'est moi, Michel Brixan. Je veux vous voir, Penne.

– Que me voulez-vous ?

– Descendez et je vous le dirai.

– Je suis malade. Revenez demain matin.

– C'est maintenant que je veux vous voir, dit le détective d'une voix ferme. J'apporte un ordre de perquisition.

C'était un mensonge ; il n'avait pas songé à demander un tel ordre.

La tête de l'homme se retira vivement et la fenêtre se referma avec fracas. Un long moment de silence suivit, si long que Brixan crut à un refus de le recevoir. Mais il avait tort. La porte s'ouvrit enfin et sir Gregory Penne apparut, éclairé par une lampe.

Étrange apparition ! Il était complètement habillé. À sa ceinture pointaient deux gros revolvers que le détective ne remarqua d'ailleurs pas immédiatement. Sa tête était enveloppée de pansements ; un seul œil était visible ; son bras gauche était immobilisé par un bandage et il boitait en marchant.

– J'ai eu un accident, dit-il d'un air rechigné.

– Un mauvais accident, à ce que je vois, dit son visiteur en l'examinant attentivement.

– Je ne peux pas rester à causer ici ; venez dans ma chambre, grogna l'homme.

La bibliothèque de sir Gregory portait des traces évidentes de lutte. Un miroir suspendu au mur était brisé en morceaux ; et levant la tête, Brixan vit que l'un des deux sabres manquait.

– Vous avez perdu quelque chose, dit-il. Est-ce que c'est également arrivé au cours de votre accident ?

Sir Gregory fit oui de la tête.

Quelque chose dans l'aspect du second sabre attira l'attention de Brixan. Sans en demander la permission, il le décrocha et tira la lame du fourreau. Elle était brunie par le sang.

– Que signifie cela ? demanda-t-il sévèrement.

– Un individu s'est introduit dans ma maison la nuit dernière, dit sir Gregory lentement. Un Malais. Il racontait une histoire abracadabrante, prétendant que j'avais enlevé sa femme. Il m'a attaqué et je me suis naturellement défendu.

– Et aviez-vous réellement enlevé sa femme ?

Le baronnet haussa les épaules.

– C'est absurde. La plupart de ces gens de Bornéo sont fous, et ils se jettent sur vous pour un oui ou pour un non. J'ai fait de mon mieux pour l'apaiser…

Brixan regarda la lame tachée.

– Oui, je le vois, dit-il sèchement. Et avez-vous réussi à… l'apaiser ?

– Je me suis défendu, si c'est cela que vous voulez insinuer. Je lui ai rendu la monnaie de sa pièce. Vous n'auriez pas voulu que je reste là les bras croisés et me laisse assassiner dans ma propre maison, n'est-ce pas ? Je sais manier un sabre tout aussi bien que n'importe qui.

– Et vous l'avez apparemment manié, dit Michel. Qu'est devenu Foss ?

Pas un muscle du visage de Penne ne bougea.

– De qui parlez-vous ?

– Je parle de Lawley Foss, qui était ici hier soir.

– Vous parlez du bonhomme du cinéma ? Je ne l'ai pas vu depuis des semaines.

– Vous mentez, dit calmement Brixan. Il était ici hier soir. Je puis vous l'affirmer, car j'étais dans la chambre contiguë.

– Ah, c'était donc vous ? dit le baronnet avec soulagement. Eh bien, oui, il était venu pour m'emprunter de l'argent. Je lui ai donné cinquante livres et il est parti ; je ne l'ai plus revu.

Brixan regarda à nouveau la lame.

– Serez-vous surpris d'apprendre que la tête de Foss a été retrouvée à Chobham Common ? demanda-t-il.

L'autre leva sur le jeune homme un regard froid et scrutateur.

– J'en suis très surpris, dit-il tranquillement. Si c'était nécessaire, j'ai un témoin pour prouver que Foss est sorti d'ici, quoique je n'aime pas à citer une femme. Miss Stella Mendoza soupait ici avec moi, ainsi que vous devez le savoir, puisque vous étiez dans la chambre à côté. Foss est parti avant elle.

– Il est revenu ensuite, dit le détective.

– Je ne l'ai plus revu, vous dis-je, déclara le baronnet avec violence. Si vous trouvez quelqu'un qui l'ait vu revenir dans cette maison après sa première visite, vous pourrez m'arrêter. Croyez-vous que je l'aie tué ?

Brixan ne répondit pas.

– Il y avait une femme, là-haut, dans la tour. Qu'est-elle devenue ?

L'autre se passa la langue sur les lèvres avant de parler.

– La seule femme qu'il y ait eu dans la tour était une servante malade. Elle est partie.

– Je voudrais m'en assurer.

Pour une seconde seulement, Penne tourna les yeux du côté de l'antre de Bhag, puis il répondit :

– Très bien. Suivez-moi.

Il sortit dans le corridor, puis tourna dans la direction opposée au hall d'entrée. Après avoir fait une dizaine de pas, il s'arrêta et ouvrit une porte fort ingénieusement dissimulée dans la boiserie. Il étendit la main, toucha un commutateur et éclaira un escalier conduisant vers le hall. En suivant le baronnet, Brixan commençait à comprendre que la *tour* n'était en somme qu'une illusion. Elle n'était *tour* que vue de la façade. À l'intérieur, ce n'étaient que deux étages étroits ajoutés à l'une des ailes du bâtiment.

Les deux hommes passèrent par une porte, montèrent un escalier en spirale et, enfin, arrivèrent au corridor où, la nuit précédente, Brixan avait vu Bhag.

– Voici la chambre en question, dit Penne, ouvrant une porte.

24. LES EMPREINTES DU SINGE

– Ce n'est pas cette chambre-là qui m'intéresse, dit calmement Brixan. Il y en a une autre au bout de ce passage.

L'homme hésita.

– Vous ne voulez donc pas me croire ? demanda-t-il d'une voix presque affable. Quel sceptique vous faites ! Allons, Brixan, voyons ! Je ne tiens nullement à me disputer avec vous. Venez, descendons prendre quelque chose et oublions nos querelles. Je me sens bien malade…

– Je veux voir cette chambre, dit Brixan.

– Je n'en ai pas la clef.

« Allez la chercher » fut la réponse impérative.

Le baronnet finit par sortir une clef de sa poche et, après bien des ruses, dut ouvrir la porte.

– Ma servante est partie un peu précipitamment, dit-il. Elle est tombée si gravement malade que j'ai dû m'en débarrasser.

– Puisqu'elle est partie malade, elle est sans doute entrée dans un hôpital dont vous pourrez me donner le nom ? dit Brixan en tournant le commutateur électrique.

Un coup d'œil à la chambre lui suffit pour comprendre que l'histoire d'un départ précipité pouvait être vraie. Mais l'aspect de la pièce permettait de douter que les circonstances de ce départ eussent été normales. Le lit était bouleversé. Il y avait du sang sur l'oreiller et une tache brune sur le mur. Une chaise gisait, brisée. Le tapis avait des taches suspectes dont l'une ressemblait à l'empreinte d'un pied nu. Michel releva sur le drap une empreinte apparente de cinq doigts, mais aucun être humain ne pouvait posséder une telle paume.

– Les empreintes de la brute, dit Brixan. C'est Bhag, ça !

– Il y a eu ici une petite lutte, dit sir Gregory… Cet homme est monté et a prétendu reconnaître sa femme en ma servante…

– Qu'est-il devenu ?

Aucune réponse.

– Que lui est-il arrivé ? dit le détective patiemment.

– Je l'ai laissé partir et emmener la femme. C'était le moins dangereux.

Brixan poussa une exclamation, se baissa et ramassa près du lit un objet brillant. C'était la moitié d'une lame nettement rompue, ne portant aucune tache. Ramassant alors la chaise renversée, il examina les pieds et retrouva là des traces d'éraflure.

– Je puis reconstituer la scène qui s'est passée ici. Vous et votre ami

24. LES EMPREINTES DU SINGE

Bhag, vous avez surpris l'homme alors qu'il se trouvait dans cette chambre. Cette chaise a été brisée dans la lutte ; c'est probablement Bhag qui l'a utilisée en guise d'arme. L'homme a pu s'échapper de la chambre ; il est descendu à la bibliothèque, y a pris le sabre et est remonté ici. C'est alors qu'a eu lieu la vraie bataille. Je présume qu'une partie de ce sang est à vous, Penne…

– Une partie ! ricana l'autre. Le diable vous emporte, c'est bien mon sang, allez !

Un long silence suivit.

– Est-ce que la femme est sortie d'ici… vivante ?

– Je le crois, dit Penne, maussade.

– Est-ce que son mari est sorti d'ici… vivant ?

– Vous feriez mieux de vous en assurer. Moi, je n'en sais rien… J'ai été sans connaissance pendant près d'une demi-heure. Mais Bhag sait manier un sabre…

Brixan ne quitta pas la maison avant de l'avoir examinée de la cave au grenier. Il fit venir tous les serviteurs et commença l'interrogatoire. Tous, sauf un, parlaient le hollandais, mais aucun ne le parlait suffisamment pour pouvoir renseigner le détective.

Revenant à la bibliothèque, il alluma toutes les lampes.

– Je veux voir Bhag, dit-il.

– Je vous dis qu'il est sorti. Si vous ne me croyez pas…

Penne alla à son bureau et pressa le ressort. La porte s'ouvrit, mais rien ne parut.

Après un moment d'hésitation, son revolver dans une main et sa lampe de poche dans l'autre, Brixan pénétra dans le repaire de la bête. Il parcourut deux pièces très proprement tenues, mais remplies d'une odeur particulière. Il vit un lit étroit muni de draps, de couvertures et d'un oreiller de plumes, une petite armoire pleine de noix, une fontaine d'eau courante (il sut plus tard que malgré toute son intelligence, Bhag était incapable de tourner un robinet), un siège usé, où le serviteur muet devait faire sa sieste, enfin, trois balles de cricket qui devaient servir de jouets au hideux animal.

Il comprenait maintenant la façon dont Bhag devait entrer et sortir. Sa sortie était une petite ouverture carrée sans vitres ni rideaux pratiquée dans le mur à un mètre cinquante environ du sol ; deux barres d'acier horizontales fixées au mur par une extrémité devaient lui servir d'échelle. À l'extérieur, Brixan retrouva cette même disposition de barres.

Il n'y avait là aucune trace de sang, aucune preuve que Bhag eût pris part à la terrible scène de la nuit précédente.

Revenant à la bibliothèque, le jeune homme recommença ses recherches, mais ne put rien trouver ; enfin, il entra au petit salon dans lequel il s'était caché la veille. Et là, il découvrit des traces sur l'appui de la fenêtre : une empreinte de pied nu et des marques pouvant faire supposer qu'un corps lourd avait été traîné par cette fenêtre.

À ce moment-là, le chauffeur que Brixan avait envoyé à Chichester revint avec deux officiers de police qui l'assistèrent dans ses recherches sur le terrain. La trace du fugitif était facile à suivre : il y avait du sang sur le gravier, des branches brisées sur la plate-bande circulaire et des empreintes d'un petit pied nu sur le gazon. Puis les traces se perdaient dans le jardin potager.

– La question est de savoir qui portait et qui était porté ? dit l'inspecteur Lyle lorsque Brixan lui eut raconté en quelques mots ce qu'il venait d'apprendre. J'ai l'impression que ces deux personnes ont été tuées dans la maison et leurs corps emportés par Bhag. L'absence de toute trace de sang dans sa chambre prouve seulement qu'il n'y est pas revenu depuis l'assassinat. Si nous retrouvons le singe, nous pourrons résoudre ce petit mystère. En tous cas, Penne est bien le Coupe-Têtes, c'est évident, continua l'inspecteur. J'ai eu l'autre jour l'occasion de lui parler : il a quelque chose d'un fanatique.

– Je ne suis pas bien certain que vous ayez raison, dit lentement Brixan. Mes suppositions vous paraîtront peut-être bien bizarres, mais je serais très surpris que sir Gregory fût le meurtrier. J'avoue que l'absence de traces dans la chambre de Bhag me confond et votre théorie peut être correcte. Il n'y a rien d'autre à faire que de garder la maison sous surveillance jusqu'à ce que j'aie communiqué avec le quartier général.

À ce moment, le second détective, qui était en train d'examiner le champ, revint dire qu'il avait retrouvé la trace près du petit portillon grand ouvert. Ils se précipitèrent à l'endroit indiqué et retrouvèrent en effet les mêmes traces. Une traînée de sang était visible en dedans et en dehors de la petite grille. Un tas de feuilles séchées avait été laissé là par le jardinier et ils y découvrirent l'empreinte d'un corps, comme si celui qui avait porté l'autre eût posé là une partie de son fardeau pour se reposer. Mais la trace se perdait définitivement dans le champ de l'autre côté de la grille.

25. LE MYSTÈRE DE LA « CONDUITE INTÉRIEURE »

Il n'est pas donné à la jeunesse de prévoir toute l'instabilité de ses propres sentiments. Il en avait beaucoup coûté à Adèle Leamington d'inviter chez elle un jeune homme, mais cet effort une fois accompli, elle se mit à attendre l'heure du thé avec un étrange plaisir.

Au moment précis où Brixan filait à toute vitesse dans la direction de Londres, elle abordait Jack Knebworth dans son sanctuaire.

– Mais certainement, ma chère, vous pouvez disposer de toute l'après-midi. Je ne sais plus quel était mon programme.

Il avait tendu la main pour prendre l'horaire de la journée, mais la jeune fille répondit :

– Vous vouliez faire faire des portraits de moi, dit-elle.

– Ah oui ? Eh bien, cela ne fait rien, nous les remettrons à un autre jour. Dites-moi, vous sentez-vous bien sûre de vous pour ce film ?

– Moi ? Oh non, Mr Knebworth, je ne suis pas du tout sûre de moi : j'ai un tel trac ! Il serait d'ailleurs étonnant que je fasse bien dès le premier essai. On fait quelquefois de ces rêves fous, mais dans le rêve, il est facile de sauter les obstacles ou de glisser par-dessus les difficultés. Et dans la réalité, chaque fois que vous prononcez « On tourne », je suis paralysée par la peur. Mes nerfs sont tellement tendus que je ne puis m'empêcher de suivre chacun de mes propres mouvements, me disant tout le temps : « Ton geste est gauche, tu tournes la tête avec raideur… »

– Mais cela ne dure pas ? demanda brusquement le metteur en scène, si brusquement qu'elle sourit.

– Non ; dès que j'entends le bruit de l'appareil, je me sens devenir la personne que je joue.

Il lui donna une tape amicale sur l'épaule.

— C'est ce que vous devez constamment être, dit-il. (Puis il continua :) Pas revu la Mendoza ? Elle ne vous ennuie plus ? Et Foss ?

— Je n'ai pas revu miss Mendoza depuis plusieurs jours... mais j'ai vu Mr Foss hier soir.

Elle n'expliqua pas les circonstances étranges dans lesquelles elle avait vu l'ancien scénariste, et Jack Knebworth n'eut pas la curiosité de l'interroger. Il ne sut donc rien de cette entrevue mystérieuse de Lawley Foss avec un homme assis dans une voiture arrêtée au coin d'Arundel Road, entrevue dont Adèle avait été témoin la nuit précédente ; il ne sut pas qu'une main blanche et féminine, ornée d'un gros diamant, avait fait à Foss un signe amical au moment où la voiture se remettait en marche.

Avant de rentrer chez elle, Adèle s'arrêta chez le pâtissier, puis chez le fleuriste pour acheter des gâteaux et des fleurs destinées à embellir le salon de Mrs Watson. Chemin faisant, elle se demanda plus d'une fois quel attrait elle pouvait exercer sur un homme aussi sérieux que Brixan. Elle avait l'habitude de s'examiner d'un œil impartial ; elle savait qu'à force de se dominer, elle avait réussi à faire d'Adèle Leamington une jeune personne parfaitement incolore, sans aucune originalité. Qu'elle fût jolie, elle le savait ; mais la beauté n'attire que les êtres superficiels. Les hommes qui valent la peine d'être connus exigent plus que la beauté. Et Brixan n'était pas un don Juan... Non, ce n'était pas ce genre d'homme. Il recherchait en elle une amie ; elle n'eut pas un instant la pensée qu'il pût vouloir simplement s'amuser pendant son séjour forcé dans la petite ville de province.

À 4 heures et demie, la jeune fille attendait son visiteur. À 4 h 45, elle alla à la porte, regarda dans la rue. À 5 heures, fâchée, mais philosophe, elle but son thé, et demanda à la petite bonne de débarrasser la table.

Brixan avait oublié !

Tout naturellement, elle lui chercha des excuses, qu'elle repoussa aussitôt pour les admettre encore. Elle se sentait vexée, amusée, puis vexée à nouveau. Remontant à sa chambre, elle alluma le gaz, prit son manuscrit et essaya d'étudier les scènes qu'elle devait tourner le lendemain. Mais toutes sortes de pensées vinrent la distraire des pages dactylographiées qu'elle tenait. Le souvenir de Brixan

25. LE MYSTÈRE DE LA « CONDUITE INTÉRIEURE »

prédominait, puis celui de la voiture fermée, de Lawley Foss et de cette main blanche faisant un signe d'adieu. Chose curieuse, son esprit revenait constamment à cette voiture. Elle était toute neuve, à la carrosserie admirablement polie, et elle avait disparu sans aucun bruit.

Finalement, la jeune fille abandonna son manuscrit et se leva, hésitant à se mettre au lit. Il n'était que 9 heures ; elle ne se sentait pas fatiguée. Chichester offrait peu de distractions le soir. Il y avait bien deux cinémas dans la ville, mais ils ne la tentaient pas. Elle mit son chapeau et descendit, disant à sa propriétaire :

– Je sors pour un quart d'heure.

La maison qu'elle habitait était située dans un quartier de petites villas. La rue était pauvrement éclairée : la lumière des becs de gaz n'atteignait guère certains recoins. Dans l'un de ces recoins sombres, Adèle aperçut une voiture arrêtée... Elle devina la masse avant de la reconnaître, puis se demanda si le propriétaire savait que son feu arrière était éteint. En s'approchant de la machine, elle la reconnut : c'était la voiture auprès de laquelle elle avait vu Foss la veille.

Elle essaya de jeter un coup d'œil à l'intérieur, mais ne put rien voir. Les stores étaient tirés de son côté, et elle crut que la voiture était vide ; puis tout à coup...

– Belle dame... Venez avec moi !

La voix n'était qu'un murmure ; elle vit le scintillement d'une pierre, puis une main blanche sur le rebord de la vitre mi-baissée, et dans un accès de peur instinctive, elle se jeta en arrière.

Elle entendit le ronronnement du moteur. La voiture la suivait et elle se mit à courir. Au coin de la rue, elle aperçut un homme et, reconnaissant le casque d'un policeman, se précipita à sa rencontre.

– Qu'y a-t-il, miss ?

À ce moment, la voiture passa rapidement, tourna dans une rue transversale et disparut.

– Un homme m'a parlé... dans cette voiture, dit-elle à bout de souffle.

L'agent consciencieux considéra fixement la place où avait stationné la voiture.

– Il n'avait pas de feux, dit-il sans comprendre. J'aurais dû prendre son numéro. Vous a-t-il insultée, miss ?

Elle hocha la tête, déjà honteuse de sa frayeur.

– Non, j'ai eu peur. Je crois que je n'irai pas plus loin, dit-elle avec un sourire.

Elle fit demi-tour et rentra chez elle.

Le statut de star, même dans la modeste troupe de Jack Knebworth, a ses mauvais côtés, se dit-elle. Elle sentait ses nerfs extrêmement fatigués.

Elle se coucha et rêva que l'homme dans la voiture était Michel Brixan et qu'il lui demandait de venir prendre le thé chez lui.

Il était plus de minuit lorsque Brixan appela Jack Knebworth au téléphone et lui annonça la tragique nouvelle.

– Foss ! s'exclama le réalisateur. Grand Dieu ! Ce n'est pas possible ! Voulez-vous que je vienne vous voir ?

– Je vais passer chez vous, dit Brixan. Il y a une ou deux choses que je voudrais savoir et ma visite éveillera moins la curiosité publique que si je vous recevais à l'hôtel.

Jack Knebworth habitait une maison dans Arundel Road ; il attendit son visiteur à la grille du jardin.

Brixan lui raconta comment on avait découvert la tête et crut pouvoir lui confier les détails de sa visite chez sir Gregory Penne.

– Cela dépasse tout, dit Jack à mi-voix. Ce pauvre Foss ! Vous croyez que c'est Penne qui a fait le coup ? Mais pourquoi ? On ne décapite pas un homme parce qu'il vous a demandé de l'argent !

– Mes suppositions se sont un peu modifiées, dit Brixan. Vous souvenez-vous d'une feuille de manuscrit qui avait été trouvée dans vos papiers et que je vous ai dit avoir été écrite par le Coupe-Têtes ? Eh bien, depuis que j'ai vu la rature dans le livre des entrées, je suis parfaitement sûr que Foss savait qui était l'auteur du manuscrit, et je suis tout aussi sûr qu'il avait pris le parti désespéré de faire chanter le criminel. Si c'est bien ainsi et si sir Gregory est l'homme que nous recherchons – je répète que je suis incertain sur ce point –, alors, nous aurons toutes les raisons de l'accuser de ce nouveau meurtre. Une seule personne peut nous éclairer là-dessus et c'est…

– Mendoza, dit Jack.

Les yeux des deux hommes se rencontrèrent.

26. LA MAIN

Jack regarda sa montre.

– Je pense qu'elle doit être au lit, mais cela vaut la peine que nous essayions. Voudriez-vous la voir ?

Brixan hésita. Stella Mendoza était une amie de Penne et il lui répugnait d'admettre définitivement l'idée que Penne était l'assassin.

– Oui, dit-il, je crois qu'il nous faut la voir. Après tout, Penne sait qu'il est soupçonné.

Jack Knebworth passa dix minutes auprès du téléphone avant d'obtenir une réponse du pavillon de Stella.

– Miss Mendoza, ici Knebworth, dit-il. Est-il possible de vous voir tout de suite ? Mr Brixan voudrait vous parler.

– À pareille heure de la nuit ? demanda-t-elle d'une voix ensommeillée. Je dormais quand le téléphone a sonné. Ne peut-il attendre demain matin ?

– Non, il tient particulièrement à vous voir cette nuit même. Je vais venir avec lui si vous le voulez bien.

– Qu'est-ce qui ne va pas ? demanda-t-elle rapidement. Est-ce au sujet de Gregory ?

Jack transmit la question dans un chuchotement et Brixan lui fit un signe affirmatif.

– Oui, cela concerne Gregory, dit Knebworth.

– Venez donc ; j'aurai le temps de m'habiller.

Lorsqu'ils arrivèrent, elle était prête à les recevoir, trop intriguée et alarmée pour revenir sur l'heure tardive de cette visite.

– Qu'est-il arrivé ? demanda Stella.

– Mr Foss est mort.

– Mort ? (Elle ouvrit de grands yeux.) Mais je l'ai encore vu hier ! Mort, comment ?

– Il a été assassiné, dit lentement Brixan. Sa tête a été retrouvée à Chobham Common.

Si les bras de Brixan ne l'avait soutenue, la jeune femme serait tombée et il se passa quelque temps avant qu'elle ne reprît suffisamment ses sens pour répondre aux questions qui lui furent posées.

– Non, je n'ai pas revu Mr Foss après qu'il eut quitté le château, où je ne l'ai d'ailleurs vu que pendant quelques secondes.

– Avait-il laissé entendre qu'il reviendrait ?

Elle secoua la tête.

– Sir Gregory vous a-t-il dit que Foss allait revenir ?

– Non. (Elle secoua à nouveau la tête.) Il m'a dit au contraire qu'il était content de le voir partir et que Foss lui avait emprunté cinquante livres jusqu'à la semaine prochaine, car il espérait gagner beaucoup d'argent. Gregory est comme cela : il vous raconte les choses que les gens lui confient en le priant de ne pas les divulguer. Il est assez fier de sa richesse et de ce qu'il appelle sa charité.

– Vous étiez invitée à déjeuner chez lui ? dit Brixan en la surveillant du regard.

Elle se mordit les lèvres.

– Vous devez m'avoir entendue parler au moment où je le quittais, dit-elle. Non, il n'y avait aucune invitation à déjeuner. C'était un camouflage pour ceux qui nous écouteraient. Nous savions que quelqu'un avait pénétré dans la maison. Était-ce vous ?

– Oui.

– Oh, quel soulagement ! (Elle eut un profond soupir.) Ces quelques minutes dans la chambre obscure ont été terribles pour moi. J'avais cru que c'était…

Elle hésita.

– Bhag ? suggéra Brixan.

Elle inclina la tête.

– Oui. Mais dites, vous ne soupçonnez pas Gregory d'avoir tué Foss ?

– Je soupçonne tout le monde en général et personne en particulier, dit Brixan. Avez-vous vu Bhag ?

Elle frissonna.

– Non, pas cette fois. Je l'ai déjà vu, bien entendu. Il me fait trembler. Je n'ai jamais vu une bête aussi humaine. Quelquefois, lorsque Gregory est un peu… un peu ivre, il appelle Bhag et lui fait faire des tours. Savez-vous que Bhag peut faire tous les exercices que font les malais avec le sabre ? Gregory possède un sabre de bois spécialement conçu ; la façon dont cette bête fait le moulinet au-dessus de sa propre tête est terrifiante.

Brixan la fixait, intéressé.

– Ainsi, Bhag *sait* manier le sabre ? Penne me l'a dit, mais j'ai cru qu'il mentait.

– Oh si, il sait manier le sabre. Gregory lui a tout appris.

– Que vous est Penne ? demanda le détective à brûle-pourpoint.

Elle rougit.

– C'est un ami, dit-elle, mal à l'aise, un très bon ami… Financièrement, j'entends. Il s'est attaché à moi, il y a déjà longtemps, et… nous avons été… de très bons amis.

– L'êtes-vous toujours ?

– Non, dit-elle d'un ton bref. J'en ai fini avec Gregory et demain, je quitte Chichester. J'ai chargé un agent de sous-louer ma maison. Pauvre Foss, dit-elle et des larmes remplirent ses yeux. Pauvre homme ! Mais, Mr Brixan, Gregory ne peut l'avoir fait, je puis vous le jurer ! Il y a en Gregory beaucoup de bluff. Au fond, cet homme est un poltron et, quoiqu'il soit responsable de choses horribles, il a toujours eu un agent pour faire sa sale besogne.

– Des choses horribles ? Lesquelles ?

Elle semblait hésiter.

– Eh bien, il m'a raconté qu'il aimait à faire des expéditions dans des villages indigènes, à Bornéo, pour y enlever des jeunes filles. On trouve là-bas une tribu avec de très belles femmes. Il se peut que là encore il m'ait menti, mais je crois qu'il disait vrai. Il m'a raconté qu'il y a un an, étant à Bornéo, il a enlevé une femme dans un hameau sauvage dans lequel aucun Européen ne pénètre sans courir un danger mortel.

– Et ces confidences ne vous faisaient rien ? demanda Brixan, fixant sur elle un regard froid.

Elle haussa les épaules.

– Que voulez-vous, c'est un homme comme ça ! fut tout ce qu'elle répondit.

Brixan raccompagna Jack Knebworth jusque chez lui.

– L'histoire que Penne m'a racontée semble concorder avec ce que dit Mendoza. Je ne doute plus que la femme de la tour ne soit celle qu'il a enlevée et le petit homme au teint de cuivre est certainement son mari. S'ils ont pu s'échapper du château, nous ne devrions pas avoir de peine à les retrouver. Je vais envoyer un message à toutes les gares et au matin, nous devrions avoir de leurs nouvelles.

– Nous sommes au matin, dit Jack en considérant l'horizon grisâtre. Voulez-vous entrer chez moi ? Je vais vous faire préparer du café. Cette nouvelle m'a bouleversé. J'avais l'intention de faire une bonne journée de travail, mais la troupe va sûrement être sens dessus dessous. Ils ont tous connu Foss, quoiqu'il n'ait jamais été populaire parmi eux. Pour compléter nos misères, il ne manque plus qu'Adèle en soit affectée au point de ne pouvoir jouer ! Au fait, Brixan, pourquoi donc ne vous installez-vous pas ici ? Je suis célibataire, j'ai le téléphone, et vous auriez ici une tranquillité que vous ne pouvez avoir à l'hôtel.

Cette idée plut au détective et ce fut chez Jack Knebworth qu'il coucha cette nuit-là, après une heure de conversation téléphonique avec Scotland Yard.

Dès le matin, il fut de nouveau au château et put étendre ses recherches qui ne lui apportèrent toutefois aucun éclaircissement. Ainsi que le lui avait signalé Scotland Yard, la situation était difficile. Sir Gregory Penne était membre d'une excellente famille, était riche et remplissait les fonctions de juge de paix. Tant que ses excentricités n'avaient rien de contraire à la loi… « On ne peut pas pendre un homme pour son originalité », avait dit le commissaire.

Le seul fait suspect était la disparition simultanée de Bhag et de l'étranger avec sa femme.

– Il n'est pas rentré de la nuit. Je ne l'ai pas revu, assura sir Gregory. Et ce n'est pas la première fois qu'il s'en va comme il lui plaît. Il trouve des cachettes que vous ne soupçonneriez jamais, il est probablement fourré quelque part. Mais il reviendra.

Brixan traversait la ville de Chichester lorsqu'il aperçut une silhouette qui lui fit freiner brusquement sa voiture, au risque de faire éclater ses pneus. En un clin d'œil, il fut hors de l'auto, marchant à la rencontre d'Adèle.

– Il y a une éternité que je ne vous ai vue, dit-il avec une exagéra-

26. LA MAIN

tion qui, à un autre moment, aurait fait sourire la jeune fille.

– Je m'excuse de ne pouvoir m'arrêter. Je m'en vais au studio, dit-elle d'un ton plutôt froid, et j'ai promis à Mr Knebworth d'arriver tôt. Voyez-vous, je me suis rendue libre hier après-midi en disant à Mr Knebworth que j'avais un rendez-vous…

– Et vous en aviez un réellement ? demanda innocemment Brixan.

– J'avais invité quelqu'un à goûter !

Le visage du jeune homme s'allongea.

– Sapristi ! s'écria-t-il. Je suis un monstre !

Elle voulait passer, mais il l'arrêta.

– Je ne voudrais pas vous effrayer, ni vous attrister, Adèle, dit-il doucement, mais la raison de mon étourderie, c'est que nous venons de découvrir un nouveau drame.

Elle s'arrêta et le regarda.

– Un autre ?

– Oui. Mr Foss a été assassiné.

Elle devint toute pâle.

– Quand ? demanda-t-elle d'une voix calme.

– La nuit dernière.

– Ce devait être après 9 heures, dit-elle.

Le visage du jeune homme exprima la surprise.

– Comment le savez-vous ?

– Parce qu'à 9 heures du soir, j'ai vu la main de l'assassin ! Voici comment : avant-hier soir, j'étais sortie pour acheter de la laine dont j'avais besoin. C'était un peu avant la fermeture des magasins… 7 h 45. Dans la rue, j'ai rencontré Mr Foss et lui ai parlé. Il était très nerveux et inquiet et me refit la proposition qu'il m'avait déjà faite en venant me voir. Son attitude était si étrange que je lui ai demandé s'il n'avait pas quelque ennui. Il me dit que non, mais qu'il avait un terrible pressentiment que quelque chose d'affreux allait lui arriver. Il me demanda si je demeurais depuis longtemps à Chichester et si je connaissais les catacombes.

– Des catacombes ? dit vivement Michel.

– Oui. Je fus aussi surprise par sa question. Je n'en avais jamais entendu parler. Il me dit qu'elles faisaient partie de l'histoire de

Chichester. Il avait parcouru des guides sans y rien trouver à ce sujet, mais il croyait que ces catacombes se trouvaient près de Chellerton ; un glissement du terrain avait dû en obstruer l'entrée. Il parlait d'une façon extrêmement décousue et embrouillée ; j'eus la pensée qu'il avait bu et je fus contente de le quitter. Je m'en allais donc et fis mon emplette. Puis je fus arrêtée par une collègue qui me demanda de l'accompagner un peu ; je n'en avais nulle envie, mais je ne voulais pas avoir l'air hautaine et je l'ai accompagnée. Dès que je l'ai pu, je l'ai quittée et me suis dirigée, vers mon appartement. Il était déjà 9 heures et les rues étaient désertes. Elles ne sont pas bien éclairées à Chichester, mais je pus reconnaître Mr Foss. Il était arrêté au coin d'Arundel Road et attendait quelqu'un. J'allais rebrousser chemin pour éviter de le rencontrer encore une fois, lorsqu'une voiture apparut et s'arrêta presque à côté de Mr Foss.

– Quel genre de voiture ? demanda Brixan.

– C'était un landaulet fermé, conduite intérieure. Ce qui me frappa, ce fut que ses feux s'éteignirent dès qu'elle contourna la rue. Mr Foss l'attendait, évidemment, car il s'approcha et s'appuya à la portière pour parler à quelqu'un à l'intérieur. Je ne sais ce qui me prit, mais un mouvement impulsif me poussa à m'approcher à mon tour pour voir qui était à l'intérieur de la voiture. Je n'étais plus qu'à trois ou quatre mètres d'eux lorsque Mr Foss recula et l'auto démarra. Le conducteur étendit la main hors de la portière et ce fut la seule chose que je pus voir lorsqu'il me dépassa : l'intérieur de la voiture était complètement noir.

– Avez-vous remarqué quelque chose de particulier à cette main ?

– Elle était petite et blanche et portait au petit doigt un diamant d'un feu extraordinaire. Je me suis demandé pourquoi un homme portait une bague de ce genre. Vous allez me traiter de sotte, mais la vue de cette main m'a remplie d'un sentiment de peur inexplicable. Il y avait en elle quelque chose d'anormal. Lorsque je me suis retournée, Mr Foss était parti d'un pas rapide dans la direction opposée et je n'ai pas cherché à le rattraper.

– Vous n'avez pas vu le numéro de la voiture ?

– Pas du tout. La curiosité ne m'en vint pas.

– Vous n'avez pas même aperçu la silhouette de l'homme à l'intérieur ?

26. LA MAIN

– Non, je n'ai rien vu, sauf la main levée.

– De quelle grosseur croyez-vous que fût le diamant ?

Elle avança les lèvres avec un air de doute.

– La voiture m'a croisée très rapidement et je ne puis rien vous dire de précis. Je peux m'être trompée, mais il m'a semblé qu'il était aussi gros que le bout de mon petit doigt. Je n'ai naturellement pu remarquer aucun détail, quoique j'aie revu la voiture hier soir.

Elle raconta ce qui lui était arrivé la veille et il l'écouta fébrilement.

– L'homme vous a parlé… Avez-vous reconnu sa voix ?

– Non… Ce n'était qu'un murmure. Je n'ai pas vu son visage ; j'ai cependant l'impression qu'il portait une casquette. Le policeman m'a dit qu'il aurait dû noter son numéro.

– Ah, vraiment, il a dit cela ? remarqua Brixan avec ironie. Cet homme fera son chemin.

Il resta un moment plongé dans ses pensées, puis :

– Je vous emmène au studio, si vous le voulez bien.

En arrivant, il la laissa aller à sa loge où elle apprit que le travail était suspendu pour la journée. Lui-même s'en alla à la recherche de Jack.

– Vous connaissez tous les gens d'importance de la région, dit-il, connaissez-vous quelqu'un qui conduise un landaulet, conduite intérieure, et porte un gros diamant au petit doigt de la main droite ?

– La seule personne de ma connaissance qui ait cette faiblesse, c'est Mendoza, dit Knebworth.

Brixan émit un sifflement.

– Je n'ai jamais songé à Mendoza, dit-il, et Adèle décrit la main comme petite et féminine.

– La main de Mendoza n'est pas précisément petite, mais elle serait petite pour une main d'homme, dit Jack, pensif. Et puis sa voiture n'est pas une conduite intérieure, mais cela ne signifie rien. Au fait, je viens de faire dire à la troupe que je travaille aujourd'hui. Si je laisse tout ce monde inoccupé, à réfléchir, ils seront tout à fait hors de leurs gonds.

– C'était mon avis, dit Brixan en souriant, mais je n'osais pas vous en faire part.

Dans l'après-midi, un appel urgent le fit partir pour Londres pour y assister à une conférence des grands chefs de Scotland Yard. Après deux heures de discussion, il fut décidé que sir Gregory Penne resterait en liberté, mais sous surveillance.

– Nous avons vérifié l'histoire de l'enlèvement de la jeune fille à Bornéo, dit le chef de la Sûreté. Tous les faits concordent. Je n'ai pas le moindre doute que Penne ne soit le coupable, mais il nous faut agir avec prudence. Vous, capitaine Brixan, dans votre département, vous pouvez évidemment vous permettre de courir certains risques, mais la police ne doit jamais faire une arrestation sous inculpation d'assassinat sans avoir la certitude absolue qu'une condamnation va suivre. Il peut y avoir quelque chose de vrai dans votre nouvelle hypothèse, et je serai le dernier à la réfuter, mais vous aurez à mener deux enquêtes parallèles.

Brixan repartit pour le Sussex en plein jour. À six kilomètres au nord de Chichester, il aperçut au milieu de la route une longue silhouette qui agitait les bras. Il ralentit et reconnut avec étonnement Mr Sampson Longvale. Avant que la voiture se fût arrêtée, Longvale sautait sur le marchepied avec une agilité surprenante.

– Je vous attends depuis plus de deux heures, Mr Brixan, dit-il. Permettez que je monte à côté de vous.

– Montez donc, dit Brixan cordialement.

– Je sais que vous allez à Chichester. Cela ne vous ferait-il rien de passer à *Dower House* ? J'ai quelque chose d'important à vous raconter.

L'endroit où il avait attendu et arrêté la voiture se trouvait au croisement des routes de *Dower House* et du domaine de sir Gregory. Le vieillard dit à Brixan qu'il était revenu à pied de Chichester et attendait là son passage.

– Je viens seulement d'apprendre, Mr Brixan, que vous êtes au service de la loi, dit-il en inclinant gracieusement la tête. Je n'ai pas besoin de vous dire combien j'estime ceux dont la tâche est de servir la cause de la justice.

– C'est Mr Knebworth qui vous l'a dit, je pense ?

– Oui, c'est lui qui m'a révélé votre véritable fonction, répondit gravement l'autre. J'étais d'ailleurs allé vous chercher, pressentant que vous deviez avoir une position plus importante que je ne me l'étais tout d'abord figuré. J'avoue que je vous avais d'abord pris

26. LA MAIN

pour un de ces jeunes désœuvrés qui n'ont rien d'autre à faire que de s'amuser. Je suis ravi d'apprendre que je m'étais trompé. C'est d'autant plus heureux que j'ai besoin de votre avis sur un point de la Loi que mon homme d'affaires ne pourrait, je crois, m'expliquer. Ma situation est tout à fait extraordinaire et même embarrassante. Je suis un homme qui évite l'attention du public et j'ai une certaine aversion pour les affaires d'autrui.

Brixan se demandait ce que ce vieillard loquace pouvait bien avoir à lui raconter... Aurait-il, au cours de ses promenades nocturnes, été témoin de quelque chose qu'on n'avait pas encore découvert ?

Ils s'arrêtèrent devant Dower House et le vieillard descendit, ouvrit la grille et la referma lorsque Brixan eut passé. Au lieu d'entrer dans son salon, il se dirigea vers l'escalier et fit signe à son visiteur de le suivre. Ils montèrent et s'arrêtèrent devant la porte de la chambre qu'Adèle avait occupée la nuit de sa terrible émotion.

– Je voudrais que vous voyiez ces gens-là, prononça gravement Longvale, et que vous me disiez si je n'agis pas contrairement à la Loi.

Il ouvrit la porte et Brixan vit que deux lits avaient été placés dans la chambre. Sur l'un d'eux était étendu l'étranger au teint de cuivre ; il était tout emmailloté de pansements et paraissait sans connaissance. Sur l'autre lit dormait la jeune femme que Brixan avait vue dans la tour : elle aussi était blessée ; son bras était placé dans des éclisses et enveloppé d'un pansement.

Brixan eut un profond soupir.

– Voilà en tous cas un mystère résolu, dit-il. Où avez-vous trouvé ces gens-là ?

Au son de sa voix, la jeune femme ouvrit les yeux, fronça les sourcils à sa vue et regarda le vieillard.

– Vous avez été blessée ? demanda Brixan en hollandais.

L'éducation de la jeune femme en matière de langues européennes avait été apparemment négligée, car elle ne répondit pas.

Elle semblait tellement inquiète en sa présence que Brixan fut content de quitter la chambre. Lorsqu'ils se retrouvèrent dans le sanctuaire de Mr Longvale, celui-ci raconta l'événement.

– Je les ai aperçus hier soir vers 11 heures et demie. Ils marchaient en trébuchant tous les deux sur la route et je crus d'abord qu'ils étaient ivres. Mais la femme prononça quelques mots : comme je n'oublie jamais une voix, même lorsque je l'ai entendue parler une langue étrangère, je reconnus aussitôt ma malade de l'autre jour et je sortis pour l'arrêter. C'est alors que je pris conscience de l'état de son compagnon ; elle me reconnut et commença à me parler d'un ton excité, en une langue que je ne comprenais pas. Mais il aurait fallu être bien stupide pour ne pas comprendre le sens de ce qu'elle disait. L'homme était sur le point de perdre connaissance ; avec l'aide de la femme, j'ai réussi à le faire entrer dans la maison et à le coucher. Par bonheur, je m'attendais à être de nouveau appelé auprès de ma malade et avais acheté des pansements et certains médicaments, ce qui me permit de leur donner les premiers soins.

– Est-il gravement blessé ? demanda Brixan.

– Il a perdu beaucoup de sang, répondit Longvale, et quoiqu'il ne semble pas qu'il y ait des artères sectionnées ou des os brisés, l'aspect des plaies est alarmant. Mais voilà, continua le vieillard de son ton toujours grave, je me suis dit que cet homme n'a pu recevoir ses blessures qu'au cours de quelque acte illicite et j'ai eu la pensée d'aviser la police de sa présence chez moi. Je me suis d'abord présenté chez mon excellent ami, Mr Jack Knebworth, et lui ai ouvert mon cœur. Il me dit alors qui vous étiez et je décidai d'attendre votre retour avant de faire autre chose.

– Vous venez de résoudre un mystère qui me confondait et vous me confirmez d'autre part une histoire que j'avais entendue avec beaucoup d'incrédulité, dit Brixan. Je crois que votre idée d'aviser la police était la bonne… Je vais faire un rapport au quartier général et vous enverrai une ambulance pour emmener ces deux personnes à l'hôpital. L'homme peut-il supporter le déplacement ?

– Je le crois, affirma le gentilhomme. Il dort profondément en ce moment et donne l'impression d'être dans le coma, mais tel n'est pas le cas. Je ne demanderais pas mieux que de les garder ici malgré l'absence de confort. Mais il me faudrait les soigner moi-même et je ne suis plus guère bon pour un pareil effort. Il est heureux que la femme ne soit pas immobilisée.

– Avait-il un sabre avec lui lorsqu'il est arrivé ?

Mr Longvale eut un geste d'impatience.

– Comme je suis sot de l'avoir oublié ! Mais oui, il est là.

Il ouvrit un tiroir de son bureau antique et prit un sabre tout pareil à celui que Brixan avait vu au-dessus de la cheminée du château de Griff. La lame était immaculée. Michel ne s'attendait pas à la trouver autrement, car pour un oriental, son sabre est un enfant : le premier soin de l'homme avait probablement été de l'essuyer.

Brixan allait partir, mais il se ravisa soudainement.

– Serait-ce abuser de votre amabilité, Mr Longvale, que de vous demander un verre d'eau ? J'ai la gorge sèche.

Avec une exclamation d'excuse, le vieillard se précipita hors de la chambre, laissant Brixan seul dans le hall.

Le jeune homme jeta aussitôt un rapide coup d'œil sur le porte-manteau où il voyait accrochés un pardessus du maître de la maison, son chapeau de feutre à large bords relevés et un chapeau de paille tout ordinaire. L'idée du verre d'eau n'était pas une ruse, car Brixan avait soif. Mais il possédait le sens inquisiteur inhérent à sa profession.

Le vieillard revint quelques minutes plus tard et trouva le jeune homme en train d'examiner le chapeau de paille.

– D'où vient-il ? demanda le détective.

– C'est le chapeau que le blessé portait lorsqu'il est arrivé, répondit Longvale.

– Je l'emporte avec moi, si vous le voulez bien, dit Brixan après un long silence.

– Mais avec le plus grand plaisir. Notre ami de là-haut n'en aura pas le besoin avant longtemps, dit le vieillard avec un petit sourire malin.

Le détective revint à sa voiture, posa le chapeau près de lui et reprit la direction de Chichester ; tout le long du chemin, il réfléchit, fort intrigué. Car à l'intérieur du chapeau se trouvaient les initiales L. F. Comment le chapeau de Lawley Foss s'était-il retrouvé sur la tête de l'homme de Bornéo ?

27. LES CATACOMBES

Le soir de ce même jour, les deux malades de Mr Longvale étaient conduits à l'hôpital de la ville et, après un rapport favorable des médecins, Brixan sentit que l'un des côtés du mystère disparaissait.

Il alla de nouveau voir son vieux professeur.

– Encore une investigation ? demanda le vieillard lorsqu'on introduisit son ex-élève.

– Vous avez deviné, Sir, dit le détective, quoique je doute fort que vous puissiez m'aider. Je cherche un ouvrage sur l'histoire de la ville de Chichester.

– J'en possède un, publié en 1600. Vous êtes la deuxième personne en quinze jours qui me demande à le consulter.

– Qui donc était la première ? demanda vivement Brixan.

– Un certain Foss…, commença Mr Scott. Il voulait savoir quelque chose concernant les catacombes. Je n'avais jamais entendu dire qu'il y eût des catacombes sous cette ville. S'il s'agissait de Cheddar, j'aurais pu vous fournir une quantité de renseignements, car je suis une autorité sur la question des catacombes de Cheddar.

Il fit entrer son ancien élève dans sa bibliothèque et, prenant un volume sur le rayon, le posa sur la table.

– Après le départ de ce Foss, j'y ai jeté un coup d'œil à titre de curiosité. On n'en parle qu'une seule fois, à la page 385. Il s'agit de la disparition d'une compagnie de cavalerie commandée par sir John Dudley, comte de Newport, à l'époque des troubles sous le règne d'Étienne de Blois. Voici la page.

Il l'indiqua.

Brixan lut le passage imprimé en caractères anciens :

« Le noble Seigneur, ayant décidé d'attendre à l'abri de la nuit, conduisit les deux *compagnies* de cavalerie dans les grandes catacombes qui existaient de ce temps-là. Par la volonté du Dieu Tout-Puissant qui nous tient tous dans son Auguste Main, il arriva à 8 heures du matin un grand glissement de terrain qui ensevelit pour toujours tous les cavaliers et escuyers aussi bien que sir John Dudley, comte de Newport, qu'on ne revit plus jamais. Et le lieu de cet événement se trouve à neuf milles en ligne droite de la même ville, appelée *Regnum* par les Romains ou *Ciffanceaster* en langue saxonne. »

– A-t-on jamais retrouvé l'emplacement de ces catacombes ?

Mr Scott hocha la tête.

27. LES CATACOMBES

– De vagues traditions prétendent que des contrebandiers les auraient utilisées à nouveau, il y a près de cent cinquante ans. Mais vous savez, chaque région a des légendes du même genre.

Brixan sortit de sa poche une carte de la ville de Chichester, mesura un rayon de neuf milles avec son compas et traça un cercle autour de la ville. Il remarqua que la ligne passait soit à travers, soit tout près de la propriété de sir Gregory.

– Tiens, il existe donc deux tours de Griff ? demanda-t-il soudainement en examinant la carte.

– Oui, la deuxième se trouve derrière la propriété de Penne ; c'est d'ailleurs là la véritable tour de Griff, ou de Griffin, ainsi qu'elle avait été appelée à l'origine. Il me semble qu'elle doit se trouver soit sur le terrain de Penne, soit à sa limite… C'est une très vieille tour ronde, haute de sept mètres environ ; elle doit dater de près de deux mille ans. Je m'intéresse beaucoup aux antiquités et ai étudié cet endroit. La partie intérieure du mur doit certainement être romaine… Les Romains ont eu un grand camp dans cette région ; Regnum fut même un de leurs quartiers généraux. On donne toutes sortes d'explications concernant la destination première de cette tour. Ce devait être un donjon, ou un dépôt de vivres. Mon idée est que la tour romaine originale n'avait que quelques mètres de haut et ne devait pas du tout servir de défense. On a dû la surélever à diverses époques…

Brixan exultait.

– Si mon hypothèse est juste, j'aurai des renseignements complémentaires sur cette forteresse romaine avant l'aurore, dit-il.

Il alla prendre ses malles à l'hôtel et les transporta à son nouveau domicile. En arrivant chez Knebworth, il vit qu'on avait mis trois couverts pour le dîner.

– Vous attendez quelqu'un ? demanda Brixan en suivant des yeux Jack Knebworth qui achevait l'arrangement de la table.

Comme tout vieux célibataire, il avait cette manie de l'ordre qui consiste à placer tous les objets à la même distance les uns des autres.

– Quelqu'un de vos amis, oui.

– De mes amis, à moi ?

Jack inclina la tête.

– J'ai demandé à la petite Leamington de venir. Et quand je vois un homme de votre âge devenir cramoisi au nom d'une jeune fille, je le plains, vous savez. Elle va venir, d'une part pour causer affaire et d'autre part… pour avoir le plaisir de me rencontrer dans une atmosphère plus humaine que le studio. Aujourd'hui, elle n'a pas été tout à fait aussi bien que je l'aurais voulu, mais je crois que nous étions tous un peu hors de notre assiette.

La jeune fille arriva bientôt. Il y avait en elle ce jour-là quelque chose de très doux et de touchant, quelque chose qui alla droit au cœur de Brixan et y affermit la place qu'elle y avait déjà prise.

– Je songeais en venant, dit-elle pendant que Jack Knebworth l'aidait à enlever son manteau, combien tout est incroyable dans la vie… Jamais je n'aurais rêvé que je serais un jour invitée à dîner avec vous, Mr Knebworth.

– Et moi, je n'ai jamais rêvé que vous seriez digne d'une telle distinction, grogna Jack. D'ici cinq ans, vous vous direz : en avais-je fait une affaire de cette invitation à dîner chez le vieux Knebworth !

Posant sa main sur l'épaule de la jeune fille, il la conduisit à la salle à manger où elle vit Brixan. Le jeune détective se sentit mal à l'aise en voyant la figure d'Adèle s'allonger à sa vue. Mais ce ne fut que pour une seconde ; comme si elle eût lu la pensée du jeune homme, elle expliqua ce changement soudain d'expression :

– J'avais pensé que nous ne causerions ce soir que films et scénarios ! dit-elle.

– Mais bien entendu, assura Brixan. Je suis le meilleur auditeur que l'on puisse imaginer et le premier qui mentionnera le mot d'assassinat sera jeté par la fenêtre !

– Il faut alors que je me prépare à sauter ! dit-elle en riant, car je vais parler assassinat et mystère… tout à l'heure.

Sous l'influence d'un entourage encourageant, la jeune fille se révélait petit à petit sous un nouvel aspect et Brixan vit se confirmer toutes les suppositions les plus favorables qu'il avait faites à son sujet. La timidité, la réserve presque glaciale d'Adèle fondaient dans la compagnie des deux hommes dont l'un, sentait-elle, l'aimait bien, et l'autre… Brixan était en tous cas un ami.

– Figurez-vous que cet après-midi, j'ai fait le détective, annonça-t-elle lorsqu'on eut servi le café. (Puis elle ajouta solennellement :) Et j'ai fait des découvertes extraordinaires. J'ai commencé par essayer de retrouver la trace de cette voiture qui avait dû arriver dans ma rue en venant du terrain vague qui se trouve au bout. J'y ai retrouvé une seule trace de pneus d'auto et je crois que ce ne peut être que celle de mon homme aux mains blanches. Voyez-vous, j'avais remarqué que l'un des pneus arrière portait un signe en étoile et il ne m'a pas été difficile de suivre cette trace. J'ai trouvé au milieu du terrain vague un endroit où de l'essence avait été répandue par terre : la voiture doit s'être arrêtée là. Et puis... j'y ai trouvé ceci !

Elle ouvrit son sac à main et en sortit un petit flacon verdâtre. Il était débouché et ne portait aucune étiquette. Brixan le lui prit des mains, l'examina, puis le porta à son nez. Le flacon avait une odeur particulière, pénétrante et point désagréable.

– Reconnaissez-vous l'odeur ? demanda Adèle.

Il hocha la tête.

– Laissez-moi sentir.

Jack Knebworth prit à son tour le flacon et le flaira.

– Chloral butylique, déclara-t-il rapidement.

La jeune fille l'approuva d'un signe de la tête.

– C'est ce que je crois aussi. Mon père était chimiste-pharmacien. Un jour, jouant dans le dispensaire, j'ai trouvé dans un tiroir un joli petit flacon et l'ai débouché. Je ne sais pas ce qu'il me serait arrivé si Papa ne m'avait vue. J'étais encore toute petite à cette époque, mais je me souviens toujours de cette odeur.

– Chloral butylique ? demanda Brixan en plissant le front.

– Oui. On le connaît sous le nom de « gouttes mortelles », dit Knebworth. Les détrousseurs qui opèrent dans les ports et dévalisent les marins s'en servent volontiers. Quelques gouttes dans un verre de vin suffisent pour faire perdre connaissance.

Brixan prit le flacon. C'était une petite bouteille de pharmacie ordinaire, semblable à celles qui contiennent d'habitude des poisons. Il vit d'ailleurs le mot « poison » incrusté dans le verre.

– Pas de trace d'étiquette, dit-il.

– Ce flacon n'a peut-être aucun rapport avec la voiture mystérieuse, admit la jeune fille. Je ne fais qu'assembler à tout hasard deux sinistres objets.

– Où l'avez-vous trouvé ?

– Dans un ravin très profond actuellement rempli d'eau. Mais le flacon n'avait pas roulé jusqu'à l'eau. Ça, c'est ma découverte numéro un. Et voici la numéro deux.

Elle retira de son sac un objet métallique qui portait à ses deux extrémités des traces de cassure.

– Savez-vous ce que c'est ? demanda-t-elle.

– Je donne ma langue au chat, dit Jack qui tendit l'objet à Brixan.

– Je sais ce que c'est parce que j'avais vu un pareil objet au studio, dit la jeune fille. Et vous aussi, vous le savez, n'est-ce pas, Mr Brixan ?

– C'est, dit celui-ci, la partie centrale d'une paire de menottes, la partie qui porte les charnières.

Des taches de rouille recouvraient encore l'objet que la jeune fille, à ce qu'elle dit, avait pourtant nettoyé.

– Et voilà mes deux découvertes. Je ne vais pas vous présenter mes conclusions, car je n'en ai point.

– Ces objets peuvent n'avoir pas été jetés de la voiture, dit Brixan. Mais d'autre part, ainsi que vous le dites, il est possible que le propriétaire de l'auto ait choisi cet endroit particulièrement désert pour se débarrasser des deux articles qu'il ne pouvait garder chez lui. Il eut été plus sûr de les jeter à la mer, mais je pense qu'il a dû opter pour la facilité. Je garde vos trouvailles.

Il les enveloppa dans un morceau de papier et la conversation revint au cinéma.

– Nous tournons demain à la tour de Griff... la vraie tour cette fois, dit Jack Knebworth. C'est une vieille... Qu'ai-je donc dit de si amusant ? demanda-t-il brusquement.

– Non, rien, sauf que vous venez d'accomplir quelque chose que j'avais prédit ! dit Brixan. Je savais bien que j'entendrais encore parler de cette maudite tour !

28. LA TOUR

L'esprit de Brixan était fort agité. Il attachait à l'histoire de la voiture fermée beaucoup plus d'importance que ne l'avait pensé la jeune fille ; et l'invitation faite *à la belle dame* de monter à l'intérieur le tracassait tout particulièrement.

À la suite des événements des derniers jours, il avait été obligé de renvoyer le détective qu'il avait chargé de veiller sur Adèle, mais il décida de placer près de sa maison un policeman local, muni des mêmes instructions.

Après avoir reconduit Adèle, il se rendit au commissariat de police, mais le commissaire était absent et l'agent de service n'osait pas prendre sur lui de détacher un homme suivant les ordres de Brixan. Ce ne fut que sous la menace de celui-ci de téléphoner à son supérieur qu'il consentit à envoyer un agent de police en uniforme surveiller la rue en question.

Revenu à la maison de Knebworth, Brixan examina à nouveau les deux objets trouvés par la jeune fille. Le chloral butylique était un poison et un poison violent. Quel usage pouvait en faire le Coupe-Têtes ? se demanda-t-il.

Quant aux menottes, il examina à nouveau ce fragment. Une force inouïe avait été employée pour en rompre les parties. C'était un mystère qu'il dut renoncer à résoudre.

Avant de se coucher, il eut une conversation téléphonique avec l'inspecteur qui surveillait le château de Griff. Rien de nouveau à cet endroit. La vie de tous les jours suivait apparemment son cours normal. L'inspecteur avait été invité à l'intérieur de la maison et sir Gregory lui avait dit que Bhag n'était toujours pas revenu.

– Je vous y laisse encore cette nuit, dit Brixan. Demain, nous allons lever cette surveillance, car Scotland Yard est maintenant convaincu que sir Gregory n'a pas été mêlé à la mort de Foss.

Un grognement à l'autre bout du fil lui fit comprendre que l'inspecteur ne partageait pas cette façon de penser.

– Il y est bien mêlé d'une façon ou d'une autre, allez. À propos, j'ai trouvé dans le champ près d'ici un chapeau de paille taché de sang. Il porte à l'intérieur la marque des magasins *Chi Li* à Tjandi.

– Vous me l'enverrez demain matin, dit Brixan, très agité.

Le lendemain matin, au moment où il déjeunait, on lui apporta le chapeau qu'il examina. Knebworth, qui connaissait par Brixan presque toute l'histoire, l'étudia avec curiosité.

– Si l'homme portait le chapeau de Lawley au moment où il est arrivé chez Mr Longvale, où donc, au nom du ciel, a pu avoir lieu l'échange ? Il faut que ce soit quelque part entre le château et la demeure du vieillard, à moins…

– À moins que quoi ? demanda Brixan.

Il avait une haute opinion de la perspicacité de Knebworth.

– À moins que l'échange n'ait eu lieu chez sir Gregory. Vous pouvez voir que quoique ce chapeau ait des taches de sang, il n'est pas abîmé, ce qui est étrange.

– Très étrange, concéda Brixan. Et pourtant, si ma première hypothèse était la bonne, l'explication serait toute simple.

Brixan ne révéla pas à Knebworth cette hypothèse.

Il accompagna le réalisateur jusqu'au studio et vit toute la troupe partir en char à bancs, souhaitant dans son for intérieur d'avoir le prétexte et le loisir de les suivre. C'était un groupe insouciant et gai et la société de ces jeunes gens était vraiment réconfortante.

Après avoir vérifié que rien de nouveau ne s'était passé à Londres, il se dit qu'aucune raison ne l'empêchait de s'éloigner et quelques secondes plus tard, sa voiture partait à la suite du joyeux convoi.

Il aperçut la tour un quart d'heure environ avant de l'atteindre : une vieille bâtisse trapue, qui pouvait passer pour une étable trop élevée. Lorsque le jeune homme eut rejoint la troupe, le char à bancs était arrêté sur la pelouse et les artistes achevaient leur maquillage. Il ne vit tout d'abord pas Adèle qui s'habillait sous une petite tente, tandis que Knebworth et l'opérateur discutaient les éclairages et le placement des acteurs.

Brixan avait trop d'esprit pour intervenir à ce moment ; il s'en alla rôder aux environs de la tour, examinant les modifications curieuses que les générations avaient apportées à la construction originale. Il ne s'y connaissait que très peu en architecture, mais il put néanmoins distinguer la partie romaine du mur et crut reconnaître l'endroit où des constructeurs saxons avaient dû reprendre le monument.

L'un des accessoiristes était en train de fixer l'échelle par laquelle Roselle devait descendre. L'histoire qu'on allait tourner était celle d'une jeune fille qui, après avoir débuté dans la vie comme choriste, était devenue la femme d'un noble seigneur aux idées archaïques. Un jeune homme pauvre, mais honnête, qui l'avait aimée

28. LA TOUR

dans sa jeunesse – Brixan avait appris que l'inconsolable Reggie Connolly jouait ce rôle –, se trouvait toujours là pour secourir la jeune femme ; et lorsqu'un jour, elle fut enfermée dans une tour de pierres, c'est lui qui vint la sauver.

Les scènes de l'intérieur de la tour avait été tournées à Arundel. La vieille tour de Griff ne devait servir que pour une scène de premier plan montrant la jeune fille en train de descendre dans les bras de son amoureux, le long d'une corde de bandes de draps attachées ensemble.

– Ça va être rudement dur de descendre de là-haut, dit Reggie d'un ton lugubre. Bien sûr, on a mis une corde à l'intérieur du drap, il n'y a donc aucun danger que cela casse. Mais miss Leamington est terriblement lourde ! Tenez, mon vieux, vous n'avez qu'à la soulever vous-même, vous verrez quel plaisir c'est !

Rien n'aurait pu procurer à Brixan un plus grand plaisir que de suivre ce conseil à la lettre.

– Ce rôle demande une trop grande force physique pour moi, je vous assure, bêla encore Reggie. Je ne suis pas un homme des cavernes, vraiment ! J'ai dit à Knebworth que cette besogne n'était pas pour moi. Et puis qu'ont-ils besoin de tourner un premier plan ? Pourquoi ne ferait-on pas un mannequin que je pourrais m'attacher à la ceinture ? Et d'abord, pourquoi ne descendrait-elle pas toute seule ?

– C'est extrêmement facile, dit Knebworth qui s'était approché et avait entendu la dernière phrase. Miss Leamington se tiendra à la corde et vous aidera ainsi en allégeant son poids. Tout ce que vous avez à faire, c'est de paraître courageux et beau.

– Tout ça est fort bien, grommelait Reggie, mais je n'ai pas été engagé pour grimper à la corde. Chacun a ses goûts, et cela n'est pas du mien !

– Répétez la scène, dit Jack laconiquement.

La corde fut fixée à une barre de fer placée à l'intérieur de la tour dont on ne devait pas filmer le sommet. La vraie descente avait été tournée à Arundel en second plan par des doublures. On commença. La première tentative faillit finir en catastrophe. En criant, Connolly lâcha son fardeau et la jeune fille serait tombée si elle ne s'était retenue fermement à la corde.

– Recommencez ! hurla Jack. Et rappelez-vous que vous jouez un homme. Le petit Coogan la tiendrait mieux que cela !

Ils essayèrent à nouveau. Après une troisième répétition, alors que le malheureux Reggie était exténué, Knebworth annonça d'un ton bref :

– On tourne !

La prise de vue commença.

Quels que fussent ses défauts et son caractère, on ne pouvait douter que Connolly fût un véritable artiste. Malgré l'angoisse de cet effort extraordinaire, il savait sourire avec douceur au visage de la jeune fille tourné vers lui, tandis que l'objectif suivait les amants dans leur fuite. Ils touchèrent terre, et après un dernier regard langoureux à la jeune fille, Connolly posa les trois secondes finales.

– Coupez tout, dit Jack.

Reggie s'assit lourdement.

– Dieu du Ciel ! gémit-il en tâtant ses bras. Jamais on ne me fera recommencer cela, non, vraiment, jamais ! J'en ai plein le dos de cette histoire, Mr Knebworth. C'est horrible ! J'ai cru mourir !

– Eh bien, vous n'êtes pas mort, dit Jack avec bonne humeur. Et maintenant, reposez-vous tous quelques instants.

L'appareil fut éloigné de vingt à trente mètres. Tandis que Connolly, sans cesser de gémir, s'étendait sur l'herbe, la jeune fille s'approcha de Brixan.

– Je suis contente que ce soit fini, dit-elle. Ce pauvre ! Mr Connolly ! Toutes les horreurs qu'il disait à voix basse pendant la descente me donnaient une folle envie de rire qu'il me fallait réprimer, car cela nous aurait obligés à recommencer. Mais évidemment, ce n'était pas facile, ajouta-t-elle.

Les bras de la jeune fille étaient meurtris et la corde lui avait blessé le poignet. Michel avait un désir fou de baiser cette petite plaie, mais il se domina.

– Comment m'avez-vous trouvée ? Avais-je un air à peu près gracieux ? J'ai eu l'impression de ressembler à un ballot de paille !

– Vous étiez… merveilleuse ! dit-il avec ferveur.

Elle lui jeta un coup d'œil rapide, et baissa les yeux.

– C'est peut-être un peu exagéré de votre part ? dit-elle avec mo-

28. LA TOUR

destie.

– Peut-être bien, répondit Brixan. Qu'y a-t-il là-dedans ?

Il indiqua la tour.

– À l'intérieur de la tour ? Rien du tout, excepté un tas de pierres et des herbes sauvages.

– Vous venez de dire que vous étiez contente d'en avoir fini. Vous avez donc dû avoir un peu peur ?

Elle eut un coup d'œil malicieux.

– Mr Knebworth dit que s'il n'est pas satisfait de l'éclairage du jour, nous aurons à recommencer la nuit. Pauvre Connolly, il renoncerait plutôt à son rôle.

À ce moment, la voix de Knebworth résonna.

– N'emportez pas l'échelle, Collins, cria-t-il. Mettez-la dans l'herbe derrière la tour. Il se peut que je sois obligé de revenir ici ce soir. Vous n'avez qu'à laisser tout ce qui ne craint pas la pluie et vous ramasserez le tout demain matin.

Adèle fit une grimace.

– C'est bien ce que je craignais. Pas pour moi… C'est plutôt amusant. Mais la nervosité de Mr Connolly est quelque peu contagieuse. J'aurais bien voulu que ce soit vous qui jouiez ce rôle.

– Dieu sait que je l'aurais voulu ! dit Brixan, avec tant de sincérité dans la voix qu'elle rougit.

Jack Knebworth vint à eux.

– Adèle, avez-vous laissé quelque chose là-haut ? demanda-t-il montrant le sommet de la tour.

– Mais non, Mr Knebworth, dit la jeune fille étonnée.

– Mais alors, qu'est-ce que c'est ? s'écria le directeur.

Il montrait quelque chose de rond qui était apparu tout en haut.

– Et cela bouge ! s'exclama-t-il.

À ce moment, une tête devint visible, suivie d'une paire d'épaules velues, puis une jambe passa par-dessus le mur de la tour.

C'était Bhag !

Son poil était blanc de poussière, sa figure abominablement sale. Brixan remarqua tout cela, puis, lorsque la bête tendit la main pour saisir un appui, il vit que chacun de ses poignets était encerclé d'un fragment de menottes brisées !

29. LE RETOUR DE BHAG

La jeune fille poussa un cri et saisit le bras de Brixan.

– Qu'est-ce que c'est ? demanda-t-elle. Est-ce la Chose qui était… montée dans ma chambre ?

Brixan se dégagea gentiment et courut à la tour. Au même moment, Bhag prit son élan et se laissa tomber sur le sol. Il resta là une seconde, les poings appuyés à terre, sa face méchante tournée vers l'homme. Puis il renifla fortement et, faisant entendre son étrange gazouillis, déambula à travers le pré et disparut derrière un monticule.

Brixan s'était élancé à sa poursuite. Lorsqu'il put l'apercevoir à nouveau, le grand singe était à quatre cents mètres de lui, courant à toute vitesse le long des buissons qui séparaient les deux champs. Toute poursuite était vaine et le détective revint lentement vers la troupe alarmée.

– Ce n'est qu'un orang-outang appartenant à sir Gregory ; il est parfaitement inoffensif, dit-il. Il avait disparu de la maison de son maître depuis deux ou trois jours.

– Il devait se cacher dans la tour, dit Knebworth en s'épongeant le front. Eh bien, je suis joliment heureux qu'il n'ait pas eu l'idée de sortir au moment où je tournais ! Vous ne l'aviez pas aperçu, Adèle ?

La jeune fille devait être toute pâle sous son maquillage jaune ; la main qu'elle porta à ses lèvres tremblait.

– Voilà qui explique le mystère des menottes, dit Knebworth.

– Vous les avez donc remarquées ? demanda vivement le détective. Oui, cela explique l'anneau brisé, mais cela n'explique pas tout à fait le chloral butylique.

En parlant, il avait pris la main de la jeune fille ; dans cette chaude pression, elle crut sentir quelque chose de plus qu'un geste de simple sympathie.

– Avez-vous eu peur ?

– J'ai eu terriblement peur, confessa-t-elle. C'est affreux ! Était-ce

29. LE RETOUR DE BHAG

Bhag ?

— Oui, dit-il, c'était Bhag. Je pense qu'il devait être caché dans la tour depuis sa disparition. Vous n'aviez rien vu là-haut ?

— Non, heureusement ! Autrement, je serais tombée. Il y a à l'intérieur des recoins sombres dans lesquels il pouvait se cacher.

Brixan décida d'aller voir lui-même. On appuya une échelle au mur et il grimpa jusqu'en haut. La tour était formée de quatre murs ressemblant à ceux d'une forteresse. À l'intérieur, au centre, le sol était creusé en entonnoir, d'une façon qui rappelait les trous faits par des obus de gros calibre. La terre était couverte d'un enchevêtrement de buissons. Le jeune homme ne put distinguer que quelques grosses pierres et les branches d'un arbre.

On pouvait facilement se cacher là : Bhag s'y était probablement réfugié, dormant pour se reposer de sa besogne et de ses blessures ; car Brixan avait remarqué sur l'animal quelque chose que personne n'avait vu : la peau arrachée par endroits et une oreille fendue.

Il redescendit et rejoignit Knebworth.

— Je crois que cela met fin à notre travail pour aujourd'hui, dit Jack avec hésitation. Je sens de la tension dans l'air et il se passera bien du temps avant que je puisse décider les femmes à revenir ici de nuit.

Brixan ramena le réalisateur dans sa voiture. Tout le long du trajet, il songea à cette étrange apparition du singe. Quelqu'un avait enchaîné Bhag. Il aurait dû le deviner en voyant le fragment des menottes. Aucun être humain ne pouvait les avoir brisées. Et Bhag s'était échappé… D'où ? Comment ? Et pourquoi n'était-il pas revenu à Griff chez son maître ?

Après avoir déposé Knebworth chez lui, il s'en alla directement chez sir Gregory. Il trouva le baronnet au milieu de la prairie devant la maison, en train de jouer au golf. Il était toujours enveloppé de pansements, mais se rétablissait avec rapidité.

— Oui, Bhag est de retour. Il est rentré, il y a une demi-heure environ. Dieu seul sait où il était ! J'ai souvent souhaité que cet animal puisse parler, mais je ne l'ai jamais souhaité aussi ardemment qu'en ce moment. Quelqu'un lui avait mis des menottes ; je viens de les lui enlever.

— Puis-je les voir ?

– Vous le saviez donc ?

– Je l'ai vu. Il est sorti de la vieille tour sur la colline.

– Ah, vraiment ? Et que diable y faisait-il ?

Sir Gregory se gratta le menton d'un geste pensif.

– Cela lui est arrivé bien souvent de sortir, mais il s'en va presque toujours à une chasse que je possède à cinq kilomètres d'ici ; il trouve là suffisamment d'ombre et personne ne le dérange. Un braconnier a un jour eu la folie de tirer sur lui… Il fut bien heureux de s'en tirer vivant. Avez-vous retrouvé le corps de Foss ?

Le baronnet avait repris son jeu ; son regard était fixé sur sa balle par terre.

– Non, dit tranquillement Brixan.

– Mais vous espérez le retrouver ?

– Cela ne me surprendrait pas.

Sir Gregory était appuyé sur son maillet, le regard perdu au loin.

– Quelle est la sanction que prévoit la loi lorsque quelqu'un tue par accident un serviteur qui essayait de le poignarder ? demanda-t-il.

– Il passe en jugement, dit Brixan, et le verdict est généralement : « meurtre en état de légitime défense »… Il est acquitté.

– Mais à supposer qu'il ne l'ait pas avoué ? Supposez qu'il… eh bien, qu'il se soit débarrassé du corps… l'ait enterré… et ait caché toute l'affaire ?

– Oh, alors, il se placerait dans une situation très dangereuse. Et surtout, si – il surveilla l'effet de ses paroles –, si une amie qui ne serait plus une amie… avait été témoin ou avait eu connaissance de la chose.

Le seul œil visible de Penne clignota rapidement et son visage devint cramoisi, comme chaque fois que le baronnet éprouvait une vive émotion.

– Et supposez qu'elle ait essayé de lui soutirer de l'argent sous la menace de le dénoncer à la police ?

– Alors, expliqua patiemment Brixan, elle irait en prison, condamnée pour chantage et probablement pour complicité de meurtre.

– Vraiment ? fit sir Gregory avec satisfaction. Elle serait complice si… si elle l'avait vu poignarder le serviteur ? Souvenez-vous que ceci s'est passé il y a très longtemps. Il existe un délai de prescription, n'est-ce pas ?

– Pas pour l'assassinat, dit Brixan.

– Assassinat ! Vous appelez cela assassinat ? s'écria l'autre en alarme. En état de légitime défense, voyons ! Quelle blague !

Brixan commençait à y voir clair. Stella Mendoza avait un jour traité Penne d'assassin et l'esprit agile du détective pouvait maintenant reconstituer le crime avec précision. Un serviteur de couleur, un de ces Malais, probablement, avait dû se révolter et Penne l'avait tué, peut-être même en défendant sa propre vie. Puis il avait eu peur des conséquences de son acte. Le détective se souvint des paroles de Stella : « Penne est un fanfaron et un poltron, dans le fond. » Ce devait être là toute l'histoire.

– Où avez-vous enterré votre malheureuse victime ? demanda calmement le détective.

Penne eut un sursaut.

– Enterré ? Que voulez-vous dire ? bégaya-t-il. Je n'ai assassiné ni enterré personne. Je vous ai tout simplement soumis un cas hypothétique.

– Cela m'a bien plutôt l'air d'un fait que d'une hypothèse. Enfin, je n'insisterai pas.

Les crimes de ce genre ennuyaient Brixan ; si ce n'avaient été les circonstances particulières et curieuses des crimes du Coupe-Têtes, il aurait abandonné le cas dès le début de ses investigations.

Il y avait cependant découvert un autre attrait qu'il ne s'avouait même pas dans son for intérieur… Quant à sir Gregory Penne, la grossièreté de cet homme, ses fantaisies, la basse vulgarité de ses amours, étaient plus qu'écœurantes… Il aurait volontiers supprimé sir Gregory de ses relations mais… il n'avait encore aucune certitude.

– C'est curieux comme les pensées s'enchaînent les unes aux autres, dit Penne, sortant de sa rêverie. Un homme comme moi, dont l'esprit n'a pas de grandes préoccupations, s'attaque à un problème abstrait et ne peut plus s'en détacher. Ainsi, elle serait complice du crime, dites-vous ? Cela signifie les travaux forcés.

Il semblait tirer une grande satisfaction de cette pensée et devint presque aimable au moment où, après avoir examiné les menottes,

Brixan prit congé. Les menottes étaient de marque anglaise et d'un vieux modèle.

– Bhag est-il sérieusement blessé ? demanda Brixan, son examen terminé.

– Non, il a une ou deux entailles, répondit l'autre avec calme. (Il ne faisait aucune tentative pour masquer ce qui s'était passé la nuit précédente.) Pauvre bête, il est accouru à mon secours ! Et cet homme a failli le tuer. Le pauvre vieux était mis hors de combat, mais il s'est relevé et l'a suivi malgré tout.

– Quel chapeau portait cet homme ?

– Kéji ? Je ne sais pas. Je suppose qu'il avait un chapeau, mais je ne l'ai pas remarqué. Pourquoi ?

– Pour rien. Je voulais seulement savoir, dit Brixan d'un ton détaché. Il l'avait peut-être perdu dans les catacombes.

En prononçant ces mots, il surveillait attentivement son interlocuteur.

– Des catacombes ? Je n'en ai jamais entendu parler. Qu'est-ce que c'est que cela ? Y a-t-il donc des catacombes à proximité d'ici ? demanda sir Gregory avec innocence. Vous avez une connaissance extraordinaire de la topographie du comté, Brixan. Je vis ici depuis plus de vingt ans et pourtant, je me perds chaque fois que je sors dans Chichester.

30. L'ANNONCE

La question des catacombes intriguait Brixan plus que toute autre dans cette affaire. Il songea à recourir à Longvale, dont la connaissance du pays était encyclopédique. Le gentilhomme était sorti et Brixan le rencontra dans son antique voiture sur la route de Chichester. Il l'entendit, plutôt, car le bruit de sa vieille automobile était perceptible bien avant qu'elle n'apparût au tournant de la route. Brixan ralentit son moteur. Longvale l'imita et ils s'arrêtèrent l'un à côté de l'autre.

– Oui, elle est plutôt bruyante, admit le vieillard en épongeant son crâne chauve d'un beau mouchoir de soie. Ce n'est que depuis quelques années que je m'en rends compte. Mais personnellement,

30. L'ANNONCE

je ne crois pas qu'une voiture silencieuse me donnerait autant de satisfaction.

– Vous devriez acheter une…

Brixan nomma en souriant la marque en renom.

– J'y ai pensé, dit l'autre avec sérieux, mais j'aime les vieilles choses… C'est là mon excentricité.

Brixan lui demanda s'il connaissait l'existence des catacombes et à sa grande surprise, le vieillard eut une réponse affirmative.

– Mais oui, j'en ai souvent entendu parler. Lorsque je n'étais encore qu'un gamin, mon père m'a raconté que ce pays était miné de catacombes et que celui qui aurait la chance de les découvrir y trouverait de grandes réserves d'alcool. Autant que je sache, personne ne les a jamais découvertes. Dans le temps, il y avait une entrée par là.

Il indiqua la direction de la tour de Griff.

– Mais il y a bon nombre d'années…

Et il redit l'histoire du glissement du terrain et de la disparition de deux compagnies de galants chevaliers, histoire qu'il avait probablement puisée à la même source que Brixan.

– Une légende populaire raconte qu'un cours d'eau est venu depuis cette date se jeter dans la mer près de Selsey Bill… à quelque distance au-dessous du niveau de l'eau. Mais, vous le savez, les gens de la campagne ne vivent que de ces légendes. Ce n'est probablement qu'un conte.

L'inspecteur Lyle attendait le détective chez lui ; il venait lui apporter une nouvelle stupéfiante :

– L'annonce a réapparu ce matin dans le *Daily Star*.

Brixan prit la coupure qu'on lui tendait. Elle était rédigée exactement de la même façon que les précédentes.

« *Votre mal physique ou moral est-il incurable ? Hésitez-vous au bord du néant ? Le courage vous manque-t-il ? Écrivez au Bienfaiteur, Boîte…* »

– Il n'y aura pas de réponse avant demain matin, continua Lyle. Les lettres doivent être réexpédiées à une boutique de Lambeth Road et le chef de la Sûreté veut que vous soyez prêt à en suivre la trace.

Cette trace était fort embrouillée. Le lendemain, à 4 heures de l'après-midi, une vieille femme entra dans la boutique de Lambeth Road et demanda les lettres adressées à *Mr Vole*. Il y en avait trois. Elle paya la taxe, mit les lettres dans son vieux sac à main, et s'en alla, trébuchante. Après avoir descendu Lambeth Road, elle monta dans un tramway allant dans la direction de Clapham et descendit près du Parlement. Là, ayant traversé plusieurs rues, elle arriva devant un groupe de vieilles maisons en ruines. À chaque coin de rue, elle en prenait une autre plus misérable que la précédente. Finalement, elle arriva à une ruelle étroite et mal pavée qui finissait en cul-de-sac ; ses maisons, toutes bâties sur le même modèle, se rejoignaient au bout. La vieille femme s'arrêta devant la dernière bicoque, sortit une clef de sa poche et ouvrit la porte. Elle se retournait pour la refermer derrière elle lorsqu'elle vit un homme sur le seuil, un jeune homme bien mis, qui devait l'avoir suivie depuis le début.

– Bonjours, mère, dit-il.

La vieille l'examinait d'un regard soupçonneux en marmottant quelque chose à voix basse. Seuls les médecins et les dames patronnesses appelaient une femme « mère » ; et la police avait également pris l'habitude d'user du mot. Son visage se rida hideusement à cette pensée désagréable.

– Je voudrais avoir un petit entretien avec vous.

– Entrez, dit-elle d'une voix pointue.

Le carrelage de l'entrée était fendillé en plusieurs endroits et indescriptiblement sale, mais cette entrée était encore remarquablement nette en comparaison de l'horreur que présentaient la chambre et la cuisine de cette habitation.

– Qui êtes-vous ? Hôpital ou Police ?

– Police, répondit Brixan. Je veux voir les trois lettres que vous venez de recevoir.

À son étonnement, la vieille eut un geste de soulagement.

– Oh, ce n'est que ça ? dit-elle. Eh bien, c'est une commission que je fais pour un monsieur. Je la fais depuis des années. Et jamais personne ne m'a rien dit.

– Quel est son nom ?

– J'connais pas. C'est le nom que portent les lettres, suivant le cas. Je les lui fais suivre.

30. L'ANNONCE

Elle sortit d'un amas de vieilleries trois enveloppes portant une adresse dactylographiée. Brixan en reconnut aussitôt les caractères. L'adresse donnait une rue de Guildford.

Brixan lui prit les trois lettres qu'elle avait dans son sac à main. Il lut deux d'entre elles ; la troisième avait été écrite par lui-même. Mais l'examen le plus attentif de ces papiers ne lui révéla rien. La femme recevait des instructions par lettre : l'inconnu lui indiquait l'endroit où la correspondance devait être prise et elle touchait une livre sterling pour sa peine.

« Elle est un peu loufoque et absolument stupide », écrivit Brixan dans son rapport, « et l'enquête à Guildford ne nous a rien donné. Il existe un autre intermédiaire qui renvoie les lettres de nouveau à Londres, mais elles n'y arrivent jamais. C'est là que gît le mystère. La nouvelle adresse n'existe pas à Londres et j'en suis réduit à supposer qu'elles sont interceptées en route. La police de Guildford s'occupe de la question. »

Staines était très ennuyé.

– Brixan, dit-il, je n'aurais pas dû vous charger de cette affaire. Mais j'avais cru bien faire. On n'est pas content à Scotland Yard en ce moment et l'on dit que si l'on n'a pas encore arrêté le Coupe-Têtes, c'est parce que des personnes étrangères au service ont été mêlées à l'affaire. Vous connaissez la jalousie qui existe entre les divers départements, et je n'ai pas besoin de vous dire que je suis passablement ennuyé.

Brixan regardait pensivement son chef.

– Je puis arrêter le Coupe-Têtes, mais plus que jamais, je suis convaincu que nous ne pourrons pas prouver sa culpabilité avant d'en savoir un peu plus long sur… les catacombes.

Staines fronça les sourcils.

– Je ne vous comprends pas très bien, Brixan. De quelles catacombes parlez-vous ?

– Il existe des catacombes dans les environs de Chichester. Foss en connaissait l'existence et se doutait de leur corrélation avec les crimes du Coupe-Têtes. Donnez-moi encore quatre jours, Commandant, et je vous les découvrirai. Et si je ne réussis pas… (Il s'arrêta.) Si je ne réussis pas, la prochaine fois que vous me verrez, je serai à l'intérieur de l'un des coffres du Coupe-Têtes.

31. ON DEMANDE MR BRIXAN

C'était le lendemain du départ de Brixan pour Londres. Pour une raison qu'elle était elle-même incapable de définir, Adèle se sentait troublée. Et pourtant, le travail marchait à merveille : Jack Knebworth, habituellement si avare de ses louanges, avait été presque lyrique à la suite d'une scène qu'elle avait jouée avec Connolly. Il était si généreux dans son enthousiasme que même Reggie se décida à y prendre part, prêt à revenir sur sa première appréciation des capacités de la vedette.

– Je vais être parfaitement franc et sincère, Mr Knebworth, dit-il dans ce moment d'expansion, Leamington est bonne. Évidemment, je suis toujours là pour la soutenir et rien n'est aussi instructif... si je peux me permettre...

– Allez-y, dit Jack Knebworth.

– Merci... aussi instructif que d'avoir pour partenaire un véritable artiste. Moi, cela ne m'arrange pas beaucoup, mais cela l'aide énormément ; cela lui inspire du courage, de la confiance... Et quoique j'aie eu des moments de parfait découragement, je sens tout de même qu'elle commence à me récompenser de ma peine.

– Ah oui ? grommela le vieil homme. Je voudrais bien pouvoir en dire autant de vous, Reggie ! Malheureusement, quelle que soit la peine que l'on se donne pour vous, cela ne pourra jamais vous faire progresser.

Le sourire méprisant de Reggie aurait pu irriter un homme moins patient que le réalisateur.

– Vous avez parfaitement raison, Mr Knebworth, déclara-t-il avec sincérité. On ne peut plus m'être utile ! Je suis parvenu à l'apogée de mes capacités et je doute que vous rencontriez jamais mon pareil. Je suis certainement le meilleur jeune premier de ce pays et probablement de plusieurs autres encore. J'ai eu trois offres de Hollywood et vous ne devinerez jamais quelle vedette m'a demandé d'être son partenaire...

– Je n'en crois pas un mot, dit calmement Jack. Mais jusqu'à un certain point, il y a du vrai dans ce que vous venez de dire au sujet de miss Leamington. Elle est parfaite et je ne crois pas que cela vous fasse du bien de jouer avec elle : en face d'une pareille artiste, vous ressemblez à une grosse cruche à bière.

Un peu plus tard, Adèle demanda à son metteur en scène aux cheveux blancs s'il était vrai que Reggie allait quitter l'Angleterre.

– Je ne le crois pas, dit Jack. Il n'y a jamais eu acteur qui n'ait point dans sa poche une offre superbe… qu'il est sur le point d'accepter. Mais chaque fois qu'il s'agit de rompre le contrat si peu avantageux pour accepter l'offre brillante, le contrat se trouve sous clef chez son agent et on ne peut le récupérer. Dans toutes les troupes cinématographiques du monde, il se trouve des acteurs et des actrices qui partent pour Hollywood par le prochain bateau… pour leur montrer là-bas comment on joue ! Mais je crois que les vapeurs partiraient sans passagers s'ils voulaient attendre ces merveilles. Ce bluff fait partie intégrante de l'existence factice que mènent les acteurs.

– Mr Brixan est-il revenu ?

Il hocha la tête.

– Non, je ne l'ai pas aperçu. Un homme en guenilles est venu tout à l'heure le demander au studio.

– C'était un vagabond, à l'aspect répugnant ? demanda la jeune fille. Je lui ai parlé. Il m'a dit avoir une lettre pour Mr Brixan et vouloir la lui remettre en mains propres.

Elle alla à une fenêtre d'où l'on voyait l'entrée du studio. Sur le trottoir en face de l'entrée, elle aperçut le malheureux vagabond. De longs cheveux gris très sales tombaient de dessous une casquette crasseuse et déformée ; il devait être sans chemise, car le col de son veston était boutonné jusque sous son menton ; un orteil sortait de sa bottine trouée. Il pouvait avoir près de soixante ans, mais son âge était difficile à définir exactement. Sa barbe grise hérissée semblait n'avoir pas subi le contact du rasoir depuis sa sortie probable de prison. Ses yeux étaient rouges et enflammés, son nez de ce cramoisi qui touche au bleu. Il avait les mains enfoncées dans les poches de son pantalon, qui semblait n'avoir que ce seul moyen de soutien. Arrêté au bord du trottoir, il battait régulièrement d'un pied quelque mesure étrange et chantonnait une lugubre mélopée.

– Ne serait-il pas bon que vous voyiez cette lettre ? demanda la jeune fille inquiète. C'est peut-être quelque chose de très important.

– J'y ai pensé, dit Jack Knebworth, mais quand je lui ai demandé de me laisser lire le message, il n'a fait que ricaner.

– Savez-vous qui le lui envoie ?

– Pas du tout, ma petite, répondit patiemment Knebworth. Et maintenant, laissons un peu cet absorbant sujet qu'est Michel Brixan et revenons à notre belle Roselle. Cette scène de la tour ne peut pas être rectifiée ; il faut donc la supprimer. Nous allons commencer maintenant à tourner les intérieurs.

Cette production était extraordinairement difficile : les prises de vues étaient plus compliquées et les foules plus nombreuses que dans les précédents films de Knebworth. La journée ne fut pas facile pour la jeune actrice et elle était absolument à bout de forces en sortant ce soir-là du studio.

– Mr Brixan n'est pas rentré, miss ? dit une voix aiguë derrière elle au moment où elle allait traverser la chaussée.

Elle eut un sursaut et se retourna vivement. Elle avait oublié l'existence du vagabond.

– Non, il n'est pas rentré, dit-elle. Vous feriez mieux de redemander Mr Knebworth. Mr Brixan demeure chez lui.

– Comme si je ne le savais pas ! J'ai sur lui tous les renseignements possibles. Heu, je pense bien que je le sais !

– Il est à Londres en ce moment. Je pense que vous savez cela ?

L'autre répondit :

– Non, il n'est pas à Londres. S'il était à Londres, je ne traînerais pas par ici, s'pas ? Non, il a quitté Londres depuis hier. Je m'en vais l'attendre ici jusqu'à son arrivée.

Ce ton impertinent amusa la jeune fille malgré sa grande fatigue.

En traversant la place du marché, elle dut faire un bond en avant pour éviter la voiture de Stella Mendoza. Stella était parfois fort téméraire ; la devise gravée sur la mascotte de bronze de son radiateur : « Saute ou meurs ! » n'était pas vaine.

Elle était ce soir-là terriblement pressée et eut un juron en donnant un brusque coup de volant à sa voiture pour éviter la jeune fille qu'elle avait reconnue. Sir Gregory était revenu à de meilleurs sentiments et elle voulait à tout prix le voir avant qu'il ne changeât à nouveau d'idée. D'un mouvement nerveux, elle arrêta sa voiture devant la grille du château de Griff, ouvrit la portière et sauta sur le gravier.

– Si je ne reviens pas dans deux heures, vous pouvez filer à Chichester prévenir la police, dit-elle au chauffeur qui l'avait accompagnée.

32. SIR GREGORY

En quittant son domicile, Stella avait laissé sur sa table de nuit une note dans le même sens : si elle ne revenait pas à l'heure fixée, la police était invitée à lire une certaine lettre qu'elle trouverait sur la cheminée. La jeune femme n'avait pas prévu que ni cette note ni la lettre ne seraient lues avant le lendemain matin...

Cette entrevue était pour Stella Mendoza la plus importante et la plus décisive de sa vie. Elle avait à dessein retardé son départ de Chichester, dans l'espoir que sir Gregory Penne reviendrait à une compréhension plus généreuse de ses obligations envers elle, quoiqu'elle eût fort peu d'espoir qu'il changeât d'idée sur la question essentielle, celle de l'argent. Et voilà que, comme par miracle, il se rendait : il lui avait téléphoné sur un ton presque amical, avait ri de ses réserves et des précautions qu'elle lui avait avoué vouloir prendre. Elle étouffa ses craintes et partit.

Il la reçut non dans sa bibliothèque, mais dans la grande pièce au premier étage. Cette salle était plus longue que la bibliothèque, car elle occupait aussi l'emplacement du petit salon d'en bas ; mais l'ameublement en était tout différent. Stella n'avait vu qu'une seule fois ce « hall splendide », comme Gregory l'appelait. Son immensité et son manque de lumière l'avait effrayée et elle en gardait un mauvais souvenir.

Le grand salon était recouvert d'un épais tapis noir. Il n'y avait point de meubles ; seuls quelques divans avaient été placés dans les coins. Les murs étaient tendus de tapisseries orientales. Des deux côtés de la pièce s'élevait une rangée de piliers rouges. Le seul éclairage provenait de trois lanternes qui projetaient sur le tapis des rayons jaunâtres, sans ajouter la moindre gaieté à l'ensemble.

Penne était assis sur un divan, les jambes croisées à l'orientale, suivant des yeux les mouvements d'une jeune danseuse malaise ;

la danseuse se trémoussait aux sons étranges de trois guitares de son pays dont jouaient trois hommes au visage solennel installés dans un coin sombre de la pièce. Gregory était habillé d'un pyjama rouge flamboyant. Son regard vitreux, aussi bien que le pli brutal de sa bouche dirent à Stella tout ce qu'elle voulait savoir sur l'état de son terrible ami.

Sir Gregory Penne n'était qu'un esclave de ses appétits. Né riche, il n'avait jamais connu de refus à ses désirs. L'argent s'ajoutait à l'argent dans une sorte de progression constante et lorsqu'il se vit rassasié des joies normales de la vie et des douceurs à sa portée, il trouva son plaisir en s'emparant de ce qui lui était défendu. Les expéditions que ses agents avaient faites de temps en temps dans les jungles de sa seconde patrie lui avaient rapporté des trophées humains ou non, qui perdaient toute leur saveur dès qu'ils étaient en sa possession.

Stella qui, en rêve, s'était déjà vue maîtresse du château de Griff perdait son attrait pour Gregory au fur et à mesure qu'elle devenait plus complaisante. Et un jour, les derniers vestiges de cet attrait disparurent : elle finit par n'avoir pas plus d'importance pour lui que la table à laquelle il s'asseyait tous les jours.

Le médecin lui avait dit que la boisson le tuerait... Il se mit à boire plus que jamais. L'alcool lui apportait des visons délicieuses, histoires mouvantes enveloppées des brumes étincelantes du rêve... En état d'ivresse, il aimait à avoir devant les yeux le visage d'une femme qui le haïsse. Aussi fanfaron que poltron, il ne voulait jamais approfondir les conséquences de ses actes. Pour finir, il y avait toujours son argent qui payait plus ou moins cher tous les griefs qu'on pouvait avoir contre lui.

L'esclave qui avait conduit Stella Mendoza au salon avait disparu ; la jeune femme, debout près du divan, examinait l'homme, attendant qu'il fasse attention à elle. Enfin, il se tourna et la gratifia d'un regard stupidement vague.

– Asseyez-vous, Stella, dit-il d'une voix pâteuse, asseyez-vous. Vous ne sauriez pas danser comme ça, hein ? Aucune Européenne n'aura jamais cette grâce, cette souplesse. Regardez-la !

La danseuse tournoyait maintenant avec une rapidité vertigineuse, ses draperies légères l'enveloppant d'un nuage. Tout à coup,

32. SIR GREGORY

au son de l'accord final des guitares, elle se jeta à terre, la face en avant. Gregory prononça quelques mots en malais et la femme montra ses dents blanches dans un sourire. Stella la reconnut. Il y avait eu au château deux danseuses, mais l'une avait attrapé la fièvre scarlatine et fut rapidement éloignée : Gregory avait horreur des maladies.

– Asseyez-vous là, ordonna-t-il, indiquant à la vedette un coin du divan.

Comme par magie, tous les serviteurs avaient disparu de la chambre et l'actrice se sentit soudainement mal à l'aise.

– J'ai laissé dehors mon chauffeur avec l'ordre d'aller chercher la police si je ne reviens pas dans une demi-heure, dit-elle d'une voix élevée.

Il rit.

– Stella, vous auriez dû amener votre nourrice. Qu'avez-vous donc aujourd'hui ? Ne pouvez-vous pas penser à autre chose qu'à la police ? J'ai à vous parler, ajouta-t-il sur un ton plus doux.

– Moi aussi, j'ai à vous parler, Gregory. Je quitte Chichester et je ne veux plus y revenir.

– Vous entendez que vous ne voulez plus *me* revoir, hein ? Eh bien, je vous avoue que moi aussi, j'en ai bien assez de vous. Et de mon côté, il n'y aura ni pleurs ni grincements de dents.

– Ma nouvelle compagnie théâtrale…, commença-t-elle, mais il l'arrêta d'un geste.

– Si la création de votre nouvelle compagnie dépend de ma mise de fonds, vous pouvez en faire votre deuil, dit-il durement. J'ai vu mon homme d'affaires, ou enfin quelqu'un qui s'y connaît, et il m'a dit que si vous essayiez de me dénoncer au sujet de l'affaire de Tjarjin, vous vous attireriez des ennuis à votre tour. Je vais vous donner de l'argent. Pas beaucoup, mais ce sera suffisant. Je ne crois pas que vous soyez dans la misère, car je vous ai déjà donné de quoi monter trois compagnies théâtrales. Stella, je suis fou de cette petite.

Elle le regarda, la bouche ouverte de surprise.

– Quelle petite ? demanda-t-elle.

– Adèle. C'est bien son nom, je crois ? Adèle Leamington.

– Vous entendez la petite extra qui a pris ma place ? s'écria-t-elle.

– Oui, c'est cela. Cette petite m'a ensorcelé, Stella, plus que vous ne l'avez jamais fait. Et je ne dis pas cela pour vous offenser le moins du monde.

Elle se contentait d'écouter, ne trouvant pas un mot devant une semblable déclaration.

– J'irais bien loin pour l'avoir, continua-t-il. Je l'épouserais si cela pouvait avoir quelque importance pour elle… Il est du reste temps que je me marie. Écoutez, vous êtes de ses amies…

– Amie ! siffla Stella, retrouvant sa langue. Comment pourrais-je être de ses amies alors qu'elle m'a pris ma place ? Et même si je l'étais ? Vous ne vous imaginez pas que je m'en vais amener une jeune fille dans cet enfer ?

Il l'obligea à le regarder dans les yeux, la fixant, froid, méchant, plein de menace.

– Cet enfer fut, pendant un certain temps, votre paradis ! Il vous a en tous cas donné des ailes ! Ne partez pas pour Londres, Stella, restez encore une semaine ou deux. Tâchez de vous lier avec cette jeune fille. Vous avez des occasions que personne n'a. Influencez-la un peu… Vous n'y perdrez rien. Parlez-lui de moi ; dites-lui que je suis bon et quelle chance elle a de me plaire. Vous n'avez pas besoin de parler de mariage, mais vous pourriez le mentionner si vous voyez que cela devient nécessaire. Montrez-lui quelques-uns de vos bijoux… Vous savez, ce gros pendentif que je vous ai donné…

Il continua à divaguer et elle l'écouta en silence, son étonnement se transformant en une colère incontrôlable.

– Ah, la brute ! s'écria-t-elle finalement. Oser suggérer que je lui amène ici cette jeune fille ! Je ne l'aime pas, c'est tout naturel. Mais je me mettrais à genoux devant elle pour la supplier de ne pas venir à Griff. Vous croyez que je suis jalouse ? (Elle fit une moue de mépris à la vue du sourire qui s'étendait sur la figure de Penne.) Vous faites erreur, Gregory. Je suis jalouse de la place qu'elle a prise au studio, mais en ce qui vous concerne, vous… (Elle haussa les épaules.) Vous ne signifiez plus rien pour moi. Je doute même fort que j'aie jamais vu en vous autre chose qu'une bonne source de revenus. Voilà qui est franc n'est-ce pas ?

Elle se leva et commença à mettre ses gants.

32. SIR GREGORY

– Comme vous n'avez pas l'air de vouloir m'aider, je vais être obligée de chercher un moyen pour vous faire tenir votre promesse. Et vous m'avez promis ma troupe, Gregory ; je suppose que vous l'avez oublié ?

– Vous m'intéressiez alors davantage, répondit-il. Où allez-vous ?

– Je rentre chez moi, et demain, je quitte la ville.

Le regard de l'homme glissa d'abord à l'une des extrémités du salon, puis à l'autre, et se reporta enfin sur elle.

– Vous ne rentrez pas chez vous, vous restez ici, ma chère, dit-il.

Il eut un éclat de rire.

– Ah, vous aviez dit à votre chauffeur d'aller chercher la police, n'est-ce pas ? Je m'en vais vous dire quelque chose, moi. Votre chauffeur est actuellement dans ma cuisine, en train de souper. Si vous croyez qu'il a quelque chance de sortir d'ici avant vous, c'est que vous ne me connaissez pas, Stella.

Il ramassa sa robe de chambre qui traînait sur le divan et l'enfila. Aux yeux de la jeune fille, cette silhouette avait quelque chose de terrifiant, de malpropre, d'obscène. Le pyjama écarlate ajoutait encore à l'expression diabolique de son visage et elle recula instinctivement.

Il remarqua aussitôt ce mouvement et ses yeux s'allumèrent d'un feu de triomphe.

– Bhag est en bas, dit-il gravement. Il manipule les gens sans douceur. Dernièrement, il a traité une jeune femme de telle façon que j'ai dû demander un médecin. Vous allez venir avec moi sans… son secours ?

Elle courba la tête. Ses genoux tremblaient. Cette fois, elle n'allait pas braver impunément la bête dans son antre.

Au milieu du corridor, il ouvrit une porte et la poussa à l'intérieur.

– Entrez là et restez-y. Je viendrai vous parler demain, quand je serai dégrisé. En ce moment, je suis ivre. Je vais peut-être vous envoyer quelqu'un pour vous tenir compagnie… Je n'en sais encore rien. (Il hérissa ses cheveux d'un geste perplexe d'homme ivre.) Mais il faut que je sois dégrisé avant d'en finir avec vous.

La porte claqua et une clef tourna dans la serrure. Elle se trouvait dans l'obscurité complète d'une chambre inconnue… Pendant quelques secondes horribles, elle se demanda si elle était seule.

Il se passa longtemps avant que sa main rencontrât le commutateur. Elle le tourna. Un globe de cristal s'alluma au plafond.

C'était une petite pièce qui avait servi de chambre à coucher. Le lit avait été enlevé, mais un matelas et un oreiller restaient encore par terre dans un coin. Il y avait une fenêtre fermée par de gros barreaux de fer et aucune sortie. Elle examina la porte ; il n'y avait même pas de trou dans lequel elle aurait pu essayer les clefs qu'elle possédait.

Revenant à la fenêtre, elle leva le store de toile, car il faisait chaud dans la chambre. Elle vit que la fenêtre donnait sur la prairie qui s'étendait derrière la maison ; devant ses yeux s'étalait une rangée d'arbres. La grande route passait devant la façade du château ; elle comprit que le cri le plus aigu ne pourrait y être entendu.

S'étant assise sur une chaise, elle se mit à réfléchir à sa situation. Tout à coup, elle se souvint qu'elle avait de quoi arrêter Gregory dans le cas d'un danger imminent. Elle ouvrit sa robe, déboutonna une ceinture de cuir fin et prit dans son étui un bijou de browning… une arme-joujou qui pouvait devenir tout à fait sérieuse s'il le fallait. Elle chargea ce minuscule revolver et le remit dans sa poche.

– Et maintenant, Gregory, je vous attends, dit-elle à haute voix.

À ce moment, elle eut un coup d'œil vers la fenêtre, sursauta et poussa un cri.

Deux mains crasseuses s'étaient agrippées aux barreaux ; un horrible visage de mendiant était apparu à ses yeux. Sa main tremblante chercha le revolver, mais avant qu'elle ait pu presser la détente, le visage avait disparu. Elle eut beau regarder par la fenêtre, les barreaux ne lui permettaient pas de voir le parapet le long duquel descendait ce bizarre visiteur.

33. ÉCHEC

Dix heures sonnaient à la cathédrale de Chichester lorsque le vagabond qui, une demi-heure auparavant, avait cherché à pénétrer les secrets de Griff fit son apparition sur la place du marché. Ses habits étaient encore plus poussiéreux et sales qu'auparavant, et un

33. ÉCHEC

policeman qui l'aperçut s'arrêta résolument sur son passage.

– On traîne sur les routes ? demanda-t-il.

– Ben oui, pleurnicha l'homme.

– Eh bien, dépêchez-vous de filer. Cherchez-vous un asile ?

– Oui, Sir.

– Pourquoi ne tentez-vous pas votre chance à l'asile de nuit ?

– C'est plein, Sir.

– Vous mentez, dit l'agent. En tous cas, vous êtes prévenu : si je vous revois, je vous arrête.

Marmottant quelque chose dans sa barbe, l'être crasseux, ses mains toujours enfoncées dans les poches de son pantalon, se dirigea vers Arundel Road.

Dès qu'il fut hors de la vue de l'agent, il tourna brusquement à droite et hâta le pas. Il s'approcha de la maison de Jack Knebworth. Le réalisateur, entendant sonner, ouvrit lui-même la porte et resta stupéfait à l'aspect inattendu du visiteur.

– Que me voulez-vous, mon brave ? demanda-t-il.

– Mr Brixan est-il rentré ?

– Non, il n'est pas revenu. Vous feriez mieux de me donner cette lettre. Je vais communiquer avec lui par téléphone.

Le vagabond ricana et secoua la tête.

– Non, vous ne le pourrez pas. Je veux voir Brixan.

– Eh bien, vous ne le verrez pas ici ce soir, dit Jack. (Puis il ajouta, soupçonneux :) J'ai idée que vous ne voulez pas du tout le voir, et que vous traînez par ici pour un tout autre motif.

Le vagabond ne répondit pas. Il sifflotait doucement un air d'opéra, battant toujours la mesure de son pied droit.

– Il s'est fourré dans une sale histoire, l'ami Brixan, annonça-t-il sur un ton satisfait qui agaça Knebworth.

– Qu'en savez-vous ?

– Je sais que ça ne va plus avec les grosses huiles de la police… Voilà ce que je sais. Il n'a pas pu trouver où disparaissaient les lettres : c'est là son grand souci. Mais moi, je le sais.

– Est-ce pour cela que vous voulez le voir ?

L'homme eut un geste affirmatif.

– Je sais, moi. Je pourrais lui raconter quelque chose s'il était ici. Mais voilà, il n'est pas là.

– Puisque vous savez qu'il n'est pas là, pourquoi diable revenez-vous ? s'exclama Jack, exaspéré.

– C'est parce que la « rousse » commence à m'embêter, voilà pourquoi. Un flic là-bas, au coin de la place du marché, m'a promis de m'arrêter la prochaine fois qu'il me reverrait. Alors, j'ai eu l'idée de passer par ici pour gagner du temps, voilà !

Jack le regarda avec stupéfaction.

– Vous en avez de l'aplomb, murmura-t-il. Et maintenant que vous avez gagné du temps et que j'ai servi à vous distraire, vous pouvez me faire le plaisir de filer ! Voulez-vous manger quelque chose ?

– Oh, pas moi ! dit le vagabond. Moi, je vis sur ma graisse !

Sa voix perçante de voyou commençait à agacer les nerfs de Jack.

– Eh bien, bonne nuit, dit-il d'un ton bref.

Il referma la porte au nez de son imperturbable visiteur.

Le vagabond attendit pendant un très long moment avant de s'en aller. Puis il prit une cigarette à l'intérieur de son innommable coiffure, l'alluma et repartit de son pas traînard dans la direction d'où il était venu, faisant un long détour pour éviter le centre de la ville que surveillait le peu aimable policeman.

L'horloge d'une église sonna la demie lorsqu'il arriva de nouveau à l'angle d'Arundel Road. Il jeta sa cigarette, se plaça à l'ombre d'un mur et attendit.

Cinq, puis dix minutes passèrent. Ses yeux perçants reconnurent tout à coup la silhouette d'un homme qui venait rapidement dans sa direction, et il ricana dans la nuit. C'était Knebworth. Jack avait été troublé par son visiteur et se dirigeait vers le poste de police pour obtenir des nouvelles de Brixan. Le vagabond le devina, mais il n'eut guère le temps de s'occuper du metteur en scène, car une voiture apparut sans bruit au coin de la rue et s'arrêta en face de lui.

– Est-ce vous, mon ami ?

– Oui, dit le vagabond d'une voix étouffée.

– Montez donc.

Le vagabond avança la tête, cherchant à percer l'obscurité qui régnait à l'intérieur de la voiture. Puis, d'un tour de poignet, il ouvrit la portière, mit un pied sur le marchepied et se jeta soudainement sur le conducteur.

– Coupe-Têtes, je vous tiens ! siffla-t-il.

Ces mots étaient à peine sortis de sa bouche que quelque chose de doux et d'humide le frappa au visage… quelque chose qui l'aveugla, l'étouffa et l'obligea à lâcher prise. Un coup de pied du conducteur et il gisait sans mouvement sur le trottoir tandis que la voiture repartait à toute vitesse.

Jack Knebworth avait assisté à cette scène sans y comprendre grand-chose à cause de l'obscurité. Il accourut rapidement. Un agent de police apparut aussi et ils soulevèrent ensemble le vagabond.

– J'ai déjà vu ce type-là par ici, dit l'agent. Je lui ai dit de filer.

C'est alors que l'homme étendu poussa un profond soupir et porta la main à ses yeux.

– Cette fois, je donne ma démission, dit-il.

Knebworth resta bouche bée…

C'était la voix de Michel Brixan.

34. LA DISPARITION

– Mais oui, c'est moi, dit amèrement Brixan. Ça va bien, Sergent, vous pouvez aller. Jack, il faut que je rentre pour enlever tout ce maquillage.

– Bonté divine ! murmura Knebworth regardant le détective. Je n'ai jamais vu un homme qui sache assez bien se maquiller pour m'induire en erreur, moi !

– J'ai induit tout le monde en erreur, y compris moi-même, dit le détective, furieux. J'avais cru l'attraper avec une lettre et au lieu de cela, c'est lui qui m'a eu.

– Que vous a-t-il jeté ?

– De l'ammoniaque, je crois… Une solution très forte…

Vingt minutes plus tard, il ressortait de la salle de bain, ayant repris son aspect normal, malgré ses yeux enflammés.

– J'avais voulu lui tendre un piège à ma façon, mais il est beaucoup trop malin pour moi.

– Savez-vous qui c'est ?

– Oh oui, dit Brixan, je le sais. J'avais préparé des hommes pour l'arrêter, mais je ne voulais pas faire de bruit ; je voulais surtout éviter une effusion de sang. Mais, hélas, à moins que je ne me trompe, du sang sera versé.

– Je n'ai pas reconnu la voiture, et pourtant, je connais toutes celles qui roulent en ville, dit Jack.

– C'en est une nouvelle, employée exclusivement pour les expéditions nocturnes du Coupe-Têtes. Il doit la parquer ailleurs que chez lui. Vous m'avez demandé tout à l'heure si j'avais faim, je vous ai menti en répondant que je vivais sur ma graisse, vous savez. Pour l'amour du ciel, donnez-moi quelque chose à manger !

Jack ouvrit son buffet, y prit de la viande froide, prépara du café et attendit en silence que le détective affamé eût englouti son repas.

– Là, maintenant, je me sens revivre, dit-il. Je n'avais rien mangé depuis ce matin, sauf un biscuit. À propos, notre amie Stella Mendoza se trouve au château de Griff et je crois lui avoir fait peur. Je me trouvais par là, toujours à la poursuite de mon oiseau, lorsque je me suis trouvé en face d'elle... à sa grande frayeur !

À ce moment, on frappa violemment à la porte et Jack leva la tête.

– Qui cela peut-il être à pareille heure ? demanda-t-il.

– Le policeman, probablement, dit Brixan.

Knebworth ouvrit la porte et vit sur le seuil une femme âgée qui tenait à la main un rouleau de papier.

– Vous êtes Mr Knebworth ? demanda-t-elle.

– Oui, dit Jack.

– Je vous apporte le manuscrit que miss Leamington a oublié. Elle m'avait demandé de vous l'apporter.

Knebworth prit le rouleau et fit glisser l'élastique qui le maintenait. C'était le manuscrit de *Rosette*.

– Pourquoi m'apportez-vous ceci ? demanda-t-il.

– Elle m'a dit de l'apporter si je le trouvais.

– Fort bien, dit Jack mystifié, je vous en remercie.

Il referma la porte et revint à la salle à manger.

34. LA DISPARITION

– Adèle me renvoie son manuscrit. Qu'est-ce qui se passe ?

– Qui l'a apporté ? demanda Brixan avec intérêt.

– Ce doit être sa propriétaire, dit Jack en décrivant la femme.

– Oui, c'est elle. Adèle refuserait-elle de continuer le film ?

Jack secoua la tête.

– Cela ne lui ressemble pas.

Brixan était intrigué.

– Que diable cela peut-il signifier ? Que vous a dit exactement la femme ?

– Elle m'a dit que miss Leamington lui avait demandé d'apporter le manuscrit si elle le trouvait.

En un clin d'œil, Brixan fut hors de la maison, courant le long de la rue pour rattraper la femme.

– Voudriez-vous revenir une minute, s'il vous plaît, lui dit-il en la ramenant à la maison. Expliquez à Mr Knebworth pourquoi miss Leamington envoie ce manuscrit et ce que vous vouliez dire par « oublié ».

– Eh bien, quand elle est partie pour venir chez vous…, commença la femme.

– Pour venir chez moi ? s'écria Knebworth.

– Un monsieur est venu du studio et a dit que vous la demandiez. Miss Leamington allait justement se mettre au lit quand je lui ai monté ce message. Le monsieur a dit que vous vouliez la voir au sujet de cette pièce et qu'il fallait qu'elle apporte le manuscrit. Elle n'arrivait pas à le retrouver et était très ennuyée. Alors, je lui ai dit de partir et lui ai promis de l'apporter dès que je l'aurais trouvé. Elle a accepté.

– De quoi avait l'air ce monsieur qui est venu ?

– Un monsieur assez gros. Ce n'était pas tout à fait un monsieur, c'était un chauffeur. Je crois même qu'il devait avoir bu, quoique je n'aie pas voulu le dire à miss Leamington pour ne pas l'effrayer.

– Et alors, qu'est-il arrivé ensuite ? demanda Brixan.

– Elle est descendue, le chauffeur était déjà à son siège. Elle est montée dans la voiture.

– Une voiture fermée, je pense ?

– Oui.

– Et alors, ils sont partis ? Quelle heure était-il ?

– Près de 10 heures et demie. Je m'en souviens parce que juste avant que la voiture ait démarré, j'ai entendu sonner l'horloge.

Brixan était redevenu apparemment calme. Sa voix était presque un chuchotement.

– 11 h 25, dit-il en consultant sa montre. Vous avez bien attendu pour venir.

– Je ne retrouvais pas le manuscrit, Sir. Je l'ai finalement trouvé sous l'oreiller de miss Leamington. Mais n'est-elle pas ici ?

– Non, elle n'est pas là, dit calmement le détective. Je vous remercie beaucoup. Voudriez-vous aller m'attendre au poste de police ? Je ne vous retiendrai pas longtemps.

Il monta prendre son pardessus.

– Où pensez-vous qu'elle soit ? demanda Jack.

– Elle est au château de Griff, répondit l'autre, et la question de savoir si sir Gregory sera mort ou vivant au matin dépend désormais du traitement qu'Adèle aura subi entre ses mains.

Au poste de police, il trouva la propriétaire effrayée et en larmes.

– Comment était habillée miss Leamington en sortant ?

– Elle avait sa cape bleue, cette jolie cape qu'elle porte toujours.

Brixan avait trouvé au poste les hommes de Scotland Yard. La voiture qui partit pour Chichester était bien chargée, trop chargée de l'avis du policier, navré que toute cette cargaison humaine vint diminuer la vitesse de la voiture au moment où chaque seconde pouvait être précieuse. Enfin, après un temps qui lui parut une éternité, la voiture arriva au château. Brixan ne perdit pas une seconde : il enfonça la grille fragile avec l'avant de sa machine, monta la pente et s'arrêta devant la porte d'entrée.

Il n'eut pas besoin de sonner : la porte était grande ouverte et Brixan, à la tête de ses hommes, se précipita à travers le hall désert et le corridor dans la bibliothèque de sir Gregory. Une seule lampe éclairait faiblement la pièce qui était vide. À pas rapides, le détective courut au bureau et pressa le ressort. La porte du repaire de Bhag s'ouvrit. Mais Bhag manquait aussi.

Il pressa la sonnette près de la cheminée et presque aussitôt, un

34. LA DISPARITION

serviteur à visage cuivré entra tremblant dans la chambre.

– Où est votre maître ? demanda Brixan en hollandais.

L'homme secoua la tête.

– Je ne sais pas, répondit-il, mais il eut un regard instinctif au plafond.

– Montrez-moi le chemin.

Ils montèrent le large escalier conduisant du hall au premier étage. Au milieu d'un corridor dont les murs étaient décorés de sabres, le jeune homme arriva devant une porte ouverte... le grand salon où sir Gregory avait passé sa soirée. Là encore, personne. Brixan revint vers le hall. À ce moment, il entendit qu'on frappait violemment à l'une des portes du corridor. La clef se trouvait dans la serrure ; il la tourna et ouvrit largement la porte. Stella Mendoza, pâle comme une morte, se précipita dehors.

– Où est Adèle ? prononça-t-elle dans un sanglot.

– C'est ce que j'allais vous demander, dit Brixan. Où est-elle ?

La jeune fille eut un hochement de tête impuissant, essaya de parler et tomba évanouie.

Il n'attendit pas qu'elle revint à elle, et continua ses recherches. Il allait de chambre en chambre, mais sans trouver trace d'Adèle ni du maître brutal de Griff. Il revint encore à la bibliothèque et entra dans le petit salon adjacent où il vit une table mise pour deux. La nappe était tachée de vin ; l'un des verres était à moitié vide... Mais les deux convives pour lesquels on avait préparé la table avaient disparu. Ils devaient être partis par la grande porte d'entrée... Pour où ?

Il s'arrêta, son esprit concentré sur un problème plus vital pour lui que la vie elle-même, lorsqu'il entendit du bruit venant de l'appartement de Bhag. Le singe monstrueux apparut en personne à la porte. Il avait à l'épaule une plaie sanglante ; le sang tombait par terre goutte à goutte, pendant qu'il restait là, debout, serrant dans ses grandes mains quelque chose qui ressemblait à un paquet de chiffons. Brixan regarda de plus près et tout se mit à tourner devant ses yeux.

L'étoffe déchiquetée et tachée de sang que Bhag tenait était la cape bleue d'Adèle Leamington !

Bhag fixa pendant un moment l'homme qui, il le savait, était son ennemi ; puis, lâchant la cape, il recula jusqu'à l'entrée de son logis et, montrant les dents, fit une grimace haineuse.

Brixan tira trois coups de feu et l'immense créature disparut en un clin d'œil, refermant sa porte derrière elle.

Knebworth avait assisté à cette scène. Ce fut lui qui ramassa la cape que Bhag avait jetée.

– Oui, c'est à elle, dit-il d'une voix étranglée, une horrible pensée glaçant son cœur.

Brixan avait rouvert la porte de l'antre du singe et, le revolver à la main, se précipitait à l'intérieur. Knebworth n'osa pas le suivre. Il attendit, pétrifié. Enfin, le détective revint.

– Il n'y a personne là-dedans, dit-il.

– Personne ? demanda Jack Knebworth dans un murmure. Dieu soit loué !

– Bhag a fui... Je crois l'avoir blessé ; il y a là une traînée de sang, mais il se peut que je n'en sois pas responsable. Il a dû être blessé dernièrement. (Le jeune homme montra les taches sur le parquet.) Car, lorsque je l'ai vu récemment, il n'avait rien.

– L'aviez-vous revu avant aujourd'hui ?

– Mais oui. Il a hanté la maison de Longvale pendant trois nuits.

– La maison de Longvale !

... Où était Adèle ? C'était là la question essentielle, la pensée prépondérante de Michel Brixan. Et où se trouvait le baronnet ? Que signifiait cette porte grande ouverte ? Aucun des serviteurs du château ne put rien lui dire et le détective sentait qu'ils étaient sincères. Seuls Penne, la jeune fille et... le grand singe... savaient... à moins que...

Il revint précipitamment à Stella Mendoza qu'il avait confiée aux soins d'un officier de police.

– Elle ne fait que passer d'un évanouissement à un autre, dit l'officier. Je ne puis rien en tirer, sauf qu'une fois, elle a dit : « tuez-le, Adèle ».

– Ainsi, elle l'a vue ! dit Brixan.

L'un des agents qu'il avait laissé dehors pour surveiller la maison eut quelque chose à rapporter. Il avait vu une silhouette sombre grimper le long du mur de la maison et disparaître dans une ouverture, puis ressortir quelques minutes plus tard.

– C'était Bhag, dit Brixan. Je savais bien qu'il n'était pas dans la maison lorsque nous sommes arrivés. Il doit être entré pendant que nous étions à l'étage supérieur.

On trouva la voiture qui avait amené Adèle. C'était la voiture de Stella et Brixan eut d'abord la pensée que Mendoza avait participé à l'enlèvement. Il apprit plus tard que, tandis que le chauffeur de l'actrice était à la cuisine, prisonnier, Penne avait lui-même conduit la voiture jusqu'à la maison de la jeune fille. Ce fut la vue de cette voiture qu'elle connaissait qui avait dissipé tous les soupçons d'Adèle.

Brixan était dans un état qui touchait à la folie. La question de la capture du Coupe-Têtes lui semblait insignifiante comparée à celle du salut de la jeune fille.

– Si je ne la retrouve pas, je deviendrai fou, déclara-t-il.

Jack Knebworth ouvrait la bouche pour répondre lorsqu'il fut interrompu d'une façon extraordinaire. Dans la tranquillité de la nuit résonna subitement un cri d'agonie qui glaça le sang du metteur en scène.

– Au secours ! Au secours !

Quelque aigu que fût l'appel, Brixan reconnut aussitôt que c'était une voix masculine et que cette voix appartenait à Gregory Penne.

35. CE QUI ÉTAIT ARRIVÉ À ADÈLE

Il y avait des moments où Adèle doutait de ses capacités d'artiste ; et jamais ses doutes n'étaient plus forts que lorsqu'elle s'efforçait de fixer son esprit sur les directives écrites du scénario. Elle en blâmait Brixan, puis se repentait aussitôt et s'en blâmait elle-même bien davantage. Ce soir-là, elle renonça à la lutte ; roulant le manuscrit, elle le lia d'un élastique, le glissa sous son oreiller et se prépara à se mettre au lit. Elle avait déjà enlevé sa robe lorsqu'on vint l'appeler.

– De la part de Mr Knebworth ? dit-elle, surprise. À pareille heure ?

– Oui, miss. Il va faire demain de grandes modifications dans la pièce et veut vous voir tout de suite. Il vous a envoyé une voiture.

Miss Mendoza revient dans la troupe.

– Ah ? dit-elle faiblement.

Elle avait donc échoué : son beau rêve n'avait été qu'un château de cartes !

– Je viens tout de suite, dit-elle.

Ses doigts tremblaient pendant qu'elle fixait sa robe et elle s'en voulait de cette preuve de faiblesse. Peut-être Stella ne revenait-elle pas pour jouer ce rôle-là ; un nouveau personnage avait pu être ajouté ; peut-être n'était-ce pas du tout pour *Roselle* qu'elle était réengagée ? Toutes ces hypothèses trottaient dans son esprit. Elle était déjà à la porte lorsqu'elle se souvint que Jack Knebworth voulait voir son manuscrit. Elle remonta en courant, mais dans son agitation oublia totalement où elle avait glissé le rouleau de papier. Désespérée, elle s'en alla finalement, disant à la propriétaire :

– J'ai laissé quelque part des papiers qui sont importants. Voudriez-vous les apporter à la maison de Knebworth si vous les trouvez ? C'est un rouleau de feuilles dans une couverture marron…

Elle en fit la description aussi bien qu'elle put.

En sortant, elle reconnut avec un serrement de cœur la voiture de Stella Mendoza. Ainsi, Jack et l'actrice étaient bien réconciliés !

En un clin d'œil, elle fut à l'intérieur, la portière se referma et elle se trouva près du chauffeur qui ne disait rien.

– Mr Brixan est-il avec Mr Knebworth ? demanda Adèle.

Le chauffeur ne répondit pas et elle crut qu'il ne l'avait pas entendue ; mais il fit tout à coup un virage inattendu et tourna dans la direction opposée.

– Ce n'est pas par là qu'il faut tourner pour aller chez Mr Knebworth, dit-elle, alarmée. Ne connaissez-vous donc pas le chemin ?

Il ne répondait toujours pas. La voiture augmenta de vitesse, traversa une longue rue sombre et se trouva en pleins champs.

– Arrêtez immédiatement ! cria-t-elle en mettant la main sur la poignée de la portière.

Son bras fut aussitôt saisi par la main du chauffeur.

– Ma chère petite, si vous essayez de sauter de la voiture en marche, vous allez abîmer votre joli petit corps et très probablement défigurer votre beau visage, dit-il.

35. CE QUI ÉTAIT ARRIVÉ À ADÈLE

– Sir Gregory ! s'écria Adèle.

– Allons, ne faites pas d'histoires, dit Gregory sur un ton menaçant. Vous allez venir souper avec moi. Je vous ai invitée à plusieurs reprises, et cette fois, vous allez venir, que vous en ayez envie ou non ! Stella nous attend chez moi, vous n'avez donc rien à craindre.

Elle fit un effort pour se calmer.

– Sir Gregory, vous allez me ramener chez moi immédiatement. C'est indigne, ce que vous faites là !

Il exultait.

– Mais il ne va rien vous arriver, voyons ! Personne ne vous fera aucun mal et vous rentrerez chez vous saine et sauve ! Petite chérie, vous allez simplement souper avec moi, ce soir. Et si vous vous agitez, je jette la voiture contre le premier arbre que je rencontre et je nous tue tous les deux !

Il était ivre... enivré non seulement d'alcool, mais aussi par son pouvoir. Gregory touchait enfin à son but et ne s'arrêtait plus devant rien.

Stella était-elle vraiment chez lui ? Adèle ne le croyait pas. Et pourtant, cela pouvait être vrai... Elle s'accrocha à cet espoir d'une éventuelle présence de Stella.

– Nous voici arrivés, grogna Gregory en arrêtant la voiture devant la porte du château et en sautant sur le gravier.

Avant qu'elle eût compris ce qu'il voulait faire, il l'avait prise dans ses bras, malgré sa résistance désespérée.

– Si vous criez, je vous embrasse, menaça-t-il à l'oreille de la jeune fille qui se raidit, immobile.

La porte s'ouvrit instantanément. Adèle regarda le serviteur qui se tenait impassible dans le hall pendant que Gregory gravissait le vaste escalier et elle se demanda quel secours pourrait lui venir de cet étranger. Finalement, Penne la mit debout près d'une porte, l'ouvrit et poussa la jeune fille à l'intérieur.

– Voici votre amie, Stella, dit-il. Dites-lui quelques mots en ma faveur ! Essayez de faire entrer un peu de bon sens dans sa tête, si vous le pouvez. Je vais revenir dans dix minutes et nous aurons alors le plus exquis des petits repas de noces que de jeunes mariés aient jamais eu !

La porte claqua et fut verrouillée avant qu'Adèle vît qu'une autre femme se trouvait dans la chambre. C'était Stella. Elle se sentit un peu rassurée en reconnaissant le pâle visage de sa rivale.

– Oh, miss Mendoza, dit-elle essoufflée, Dieu merci, vous êtes là !

36. LA FUITE

– Ne vous hâtez pas trop de remercier le bon Dieu, dit Stella avec un calme apparent. Ah, petite folle que vous êtes, pourquoi êtes-vous venue ici ?

– Il m'y a forcée. Je ne voulais pas venir, répondit Adèle.

Elle sentait sa raison lui échapper et essaya d'imiter le calme de sa compagne, mordant ses lèvres pour arrêter leur tremblement. Au bout d'un moment, elle se domina suffisamment pour pouvoir raconter à Stella ce qui lui était arrivé. Le visage de Stella se rembrunit.

– Bien sûr, il s'est servi de ma voiture, dit-elle, se parlant à elle-même, et il a fait prisonnier mon chauffeur comme il m'en avait prévenue. Oh, mon Dieu !

– Que va-t-il faire ? demanda Adèle dans un souffle.

Stella tourna ses beaux yeux vers la jeune fille.

– Que pensez-vous qu'il veuille faire ? dit-elle en ponctuant ses mots. C'est une brute… de ces brutes qu'on ne rencontre guère que dans les romans ou… dans des chambres verrouillées. Il n'aura pas plus de pitié pour vous que n'en aurait Bhag.

– Si Michel l'apprend, il le tuera.

– Michel ? Ah, vous parlez de Brixan ? dit Stella avec un vif intérêt. Est-il amoureux de vous ? Est-ce pour cela qu'il tourne autour de la troupe ? Je n'y avais pas pensé. Mais que voulez-vous que cela lui fasse, à cette brute, Michel Brixan ou n'importe quel autre homme au monde ? Il peut fuir… Son yacht est à Southampton, et il aura toujours son immense fortune pour le sortir de ce genre d'histoires. Il sait fort bien que toute femme sérieuse hésitera à paraître devant un tribunal de police dans un procès de mœurs. Oh, il a toutes sortes d'atouts dans son jeu, allez. C'est un reptile, mais un reptile venimeux !

36. LA FUITE

– Que faire !

Stella, serrant les mains sur sa poitrine, marchait de long en large dans l'étroite pièce.

– Je ne pense pas qu'il me fasse du mal, à moi. (Puis, inconséquente, elle saisit une tangente :) J'ai vu un mendiant à la fenêtre, il y a deux heures environ.

– Un mendiant ? dit la jeune fille étonnée.

– Oui, il m'a fait une peur affreuse, mais en y repensant, j'ai reconnu ses yeux. C'était les yeux de Brixan, quoique le déguisement fût si parfait qu'on ne le devinerait jamais.

– Michel ? Il est ici ? demanda la jeune fille avec fébrilité.

– Il doit être quelque part à proximité. Ça, c'est l'une des possibilités de salut pour vous, et en voici une autre.

Avec ces mots, elle prit son petit browning et le tendit à Adèle.

– Avez-vous jamais tiré ?

– Mais oui, j'ai eu à utiliser le revolver dans une scène, répondit-elle timidement.

– Ah, bien sûr ! Eh bien, tenez. Celui-ci est chargé. Ceci, c'est le cran de sûreté. Relevez-le avec votre pouce avant de vous servir de l'arme. Le mieux, ce serait que vous tuiez Penne ; mieux pour vous et mieux pour lui aussi, je crois.

La jeune fille recula avec horreur.

– Oh, non, non !

– Cachez cela dans votre poche. En avez-vous une ?

Il y avait une poche dans sa cape bleue et Adèle y cacha l'arme.

– Vous ne vous rendez pas compte du sacrifice que je vous fais là, dit Stella franchement, et je ne le fais pas par affection, car je ne vous aime pas beaucoup, Adèle Leamington. Mais je ne serais pas digne de survivre si je laissais cette brute vous vaincre sans lutte.

Et alors, dans un mouvement impulsif, elle se baissa et embrassa la jeune fille ; Adèle entoura de ses bras le cou de sa rivale et se serra contre elle.

– Il vient, murmura Stella Mendoza en reculant d'un pas.

C'était en effet Gregory… Gregory vêtu de son pyjama écarlate et de sa robe de chambre pourpre, la figure rouge, les yeux allumés d'excitation.

– Allons, venez, vous ! (Il tendit le doigt.) Non, pas vous, Mendoza ; vous resterez ici. Vous pourrez peut-être la revoir après… après le souper.

Il se pencha sur la jeune fille qui reculait.

– Personne ne vous fera aucun mal. Laissez là votre cape.

– Non, je la garde, dit-elle.

Sa main se porta instinctivement sur le revolver qu'elle serra.

– Fort bien, venez telle que vous êtes. Cela m'est égal.

Il lui serra fortement le bras en marchant à côté d'elle, étonné et ravi de ce qu'elle ne résistât pas. Ils descendirent dans le hall, puis entrèrent dans le petit salon adjacent à la bibliothèque. Il ouvrit la porte à deux battants, lui montrant la table gaiement décorée, et la poussa devant lui.

– Du vin et des baisers ! s'écria-t-il en saisissant une bouteille de champagne qu'il déboucha en inondant la nappe immaculée. Du vin et des baisers !

Il poussa brutalement un verre plein vers la jeune fille et épandit du vin sur sa cape.

Sans rien dire, elle secoua la tête.

– Buvez ! hurla-t-il.

Elle effleura le verre de ses lèvres.

Avant même qu'elle ne s'en rendît compte, elle était dans ses bras, la face bestiale de l'homme pressée contre la sienne. Elle tenta d'échapper à son étreinte, réussit à détourner la bouche et sentit ses lèvres chaudes se presser contre sa joue.

Puis il desserra son étreinte et, se dirigeant d'un pas trébuchant vers la porte, la ferma d'un coup de pied. Il allait tourner la clef dans la serrure lorsqu'il entendit derrière lui :

– Si vous tournez cette clef, je vous tue.

Il se retourna, abasourdi, et vit un revolver dans la main de sa victime. Les grands poings de l'homme s'agitèrent devant son visage dans un geste de peur.

– Baissez cela, petite folle, bégaya-t-il. Baissez cela ! Vous ne savez pas ce que vous faites. Le maudit jouet peut partir par accident.

36. LA FUITE

– Il ne partira pas par accident, dit-elle. Ouvrez cette porte.

Il eut une seconde d'hésitation, mais le doigt de la jeune fille releva le cran de sûreté ; il vit le mouvement.

– Ne tirez pas, ne tirez pas ! cria-t-il en ouvrant largement la porte. Mais attendez, insensée ! Ne sortez pas, Bhag est là-bas. Il va se jeter sur vous. Restez avec moi. Je vais…

Mais elle fuyait à travers le corridor. Elle glissa sur le tapis, se releva aussitôt. Ses mains tremblantes manièrent fébrilement verrous et serrures. La porte s'ouvrit enfin et un instant plus tard, Adèle était dehors.

Sir Gregory la suivait. La surprise l'avait dégrisé brusquement et toutes les conséquences tragiques de sa folie lui vinrent à l'esprit avec une telle précision qu'il se sentit saisi de peur. Se précipitant à nouveau dans sa bibliothèque, il ouvrit un coffre-fort et en sortit une poignée de billets de banque. Il les enfonça dans une poche de la pelisse qui était pendue au portemanteau et qu'il enfila. Il échangea ses pantoufles contre d'épaisses chaussures et, à ce moment, se souvint de Bhag. Il ouvrit sa porte, mais Bhag n'était pas là. L'homme porta ses mains tremblantes à sa bouche dans un geste d'horreur. Si Bhag la rattrapait !…

Une lueur de bon sens revint à son esprit. Il fallait retrouver Bhag. Il sortit dans la nuit à la recherche de son étrange et terrible serviteur. Portant ses mains à la bouche, il émit un long et plaintif hurlement ; c'était un appel auquel Bhag n'avait encore jamais désobéi. Il attendit. Aucune réponse ne vint. Gregory répéta encore son cri mélancolique. Si Bhag l'entendait, il n'obéissait pas pour la première fois de sa vie.

Gregory Penne s'arrêta, une sueur froide mouillant son front. Puis son calme habituel lui revint. Il avait encore le temps de s'habiller. Il monta à son élégante chambre à coucher enleva son pyjama et, quelques minutes plus tard, fut de nouveau en bas, cherchant le singe. Maintenant qu'il était habillé, il se sentait plus homme. Un grand verre de whisky contribua d'ailleurs à lui rendre définitivement son assurance. Il sonna le serviteur qui était chargé de sa voiture.

– Avancez la machine devant le petit portillon latéral, dit-il. Allez-y immédiatement. Veillez à ce que la grille soit ouverte : je puis avoir à partir cette nuit encore.

Il ne doutait plus qu'il ne soit arrêté. Dans ce cas, ni son immense fortune, ni les relations qu'il avait dans le pays, ne pourraient plus le sauver. Son dernier exploit avait été bien plus qu'une simple excentricité !

C'est alors qu'il se rappela que Stella Mendoza était toujours dans la maison et monta la voir. Un coup d'œil suffit à l'actrice pour comprendre que quelque chose d'imprévu s'était passé.

– Où est Adèle ? demanda-t-elle aussitôt.

– Je n'en sais rien. Elle s'est échappée… Elle avait un revolver. Bhag l'a suivie. Dieu sait ce qui va se passer s'il la trouve. Il va la déchiqueter membre à membre… Qu'est-ce que c'est ?

Un faible coup de feu résonna à distance, venant de derrière la maison.

– Des voleurs, dit Gregory, mal à l'aise. Écoutez, je m'en vais.

– Où allez-vous ?

– Ça ne vous regarde nullement, rétorqua-t-il. Voici un peu d'argent.

Il en mit une poignée dans sa main.

– Qu'avez-vous fait, Gregory ? murmura-t-elle, horrifiée.

– Je n'ai rien fait, vous dis-je, gronda-t-il. Mais cela n'empêchera pas qu'on ne m'arrête. Je vais rejoindre mon yacht. Vous feriez mieux de filer avant leur arrivée…

Elle s'était tournée pour prendre son chapeau et ses gants lorsqu'elle entendit la porte se refermer et la clef tourner dans la serrure. Il était sorti et l'avait enfermée d'un geste machinal, tout comme il continua machinalement à descendre l'escalier sans faire attention aux coups de poing qui s'abattaient sur la porte.

Le château de Griff se trouvait sur une colline et la route de Chichester se déroulait devant sir Gregory. Au moment où, arrêté devant la maison, il regardait au loin, espérant malgré tout apercevoir le singe, il y distingua les phares d'une voiture.

– La police ! s'exclama-t-il.

Aussitôt, il courut en trébuchant à travers le potager en direction de la grille.

37. ENCORE LA VIEILLE TOUR

Adèle fuyait le long de l'allée, ne pensant qu'à une chose : s'échapper de cette horrible demeure. Le portail était fermé, la loge du portier plongée dans l'obscurité, et elle tenta en vain d'ouvrir le gros verrou de fer forgé qui tenait ferme.

En tournant la tête en arrière vers le rai de lumière qui venait de la porte de la maison restée ouverte, elle aperçut une vague silhouette qui avançait avec précaution le long du gazon. Elle pensa d'abord que c'était Gregory Penne, puis tout à coup, le souvenir de cette forme voûtée lui revint à l'esprit et elle faillit en tomber évanouie. C'était Bhag ! Elle s'élança le long du mur, courant aussi silencieusement qu'elle put, glissant d'un buisson à l'autre. Mais il l'avait aperçue et la poursuivait sans se presser, comme s'il n'était pas très sûr qu'elle fût une proie légitime. « Il y a peut-être une autre grille », pensa-t-elle, et elle continua à avancer, jetant de temps en temps un coup d'œil en arrière et serrant fortement dans sa main le petit browning.

Elle dut bientôt quitter l'abri du mur et traverser la prairie. Il lui sembla un instant qu'elle avait trompé son poursuivant. Mais Bhag ne sortait que rarement en terrain découvert, et elle le revit bientôt. Il marchait parallèlement à elle le long du mur, ne montrant aucune hâte. Elle pensa que si elle continuait à avancer, il se lasserait peut-être et s'en irait. Il était possible que la curiosité seule l'eût jeté à sa poursuite. Mais elle fut déçue. Elle traversa un massif pour suivre un sentier, mais bientôt, elle comprit qu'elle allait ainsi se rapprocher du mur le long duquel son persécuteur avançait toujours. Aussitôt, elle quitta le sentier et marcha sur l'herbe trempée de rosée. Elle fut bientôt mouillée jusqu'aux genoux, mais ne s'en aperçut même pas… Bhag avait abandonné l'abri du mur et la suivait en plein champ !

Adèle se demanda si le jardin était entièrement entouré de ce mur ; tout à coup, elle vit avec joie une grille peu élevée. Passant rapidement par-dessus, elle sauta sur la route et courut à toute vitesse sans savoir où cette route la mènerait. En jetant un coup d'œil en arrière, elle vit avec horreur que Bhag la suivait toujours, sans faire pourtant d'effort pour diminuer la distance qui les séparait.

Ce fut alors qu'elle aperçut au loin les fenêtres éclairées d'une maison. Elles semblaient être toutes proches, mais en réalité, trois bons kilomètres l'en séparaient encore. Avec un sanglot de joie, Adèle abandonna la route et se mit à monter le versant d'une colline pour découvrir en arrivant au sommet… que les lumières étaient toujours aussi loin. Regardant en arrière, elle vit luire les yeux verts de Bhag.

Où était-elle ? Un coup d'œil aux alentours lui apporta la réponse. Devant elle, à gauche, se dessinait la silhouette trapue de la vieille tour de Griff.

À ce moment-là, Bhag, pour une raison incompréhensible, abandonna son rôle de spectateur et, poussant un grognement de chien, fit un bond vers la jeune fille. Elle se jeta en courant dans la direction de la tour. Son souffle entrecoupé s'échappait de sa gorge avec des sanglots, son cœur battait si fort qu'à chaque instant, elle craignait de tomber, à bout de forces. Une main saisit sa cape et la lui arracha. Cela lui donna une seconde de répit. Il lui fallait maintenant faire face à son ennemi ou périr.

Faisant vivement volte-face, le revolver levé dans sa main, elle considéra le monstre qui grognait en déchirant sa cape. Il s'accroupit à nouveau pour bondir et elle pressa la détente. Le bruit inattendu de la détonation la saisit tellement qu'elle faillit lâcher le revolver. L'animal poussa un hurlement de douleur et tomba, portant sa main à son épaule blessée. Mais il se releva immédiatement, commençant à reculer en la fixant toujours du regard.

Que devait-elle faire ? Le singe pouvait à tout moment bondir à nouveau sur elle. Elle jeta un coup d'œil à la tour. Ah, si elle pouvait grimper là-haut ! Tout à coup, elle se souvint de l'échelle que Jack Knebworth avait laissée au bas du mur.

Elle fit quelques pas, sans cesser de surveiller le singe qui, elle le savait, ne la quittait pas des yeux. Vivement, elle promena sa main dans l'herbe et toucha le bois de la légère échelle qu'elle leva sans peine et appuya contre le mur. Elle se souvenait d'avoir entendu Jack dire que le singe n'aurait pas pu, sans aide, arriver à monter dans la tour par l'extérieur, mais que de l'intérieur, il lui avait été facile de grimper en se servant des branches des arbres.

Elle voyait toujours Bhag : la lueur morne de ses yeux verts était terrible. En rassemblant toutes ses forces, elle fit un bond et atteignit rapidement le haut de l'échelle qu'elle commença aussitôt à tirer derrière elle. Bhag s'approchait de plus en plus et fut bientôt au pied du mur : il fit de vains efforts pour grimper à son tour, mais échoua. Adèle entendait son murmure de rage en replaçant l'échelle contre le côté intérieur du mur.

Ils restèrent ainsi pendant longtemps à se regarder, l'orang-outang et la jeune fille. Puis Bhag se décida à se retirer. Elle le suivit des yeux autant qu'elle put, attendit d'avoir la certitude qu'il était bien parti, puis chercha à reprendre l'échelle. Le montant inférieur devait s'être accroché à quelque buisson ; elle tira, tira, tira encore et l'échelle céda tout à coup si facilement qu'elle perdit l'équilibre. Pendant une seconde, elle resta suspendue, se tenant d'une main au mur, de l'autre tenant l'échelle ; puis glissant, roulant, elle tomba jusqu'en bas et se releva, essoufflée. Elle aurait eu envie de rire de cet accident sans la solitude impressionnante qui l'entourait. Elle essaya de replacer l'échelle contre le mur, mais dans l'obscurité ne put trouver un sol ferme.

Il devait y avoir des pierres parmi les buissons, et elle se mit à en chercher. Elle arriva au bord de la dépression conique au milieu de la tour, écarta un buisson, avança un pied pour tâter le sol et, soudainement, perdit pied. Elle comprit qu'elle glissait le long d'une pente, dans une ouverture creusée dans les profondeurs de la terre.

38. LES OSSEMENTS DANS LA CAVERNE

Adèle tombait, tombait, tombait toujours plus bas, s'agrippant vainement d'une main à la terre humide, et de l'autre serrant machinalement son revolver. Elle roulait maintenant sur une pente escarpée. Son pied toucha douloureusement une pierre en saillie et elle faillit s'évanouir. Elle n'osait plus se demander où elle allait ainsi arriver. Il lui semblait qu'une éternité se passait avant qu'elle n'arrivât enfin au sol plat ; et là, roulant plusieurs fois sur elle-même, elle alla buter avec force contre un mur de pierre.

Une éternité, lui sembla-t-il, et pourtant, tout ne pouvait pas avoir duré plus de quelques secondes. Elle resta pendant un long moment étendue sur le sol rocheux. Enfin, elle se leva avec une grimace de douleur, tâta sa cheville blessée et agita son pied pour voir s'il n'y avait rien de brisé. Levant les yeux, elle aperçut une étoile au-dessus de sa tête et comprit que ce devait être là l'ouverture par laquelle elle était tombée. Elle essaya de remonter, mais à chaque tentative qu'elle faisait, la terre molle cédait sous ses pieds et elle retombait à nouveau.

Elle constata que l'un de ses souliers lui manquait. Elle promena ses mains sur le sol et retrouva sa chaussure à moitié enfouie dans la terre. Elle la vida, nettoya son bas et se rechaussa. Puis elle s'assit et se demanda ce qu'elle allait faire. Elle devinait qu'avec le jour, elle pourrait examiner ce lieu et que, pour le moment, il lui fallait faire appel à toute sa philosophie et attendre le lever du soleil.

C'est alors qu'elle remarqua qu'elle tenait toujours son revolver à la main. Avec un faible sourire, elle le débarrassa de la terre qui le recouvrait, remit le cran de sûreté et glissa l'arme dans sa ceinture.

Le mystère de la réapparition de Bhag s'expliquait, maintenant. Il devait s'être caché dans le souterrain. Il sembla même à la jeune fille qu'elle sentait l'odeur particulière propre à la bête.

Jusqu'où s'étendait ce souterrain ? Elle regarda à gauche, à droite, mais ne put rien voir. Alors, elle avança prudemment, la main tendue tâtant chaque centimètre du sol, et toucha un pilier ; mais elle retira aussitôt la main, car la pierre était humide et visqueuse.

Tout à coup, elle fit une découverte de la plus haute importance. En tâtant le mur, elle arriva à une niche qui, d'après sa forme, devait avoir été faite de la main de l'homme. Elle avança encore la main et son cœur bondit quand elle toucha quelque chose qui avait une forme bien familière. C'était une lanterne. Elle ouvrit la petite porte vitrée et trouva à l'intérieur un bout de chandelle et une boîte d'allumettes !

Ainsi qu'elle l'apprit plus tard, ce n'était pas l'effet d'un miracle ; mais à ce moment-là, il lui sembla que cette possibilité d'avoir une lumière lui avait été envoyée en réponse à sa fervente prière mentale. D'une main tremblante, elle réussit, après plusieurs efforts, à allumer la chandelle. Celle-ci était neuve. La lumière fut d'abord faible ; mais la cire se mit à fondre et en refermant la lanterne, la jeune fille put examiner les lieux.

Elle se trouvait dans un souterrain étroit. D'innombrables sta-

38. LES OSSEMENTS DANS LA CAVERNE

lactites pendaient au plafond. Le sol était sec au-dessous de l'ouverture par laquelle elle était tombée, mais plus loin, il y avait de l'humidité et un petit ruisseau courait de côté dans un lit naturel creusé dans le roc. Là, le souterrain s'élargissait et les stalactites devenaient plus nombreuses. Des deux côtés de la galerie, à gauche et à droite, des niches étaient creusées dans le mur en rangées si régulières qu'elles semblaient avoir été sculptées par un être humain. C'étaient de petites cavernes qui révélèrent, à la lumière de la lanterne, des splendeurs naturelles inattendues : grottes féeriques, creusées délicatement dans des couches de pierre, petits lacs scintillant aux feux de la bougie. Le souterrain devenait de plus en plus large. Finalement, la jeune fille se trouva dans une grande chambre qui semblait richement décorée de dentelles délicates. Le sol y était parsemé d'étranges bâtonnets blancs. Il y en avait des milliers, de toutes les dimensions, de toutes les formes. À la lumière de la lanterne, leur couleur blanche ressortait curieusement sur la teinte foncée des pierres. Adèle se baissa, ramassa un de ces bâtonnets et le laissa tomber aussitôt avec un cri d'horreur. C'étaient des os humains.

Toute tremblante, elle traversa presque en courant cette caverne. Le souterrain redevenait plus étroit et reprenait le même aspect que dans les premiers mètres. Rencontrant une nouvelle niche, elle y vit une nouvelle lanterne avec une bougie et des allumettes. Qui les avait mises là ? Elle n'avait pas osé réfléchir à sa première trouvaille, la plaçant dans la catégorie des miracles. Mais cette nouvelle lanterne la fit sursauter. Qui donc avait placé ces lanternes dans le mur, comme pour s'en servir en cas d'urgence ? Quelqu'un devait donc vivre ici. La jeune fille frémit à cette pensée.

Continuant son exploration, elle examinait chaque mètre de la galerie, la seconde lanterne non allumée pendue à son bras. À un endroit, son chemin fut barré par un petit cours d'eau, qu'elle sauta ; ailleurs, elle dut traverser un lac et l'eau lui arriva jusqu'à la cheville. Maintenant, le souterrain tournait insensiblement vers la droite. De temps en temps, elle s'arrêtait et écoutait, espérant et craignant en même temps d'entendre le son d'une voix humaine. La voûte de la galerie s'abaissait. Elle portait maintenant des traces de stalactites qui avaient dû être brisées pour préserver la tête de la mystérieuse personne hantant ces chambres souterraines.

Soudain, Adèle s'arrêta, son cœur battant tumultueusement ; elle avait entendu résonner des pas. Ils passèrent au-dessus d'elle. Puis vint un étrange bourdonnement qui augmenta d'abord d'intensité, puis faiblit et s'évanouit. Une automobile ! Elle se trouvait sous la route ! Bien sûr, la vieille tour se trouvait sur une pente de la colline. Elle devait maintenant être près de la ligne de la route et, à quelque deux ou trois mètres au-dessus d'elle, devaient briller les étoiles. Elle fixa passionnément la dure surface de la voûte et, dominant la terreur qui commençait à l'envahir, elle continua son chemin. Elle avait besoin de tout son courage et de tout son calme.

La galerie tourna brusquement. De nouvelles petites grottes apparurent dans le mur. Elle s'arrêta tout à coup, glacée. Le rayon de sa lanterne était tombé à l'intérieur de l'une de ces grottes. Deux hommes étaient couchés là l'un à côté de l'autre…

Portant la main à sa bouche, Adèle étouffa le cri qui lui était monté aux lèvres et ferma les yeux pour ne plus voir l'affreux spectacle. Ils étaient morts… décapités ! Dans le renfoncement où ils étaient placés, l'eau pétrifiante tombait sur eux goutte à goutte, ainsi qu'elle continuerait à tomber éternellement, jusqu'à ce que ces malheureux restes humains deviennent pierres.

Pendant un long moment, la jeune fille n'osa ni bouger, ni ouvrir les yeux, mais finalement, la force de sa volonté eut le dessus sur son épouvante et elle considéra avec un calme voulu ce spectacle qui lui glaçait le sang. La grotte voisine était occupée de la même façon, mais là, il n'y avait qu'un seul homme. Enfin, prête à s'évanouir, vaincue par toutes ces émotions, elle aperçut devant elle une pâle lueur qui vacilla, changea de place ; puis le son d'un rire horrible parvint à ses oreilles.

La jeune fille agit instantanément. Ouvrant sa lanterne, elle souffla la bougie et s'appuya au mur du souterrain, oublieuse des restes lugubres qui l'entouraient, consciente seulement du danger qui surgissait devant elle. À ce moment, une nouvelle lueur s'alluma puis encore et encore, jusqu'à ce que le lieu éloigné qu'elle voyait fût éclairé comme en plein jour. Et tout à coup, un cri d'angoisse mortelle retentit ; une voix étranglée hurla :

– Au secours ! Oh, mon Dieu, au secours ! Brixan, je ne suis pas prêt à mourir !

C'était la voix de Gregory Penne.

39. BRIXAN NE DOUTE PLUS

C'était cette même voix qui avait amené Brixan en toute hâte à la grille latérale du jardin. Une voiture se trouvait de l'autre côté, phares éteints. Un petit homme brun, tout effrayé, se tenait à côté de la portière.

– Où est votre maître ? demanda vivement le détective.

L'homme tendit la main.

– Il est parti par là, bégaya-t-il. Il y avait le diable dans la grande machine… Elle ne voulait pas bouger lorsqu'il a pressé la petite plaque…

Brixan devina ce qui s'était passé. Par le jeu de cette étrange malignité des choses, au moment suprême, la machine avait refusé de marcher et Penne avait fui à pied.

L'homme fit de nouveau le même geste.

– Il a couru, dit-il simplement.

Brixan se tourna vers le détective qui était avec lui :

– Restez ici, il peut revenir. Arrêtez-le aussitôt et passez-lui les menottes. Il est probablement armé et pourrait avoir l'idée de se suicider. Il ne faut rien risquer.

Il avait si souvent traversé ce qu'il appelait le pré noir qu'il aurait pu trouver son chemin les yeux fermés. Il le parcourut à grands pas et arriva au bord de la route. Aucune trace de sir Gregory. À cinquante mètres de la route, une lumière éclairait gaiement la fenêtre supérieure de la maison de Mr Longvale et Brixan prit cette direction.

Là encore, aucune trace du fugitif. Le détective vint frapper à la porte de la maison. Le vieux gentilhomme lui ouvrit immédiatement. Il était vêtu d'une robe de chambre, attachée par une large ceinture…

– Qui est là ? demanda Mr Sampson Longvale en cherchant à percer l'obscurité de la nuit. Mais, Dieu le bénisse, c'est Mr Brixan, l'officier de la Loi ! Entrez donc, entrez donc, Sir.

Il ouvrit largement la porte et Brixan entra dans le salon éclairé de ses inévitables bougies que renforçait encore une lampe d'argent alimentée au pétrole.

– Rien de fâcheux au château, j'espère ? demanda anxieusement Mr Longvale.

– Si, une petite histoire, dit Michel Brixan d'un ton insouciant. N'auriez-vous pas vu par hasard sir Gregory Penne ?

Le vieillard hocha la tête.

– J'ai trouvé cette nuit un peu trop fraîche pour ma promenade habituelle, dit-il. Je n'ai donc vu aucun des événements extraordinaires qui, depuis quelque temps, semblent accompagner inévitablement les heures nocturnes. Lui est-il arrivé quelque chose ?

– J'espère bien que non, dit tranquillement Brixan. J'espère… pour le bien de chacun… qu'il ne lui est rien arrivé.

Il traversa le salon et alla s'accouder à la cheminée, examinant le portrait qui la surmontait.

– Vous admirez mon ancêtre ? sourit largement Mr Longvale.

– Je ne sais pas trop si je dois l'admirer. C'était certainement un vieillard d'une rare beauté.

Mr Longvale inclina la tête.

– Avez-vous lu ses mémoires ?

Michel Brixan fit un signe affirmatif et le vieillard n'en sembla nullement surpris.

– Oui, j'ai lu ce qui passe pour être ses mémoires, dit Michel Brixan avec calme, mais les historiens postérieurs affirment qu'ils ne sont pas authentiques.

Mr Longvale haussa les épaules.

– Moi, personnellement, j'en crois chaque mot, dit-il. Mon oncle était un homme extrêmement instruit.

Jack Knebworth aurait été certainement stupéfié en apprenant que le détective, parti tête baissée à la recherche d'un probable assassin, était en train de discuter calmement d'une biographie ; et pourtant tel était le cas.

– Je pense parfois que vous songez trop à votre oncle, Mr Longvale, dit doucement Brixan.

Le vieux gentilhomme fronça les sourcils.

– Vous voulez dire… ?

– Je veux dire qu'un tel sujet peut devenir une obsession très désagréable et qu'un semblable culte peut conduire un homme à faire des choses qu'aucun être sain d'esprit ne ferait.

Longvale le considéra avec un étonnement naïf.

– Peut-on mieux faire que d'imiter ses héros ? demanda-t-il.

– Non, à condition que votre sens des valeurs n'ait pas été complètement dévoyé, et que vous n'attribuiez pas à ces héros des vertus qui n'en sont point… ou que vous ne confondiez pas ce qui est héroïque avec ce qui est horrible.

Brixan quitta la cheminée et, appuyant ses mains à la table, fixa son regard sur l'homme qui lui faisait face.

– Je veux que vous m'accompagniez à Chichester ce soir.

– Pourquoi ?

– Parce que je vous crois malade et qu'il vous faut des soins.

Le vieillard rit et se redressa encore.

– Malade ? Je ne me suis jamais mieux porté de ma vie, Sir, jamais je n'ai été plus fort !

Et il en avait l'air. Sa hauteur, la largeur de ses épaules, l'éclat sain de ses joues, tout chez lui exprimait la santé physique.

Une longue pause suivit, puis :

– Où est Gregory Penne ? demanda Brixan en accentuant chaque mot.

– Je n'en ai pas la moindre idée.

Les yeux du vieillard rencontrèrent sans vaciller ceux du détective.

– Nous parlions de mon grand-oncle. Vous le reconnaissez sans doute ? demanda-t-il.

– Je l'ai reconnu dès que j'ai vu le portrait. Je croyais m'être trahi à ce moment-là, mais apparemment, il n'en était rien. Votre grand-oncle, poursuivit Brixan d'un ton détaché, était Samson, autrement dit Longvale, bourreau héréditaire de France !

Un tel silence suivit que le tic-tac d'une pendule éloignée résonna distinctement.

– Votre grand-oncle avait beaucoup d'exploits à son actif. Il avait pendu trois hommes à un gibet de trois mètres de haut, si ma mémoire est fidèle. Sa main fit tomber les têtes de Louis XVI et de son épouse, Marie-Antoinette.

L'expression de fierté répandue sur le visage du vieillard était stupéfiante. Ses yeux luisaient. Il semblait être devenu encore plus grand.

– Par quelle fatalité êtes-vous venu vous établir en Angleterre et par suite de quels détours de l'esprit vous êtes-vous décidé à continuer en secret la profession de Samson, et à rechercher de tous côtés des malheureux à détruire, cela, je ne le saisis pas.

Brixan n'avait pas élevé la voix, il parlait sur un ton de conversation ordinaire ; et Longvale lui répondit de la même façon.

– Ne vaut-il pas mieux, dit-il doucement, que l'homme quitte la vie avec le secours de quelqu'un d'autre plutôt que de commettre le crime du suicide ? N'ai-je pas été le bienfaiteur de ceux qui n'osaient pas mettre fin à leurs jours ?

– Lawley Foss, par exemple ? suggéra Brixan, ses yeux graves fixés sur ceux de son interlocuteur.

– C'était un traître, un vulgaire escroc, un homme qui avait pensé utiliser ce qu'il avait appris accidentellement pour me soutirer de l'argent.

– Où est Gregory Penne ?

Un lent sourire éclaira la figure de l'homme.

– Vous ne voulez donc pas me croire, Sir ? Cela, ce n'est pas gentil ! Je n'ai pas vu sir Gregory.

Brixan indiqua la cheminée, dans laquelle une cigarette se consumait lentement.

– Je vois ce mégot, dit-il, je vois ces traces de boue sur le tapis. J'ai entendu son cri. Où est-il ?

Son browning de gros calibre était à portée de sa main. Un seul mouvement de la part de l'homme et il l'aurait étendu à terre. Le détective savait qu'il avait affaire à un lunatique de l'homicide de la plus dangereuse espèce et n'aurait pas hésité à tirer. Mais le vieillard ne montrait aucune velléité d'agression. Sa voix était la douceur même. Il semblait éprouver une profonde fierté pour ses crimes, lesquels, dans son esprit, n'étaient que des actes de bienfaisance !

39. BRIXAN NE DOUTE PLUS

– Puisque vous tenez vraiment à ce que je vienne avec vous à Chichester, je vais vous suivre, dit-il. Vous pouvez vous en tenir à votre jugement, mais en mettant fin à mon travail, vous rendez un mauvais service à la misérable humanité. J'avais dépensé des milliers de livres pour la servir. Je ne vous en garde cependant pas rancune.

Il prit une bouteille sur le buffet de chêne près du mur, choisit soigneusement deux verres et les remplit.

– Nous allons boire à notre santé réciproque, dit-il avec sa courtoisie habituelle.

Portant le verre à ses lèvres, il le vida avec ce plaisir apparent des vieux amateurs de bons vins.

– Vous ne buvez pas ? ajouta-t-il avec surprise.

– Quelqu'un d'autre a bu.

Un verre à moitié vide se trouvait sur le buffet et Michel venait de l'apercevoir.

– Il n'a pas l'air d'avoir beaucoup apprécié votre vin.

Mr Longvale poussa un soupir.

– Très peu de personnes se connaissent en vins, dit-il en époussetant un pan de sa robe de chambre.

Puis, sortant de sa poche un mouchoir de soie, il se pencha et se mit à épousseter d'un geste élégant ses souliers.

Brixan se tenait sur le bord d'un tapis devant la cheminée, sa main serrant son revolver, tout son être tendu dans l'attente du moment décisif. Il ne pouvait encore deviner d'où allait venir le danger, ni quelle forme il allait prendre. Mais un danger était là, un danger terrible et sans pitié, souligné encore par la suavité du ton de cet homme… Il le sentait venir.

– Voyez-vous, Sir…, continua Longvale tout en continuant à nettoyer ses chaussures.

Et alors, avant que Brixan ait pu comprendre ce qui s'était passé, son adversaire avait saisi le bout du tapis sur lequel se tenait le jeune homme et l'avait tiré d'un geste brusque. Avant d'avoir pu reprendre l'équilibre, Brixan tomba bruyamment, sa tête frappant le parquet, son revolver glissant loin de lui. En un clin d'œil, le vieillard s'était jeté sur lui, l'avait retourné face contre terre et lui avait tordu les bras derrière le dos. Michel essaya de lutter, mais étant donné sa position désavantageuse, il se sentait comme un enfant sous cette puissante étreinte. Il sentit le contact froid du métal à l'un de ses poignets, puis il y eut un déclic. De toutes ses forces, il essaya d'éloigner sa seconde main. Mais lentement, graduellement Longvale la ramena et la deuxième menotte se referma.

Des pas résonnèrent près de la maison. Le vieillard se releva pour ôter sa robe de chambre et en envelopper plusieurs fois la tête du détective. À ce moment, on frappa à la porte. S'étant assuré d'un coup d'œil que son prisonnier ne présentait aucun danger, Longvale éteignit la lampe, souffla l'une des bougies et emporta l'autre dans l'entrée. Il était en bras de chemise et l'officier de Scotland Yard qui se présenta s'excusa de déranger un homme qui venait vraisemblablement de descendre de sa chambre à coucher pour répondre à son appel.

– Avez-vous vu Mr Brixan ?

– Mr Brixan ? Mais oui, il est venu ici, il y a quelques minutes. Il est reparti pour Chichester.

Brixan entendait la voix, mais ne pouvait distinguer ce qui se disait. La soie qui enveloppait sa tête le suffoquait et il perdait déjà connaissance quand le vieillard revint, lui enleva la robe de chambre et s'en revêtit.

– Si vous faites le moindre bruit, je vous couds la bouche, dit-il d'un air si naturel et si bonhomme qu'il semblait incroyable qu'il pût accomplir sa menace.

Mais Brixan savait que sa phrase n'était pas qu'une citation : il faisait une menace que son ancêtre avait souvent mise à exécution. Le beau vieillard, surnommé par les courtisans du roi Louis *Monsieur de Paris,* avait pendu, décapité, mais il avait aussi torturé. Il avait existé dans la vieille Bastille des chambres aux murs enfumés où le vénérable bourreau avait accompli des tâches innombrables.

– Je regrette beaucoup que vous ayez à disparaître, dit le vieillard avec un regret sincère dans la voix. J'ai pour vous une grande estime. La Loi est sacrée pour moi et ses officiers ont une place toute privilégiée dans mon affection.

Il ouvrit un tiroir du buffet et y prit une large serviette qu'il plia avec soin avant de la fixer sur la bouche de Brixan. Puis il le leva et

39. BRIXAN NE DOUTE PLUS

l'assit dans un fauteuil.

– Si j'étais un homme jeune et agile, je ferais un geste qui eut plu à mon oncle Charles Henry. Je fixerais votre tête sur la grille de Scotland Yard ! J'ai souvent examiné cette grille avec cette idée. Non pas que j'aie songé à vous, mais un jour, la Providence aurait pu m'envoyer un haut dignitaire, un Ministre ou même un Premier Ministre. Mon oncle, ainsi que vous le savez, avait eu le privilège de décapiter des rois et des chefs de partis… Danton, Robespierre… tous les grands chefs, sauf Marat. Danton fut le plus grand de tous.

Brixan avait une excellente raison pour ne pas répondre. Mais il avait retrouvé tout son sang-froid et malgré la douleur qu'il ressentait à la tête, son esprit était bien clair. Il pressentait maintenant ce qui allait suivre et savait qu'il n'aurait pas longtemps à attendre. Quelles scènes avaient dû voir les murs de ce salon ! Que de moments d'agonie mentale et physique ! C'était l'antichambre de la mort. C'était là que Bhag avait dû être endormi. Brixan devina ce que devait contenir ce vin, du chloral butylique qui faisait partie de l'équipement de l'assassin. Mais pour une fois, Longvale avait mal évalué la force de sa victime. Bhag avait probablement suivi les deux indigènes jusqu'à Dower House… Le mari et la femme que le vieillard eut la ruse d'épargner.

Brixan devait bientôt comprendre ce qui allait advenir. Le vieil homme rouvrit le buffet, et y prit un gros crochet de fer au bout duquel se trouvait une poulie. Levant la main, il fixa le crochet à une poutre d'acier au plafond. Brixan avait déjà remarqué cette poutre et se demandait à quoi elle pouvait bien servir. Il allait l'apprendre.

Un long rouleau de cordages fut pris à son tour dans le buffet : un bout en fut passé dans la poulie, puis fixé adroitement sous les aisselles du détective. Se baissant, Longvale souleva le tapis, le roula et Brixan vit alors une petite trappe que le vieillard ouvrit. Il ne put rien voir en bas, mais un gémissement humain monta jusqu'à lui.

– Je crois que nous pouvons maintenant nous passer de ceci, Sir, dit Longvale en détachant la serviette qui recouvrait la bouche du détective.

Après quoi, il tira sur la corde sans aucun effort apparent et Brixan se trouva suspendu en l'air. Il était mal à l'aise et avait l'absurde sensation d'être ridicule. Le vieil homme le disposa au-dessus de l'ouverture, puis se mit à lâcher lentement la corde.

– Voudriez-vous avoir l'amabilité de me dire lorsque vous aurez touché terre, pria-t-il, et alors, je viendrai vous rejoindre.

Levant les yeux, Brixan vit l'ouverture carrée devenir de plus en plus petite ; pendant un long moment, il se balança, vacillant, tournoyant dans l'air. Il lui semblait qu'il n'avançait pas, puis tout à coup, ses pieds touchèrent terre et il appela.

– Cela va-t-il tout à fait bien ? demanda aimablement Mr Longvale. Voudriez-vous reculer de quelques pas ? Je vais jeter la corde et elle pourrait vous faire mal.

Brixan suffoquait, mais il se soumit à ces instructions et entendit aussitôt le bruit de la corde qui tombait. La trappe se referma et seul un gémissement tout près de lui rompit le silence.

– Est-ce vous, Penne ?

– Qui est là ? demanda l'autre d'une voix effrayée. Est-ce vous, Brixan ? Où sommes-nous ? Qu'est-il arrivé ? Comment me suis-je trouvé ici ? Ce démon m'a donné quelque chose à boire. Je me suis sauvé en courant et c'est tout ce que je me rappelle.

J'étais venu pour lui emprunter sa voiture. Mon Dieu, que j'ai peur ! Mon démarreur était en panne...

– Avez-vous crié en vous enfuyant ?

– Je crois que oui. J'avais senti cet infernal poison produire son effet et je me suis élancé... Je ne me souviens plus. Où êtes-vous, Brixan ? La police va nous sortir de là, n'est-ce pas ?

– Vivants, je l'espère, dit Brixan.

Il entendit le sanglot d'effroi de l'homme et regretta sa phrase.

– Quel est cet être ? Qui est-il ? Sont-ce là les fameuses catacombes ? J'en ai entendu parler. Cela sent le tombeau ici, n'est-ce pas ? Pouvez-vous voir quelque chose ?

– J'ai cru voir de la lumière à l'instant, dit Brixan, mais mes yeux doivent me tromper. (Puis il ajouta :) Où est Adèle Leamington, Penne ?

– Dieu seul le sait, dit l'autre. (Il tremblait et Brixan entendit ses dents claquer.) Je ne l'ai pas revue. Je craignais que Bhag ne l'ait suivie. Mais il ne lui aurait pas fait de mal... C'est un drôle de diable.

Comme je voudrais qu'il soit là en ce moment.

– Je voudrais bien qu'il y ait quelqu'un, répondit sincèrement le détective.

Il essaya de libérer ses mains des menottes qui les encerclaient, mais il se rendait compte que, désarmé, il n'avait que très peu de chance de vaincre le vieillard. Il avait perdu son revolver. Dans une poche intérieure de son veston, il y avait bien ce long couteau à lame de rasoir qui l'avait souvent tiré d'affaire, arme infaillible lorsqu'on manque de revolver, mais il savait qu'il n'aurait pas l'occasion de s'en servir.

S'étant assis, il essaya d'exécuter un truc qu'il avait vu faire sur une scène de Berlin… le truc qui consiste à glisser les jambes à travers les mains liées, de façon à ramener les bras devant soi, mais il lutta vainement. Enfin, le son d'une porte qui s'ouvrait et la voix de Mr Longvale se firent entendre.

– Je ne vous retiendrai qu'un instant, dit-il. (Il portait à la main une lanterne vacillante qui semblait intensifier encore l'obscurité de la cave.) Je n'aime pas que mes clients prennent froid…

Son rire hideux se répercuta sous la voûte de la cave. S'étant arrêté, il frotta une allumette et une lumière étincelante éclaira le souterrain, venant d'une lampe à pétrole fixée dans le roc. Il en alluma encore une, puis une troisième, une quatrième. Dans cet éclairage violent, tous les détails de la caverne apparurent avec une netteté stupéfiante. Brixan vit la chose écarlate qui en occupait le centre et, quelque endurci qu'il fût, quelque préparé à cette apparition terrible, il frissonna. C'était une guillotine !

40. LA VEUVE

Une guillotine !

Placée au centre de la cave, elle s'élevait, peinte en rouge sang. Sa simplicité même avait quelque chose d'horrible.

Fasciné, Brixan observait tous les détails : le panier, le scintillant couteau triangulaire suspendu au sommet du cadre, la plate-forme basculante avec ses courroies, la lunette peinte en noir et découpée de façon à embrasser la tête de la victime et la maintenir en position jusqu'à ce que le couteau tombe dans sa rainure bien graissée. Il connaissait cette machine dans toutes ses parties, l'ayant vue fonctionner certains matins gris devant une prison française, les soldats repoussant la foule des curieux, un petit groupe de personnalités officielles placées au centre. Il connaissait le déclic avec lequel le couteau devait tomber pour envoyer dans l'éternité l'homme placé au-dessous.

– *La Veuve !* dit Longvale avec humour.

Il promena amoureusement la main sur le cadre.

– Au secours ! Oh, mon Dieu, au secours ! Brixan, je ne suis pas prêt à mourir !

Cet appel d'agonie résonna dans la caverne.

– *La Veuve,* murmura à nouveau le vieillard.

Il ne portait pas de chapeau ; sa tête chauve luisait à la lumière et pourtant, il n'y avait rien de ridicule dans son aspect. Son attitude devant cet objet qu'il aimait avait quelque chose de pathétique.

– Qui sera son premier époux ?

– Pas moi, pas moi ! hurla Penne, se rejetant contre le mur, le visage blême, sa bouche se tordant convulsivement. Je ne suis pas prêt à mourir...

Longvale se dirigea lentement vers lui, se baissa et le souleva.

– Courage ! murmura-t-il. C'est l'heure !

Jack Knebworth allait et venait sur la route lorsque la voiture de la police revint à toute vitesse de Chichester.

– Il n'est pas à Chichester, il n'est pas passé à la gare, dit l'agent essoufflé en sautant de la voiture.

– Il se peut qu'il soit entré dans la maison de Longvale.

– J'ai vu Mr Longvale : c'est lui qui m'a dit que le capitaine était parti pour Chichester. Il doit s'être trompé.

Le visage de Knebworth pâlit. Une grande lumière se fit brusquement dans son esprit. Longvale ! Il y avait quelque chose d'étrange en lui. Serait-il possible... ?

Il se rappelait maintenant une affirmation contradictoire que le vieillard lui avait faite, se souvenait du désir exprimé à plusieurs reprises par Sampson Longvale d'être filmé dans une pièce écrite par lui, relatant un épisode de la vie de son fameux ancêtre.

40. LA VEUVE

– Nous allons sonner chez lui. Je veux lui parler.

Ils eurent beau marteler la porte de coups de poing, aucune réponse ne vint.

– Voici sa chambre à coucher.

Jack Knebworth indiqua une fenêtre à barreaux de fer où une lumière apparut. L'inspecteur Lyle jeta un caillou avec tant de violence qu'il brisa la vitre. Aucune réponse ne vint.

– Cela ne me plaît pas, dit soudainement Knebworth.

– Cela ne peut pas vous plaire moins qu'à moi, grogna le policier. Smith, essayez cette fenêtre.

– Vous voulez que je l'ouvre ?

– Oui, dépêchons !

Une seconde plus tard, la fenêtre du salon était brisée ; mais ils rencontrèrent un obstacle qui n'était pas aussi facile à écarter.

– Le volet est fermé d'une barre d'acier, dit le détective. Je crois qu'il vaut mieux essayer l'une des fenêtres de l'étage supérieur. Quelqu'un pour m'aider à monter, vite.

Aidé d'un camarade, il atteignit l'appui d'une fenêtre ouverte, cette même fenêtre devant laquelle Adèle s'était trouvée face à face avec la physionomie grimaçante de Bhag. Une seconde plus tard, il fut dans la chambre et se baissa pour aider un second policier à monter. Quelques minutes encore et la porte d'entrée était ouverte.

– Pour autant que j'aie pu en juger, il n'y a personne dans la maison, dit le policier.

– Allumez une lampe, ordonna brièvement l'inspecteur.

Ils trouvèrent la petite lampe à pétrole et l'allumèrent.

– Qu'est-ce que c'est que cela ?

L'officier détective indiqua le crochet et la poulie toujours suspendue au plafond et ses sourcils se froncèrent.

– Je ne comprends pas, dit-il lentement. À quoi cela peut-il servir ?

Jack Knebworth poussa une exclamation.

– Voici le revolver de Brixan ! dit-il en ramassant l'arme.

L'inspecteur lui jeta un coup d'œil distrait et ses yeux se reportèrent sur la poulie.

– Je n'y comprends rien, dit-il. Voyez si l'un de vous peut trouver quelque chose. Ouvrez tous les meubles, tous les tiroirs. Sondez les murs… Il peut y avoir des portes secrètes ; il y en a dans toutes ces vieilles maisons du temps des Tudor.

Les recherches furent vaines et l'inspecteur revint avec une expression soucieuse devant le crochet et la poulie. Un de ses hommes vint lui dire qu'il avait découvert le garage.

C'était un bâtiment extraordinairement long, mais lorsqu'on l'ouvrit, on n'y trouva que la vieille voiture démodée qu'on connaissait bien dans le pays. Il était cependant évident que ce n'était là que la moitié de la construction. Le mur blanc d'apparence solide qui se trouvait derrière la voiture devait cacher une autre partie du bâtiment, quoiqu'il n'y eût point de porte. Un mur épais terminait le garage à l'extérieur.

Jack Knebworth donna quelques coups à la paroi intérieure.

– Ce n'est pas de la brique, dit-il, c'est du bois.

Une chaîne pendait dans un coin. Elle semblait n'avoir aucune destination spéciale mais un examen attentif montra que les anneaux de cette chaîne passaient dans un trou du plafond grossièrement peint à la chaux. L'inspecteur tira la chaîne et au même instant, le prétendu mur s'ouvrit à deux battants, dévoilant une seconde pièce dans laquelle se trouvait une seconde voiture, recouverte soigneusement d'une housse. Knebworth tira la housse et dit :

– C'est bien la voiture.

– Quelle voiture ? demanda l'inspecteur.

– La voiture que conduit le Coupe-Têtes, dit rapidement Knebworth. Il était là-dedans lorsque Brixan a tenté de l'arrêter. Je l'aurais reconnue n'importe où ! Brixan est quelque part dans la maison et s'il se trouve entre les mains du Coupe-Têtes, que Dieu lui vienne en aide !

Ils revinrent en courant dans la maison et le crochet avec la poulie les attira à nouveau comme un aimant. Tout à coup, l'officier se baissa et rejeta le tapis. Exactement au-dessous de la poulie apparut la trappe. L'ouvrant rapidement, il s'agenouilla et regarda en bas. Knebworth vit sa figure devenir hagarde.

– Trop tard, trop tard ! murmura-t-il.

41. LA MORT

Le cri d'un homme à moitié fou de peur n'est pas agréable à entendre. Les nerfs de Brixan étaient assez solides, mais il dut enfoncer ses ongles dans la paume de ses mains liées pour se dominer.

– Je vous préviens, put-il prononcer lorsque les cris se transformèrent en un bégaiement inintelligible, je vous préviens, Longvale, que si vous faites cela, vous serez damné pour l'éternité.

Avec un calme sourire, le vieil homme se tourna vers son second prisonnier, mais ne répondit rien. Soulevant dans ses bras l'homme à moitié évanoui aussi facilement que si c'était un enfant, il le porta à l'horrible machine et le coucha sur la plate-forme, la face tourné vers la terre. Il ne se pressait nullement. Brixan devina par la lenteur de ses gestes le plaisir monstrueux qu'il éprouvait. Il fit le tour de la machine et souleva une moitié de la lunette ; il y eut un déclic et la lunette resta ouverte.

– C'est une invention à moi, remarqua-t-il avec fierté.

Brixan détourna les yeux, dirigeant son regard à l'autre bout de la cave. Et il vit là quelque chose qui lui fit affluer tout le sang à la tête. Il crut d'abord à une vision due à la tension extrême de tout son être.

Adèle !

Elle se dessinait nettement dans la lumière, toute poussiéreuse et souillée de terre.

– Si vous faites un mouvement, je vous tue ! s'écria-t-elle.

C'était bien elle ! Brixan s'efforça de se soulever sur ses genoux et se mit debout. Longvale avait entendu la voix et se tournait lentement.

– Ma petite dame, dit-il aimablement. Quel heureux hasard ! J'ai toujours pensé que le point culminant de ma carrière serait, comme l'a été celui de feu Charles Henry, le moment où une reine me tomberait sous la main. Comme c'est singulier !

Il marchait lentement sur elle, dédaignant le danger imminent du revolver fixé sur lui ; un sourire radieux éclairait son visage, ses fines mains blanches étaient tendues comme pour recevoir un hôte d'honneur.

– Tirez ! cria Brixan d'une voix étranglée. Tirez donc, au nom du Ciel !

Elle hésita pendant une seconde et pressa la détente. Le coup ne partit pas... Rempli de terre, le mécanisme délicat n'avait pas fonctionné.

Elle se tourna pour fuir, mais le bras du vieillard était déjà autour d'elle et d'une main, il attira la tête de la jeune fille sur sa poitrine.

– Vous allez voir, ma chérie, dit-il. *La Veuve* va devenir *Le Veuf* et vous allez être sa première épouse !

Elle était maintenant toute molle dans ses bras, incapable de résistance. Une étrange inertie l'avait envahie ; et quoiqu'elle eût gardé connaissance, elle ne pouvait plus ni bouger, ni parler. Brixan, luttant désespérément pour libérer ses mains, priait le ciel qu'elle s'évanouisse... afin que, quoi qu'il arrive, l'abominable sentiment de terreur lui fût épargné.

– Et maintenant, qui sera le premier ? murmura le vieillard en se caressant le crâne. Il serait convenable que cette petite dame montrât le chemin, pour que l'agonie de l'esprit lui soit ainsi épargnée... Et pourtant...

Il considéra, pensif, le corps prostré qu'il avait déjà attaché à la plate-forme, et abaissa la lunette sur le cou de Gregory Penne. Sa main se porta à la manivelle qui commandait le couteau. Il s'arrêta à nouveau, cherchant évidemment dans son cerveau malade à résoudre un problème.

– Non, vous serez la première, dit-il enfin, défaisant les courroies et repoussant le malheureux jusqu'à terre.

Mais Brixan le vit tout à coup écouter, la tête levée. D'en haut venait le bruit sourd de pas nombreux. Il changea à nouveau d'idée, ramassa Gregory Penne et le mit debout. Brixan se demanda pourquoi il le tenait pendant si longtemps, restant lui-même si rigide, et pourquoi il le laissa tout à coup tomber à terre. Puis... il comprit. Quelque chose traversait la cave à grandes enjambées... quelque chose de volumineux, de velu, avec des yeux méchants fixés sur le vieillard.

C'était Bhag ! Son poil était taché de sang. Sa physionomie portait ce masque de poussière que Brixan lui avait vu le jour où il était sorti de la tour de Griff. Il s'arrêta et flaira son maître qui

41. LA MORT

gémissait, étendu par terre, puis lui passa tendrement la patte sur la figure. Ensuite, sans préliminaires, il bondit sur Longvale, et le vieillard s'écroula par terre, les bras levés dans un geste de vaine défense. Bhag resta pendant quelques secondes au-dessus de lui, le regardant, marmottant, gazouillant. Puis il souleva l'homme et le plaça là où son maître se trouvait quelques secondes auparavant ; il inclina la plate-forme et la remit en place.

Brixan le regardait, fasciné d'horreur. Le grand singe avait donc assisté à une exécution ! C'était de cette cave qu'il s'était échappé la nuit où Foss avait été assassiné. Son cerveau mi-humain avait retenu tous les détails. Brixan pouvait presque voir le travail qui s'accomplissait dans son cerveau pour retrouver le fonctionnement de la machine.

Bhag tripota le cadre, toucha le ressort qui tenait la lunette et celle-ci tomba, encerclant le cou du Coupe-Têtes. À ce moment, le détective entendit un bruit, leva les yeux et vit la trappe s'ouvrir au-dessus de sa tête. Bhag l'entendit aussi, mais il était trop absorbé pour s'interrompre. Longvale était revenu à lui et luttait pour dégager sa tête de la lunette. Puis, comme se rendant compte de l'imminence de son sort, il resta tranquille, ses mains tenant les bords de l'étroite plate-forme, et il chercha une phrase appropriée à la circonstance.

– Fils de Saint-Louis, monte au Ciel !

À ce même moment, Bhag pressa la poignée qui commandait le couteau…

D'en haut, l'inspecteur Lyle avait vu tomber la lame, avait entendu le craquement horrible qui suivit et s'était presque évanoui. Et alors, Brixan cria :

– Dépêchez-vous, Inspecteur ! Vous trouverez une corde dans le buffet. Descendez vite et apportez des armes.

Le buffet contenait en effet une autre corde et, une minute plus tard, le détective descendait dans la cave.

– Ne craignez pas le singe, il n'y a aucun danger, dit Brixan.

Bhag s'était penché sur son maître évanoui, ainsi qu'une mère au-dessus de son enfant.

– Emmenez miss Leamington, dit Brixan à voix basse pendant que le détective lui enlevait les menottes.

La jeune fille était étendue, inanimée, près de la guillotine, inconsciente par bonheur de la tragédie qui venait de se dérouler en sa présence. Un autre policier était descendu par la corde et Jack Knebworth, malgré son âge, fut le troisième à se glisser dans la cave. Ce fut lui qui trouva la porte et aida le détective à emporter la jeune fille.

Enlevant les menottes des poignets du baronnet, Brixan le retourna sur le dos. Dès qu'il vit son visage, le jeune homme comprit que Penne avait eu une attaque et que son cas, sinon désespéré, était du moins très grave. Comme s'il comprenait que le jeune homme ne voulait aucun mal à son maître, Bhag le surveillait passivement et Brixan se souvint comment, dès leur première entrevue, le singe avait flairé sa main.

« Il vous classe pour l'avenir dans la catégorie de ses amis », avait laissé entendre Gregory ce jour-là.

– Prends-le, dit Brixan, parlant distinctement comme le faisait Gregory en s'adressant au singe.

Sans hésitation, Bhag se baissa et ramassa dans ses bras son maître inconscient. Brixan le guida vers l'escalier qu'ils montèrent ensemble.

La maison était remplie de policiers stupéfaits à la vue du grand singe et de son fardeau.

– Monte-le là-haut et mets-le au lit, ordonna Brixan.

Knebworth avait déjà emmené la jeune fille dans sa voiture.

Elle commençait à revenir à elle et il voulait l'éloigner de la maison de mort avant qu'elle ne reprît complètement connaissance.

Brixan redescendit dans la cave et en fit le tour avec l'inspecteur. Les corps décapités dans les niches dirent leur propre histoire. Plus loin, on trouva la grande caverne parsemée d'ossements.

– Voici la confirmation de la vieille légende, dit le détective à mi-voix. Ce sont là les os de ces chevaliers et seigneurs murés dans le souterrain par un glissement de terrain. On voit distinctement les squelettes des chevaux.

Comment Adèle avait-elle pénétré dans la caverne ? Il ne fut pas longtemps sans trouver la pente par laquelle elle était tombée.

– Encore un mystère d'éclairci, dit-il. La tour de Griff a été évidemment bâtie par les Romains pour empêcher le bétail et les gens de tomber dans les catacombes. Le vieux fou avait utilisé le souterrain pour y cacher les restes de ses victimes, mais je suis certain qu'il s'était en même temps préparé cette voie pour une fuite éventuelle.

Il vit une lanterne et des allumettes que la jeune fille n'avait pas trouvées et ce fut pour lui une preuve concluante de la justesse de ses suppositions.

Ils revinrent à la guillotine et Brixan resta là en silence, considérant le corps rigide étendu sur la plate-forme, les mains toujours crispées sur les bords.

– Comment arrivait-il à persuader ses victimes de venir là ? demanda l'inspecteur dans un chuchotement.

– C'est une question que se doit d'étudier un psychologue, dit Brixan au bout d'un moment. Il est évident qu'il entrait en contact avec des gens songeant au suicide, mais qui reculaient devant l'acte ; et il leur rendait ce service. J'imagine que l'idée d'exposer leurs têtes dut lui venir de ce que l'un de ces malheureux avait exprimé le désir que sa femme et ses enfants pussent toucher une assurance. Il agissait avec des ruses extraordinaires. Les lettres, ainsi que vous le savez, étaient adressées à un intermédiaire chez qui une vieille femme les prenait et les expédiait à une seconde adresse ; là, elles étaient remises sous une autre enveloppe et expédiées apparemment pour Londres. Je pus découvrir que ces enveloppes étaient gardées dans une boîte spéciale à l'abri de la lumière. L'auteur mystérieux de l'annonce avait stipulé qu'elles ne devaient être sorties de la boîte qu'au moment d'être expédiées. Une heure après que ces lettres étaient mises dans la boîte aux lettres, l'adresse disparaissait et une autre la remplaçait.

– Encre spéciale ?

– Oui, un truc que les criminels emploient fréquemment. La nouvelle adresse était *Dower House,* bien entendu. Éteignez les lumières et remontons.

Ils éteignirent trois lampes et le détective eut un coup d'œil circulaire sur la cave.

– Il me semble qu'il vaut mieux le laisser ici, dit-il.

– Il me semble aussi, dit Brixan.

42. ON TOURNE !

Trois mois s'étaient écoulés depuis que Dower House avait livré ses terribles secrets. Temps suffisant pour permettre à Gregory Penne de se remettre complètement et même de faire un mois sur les six mois de prison auxquels il avait été condamné. La guillotine fut installée dans un certain *Black Museum* sur le quai de la Tamise où les jeunes policiers vinrent étudier les méthodes des criminels. Personne ne parlait plus du Coupe-Têtes.

Toute cette histoire semblait être vieille de mille ans. Brixan se trouvait de nouveau dans le studio de Jack Knebworth, perché sur une table, suivant des yeux le réalisateur qui, au dernier degré du désespoir, expliquait à l'échevelé Reggie Connolly la façon dont on fait une déclaration d'amour.

Dans un coin éloigné, Stella Mendoza, fort élégante, une cigarette entre les doigts, surveillait avec une expression de mépris son ex-complice et partenaire.

– On ne va tout de même pas m'apprendre comment il faut tenir une femme dans ses bras ! disait Reggie en colère. Bonté divine, croyez-vous donc que j'aie dormi pendant toute ma vie ? Ne pensez-vous pas, Mr Knebworth, que j'en sais aussi long que vous sur les femmes ?

– Je me moque un peu de savoir comment vous tenez votre amie ! hurla Jack. Je vous montre ici comment on tient une *femme* dans ses bras ! Il n'existe qu'une seule façon de faire une déclaration d'amour et c'est *la mienne !* J'en ai le brevet ! Allons, votre bras autour de sa taille encore une fois, Connolly. Levez la tête. Tournez-vous par ici. Baissez un peu le menton. Souriez, nom d'une pipe... Souriez donc ! cria-t-il. Souriez comme si vous l'aimiez. Essayez d'imaginer qu'elle vous aime ! Pardonnez-moi cette supposition, Adèle, mais essayez de vous l'imaginer, Connolly. Là, c'est mieux. Vous avez l'air d'avoir avalé du verre pilé ! Un regard tendre, les yeux dans les yeux... Un regard tendre, ai-je dit, et non pas stupide ! C'est mieux. Refaites-le...

Il surveillait, interrompait, gesticulait et finalement, dans un geste résigné :

– Abominable, mais rien d'autre à faire. Éclairage !

42. ON TOURNE !

Les grands feux Kreisler s'allumèrent, les lampes argentées lançant leur lumière bleue et diffuse. La répétition fut reprise encore une fois, puis :

– On tourne ! s'exclama Jack et la manivelle se mit à tourner.

– C'est tout pour vous aujourd'hui, Connolly, dit Jack. Et maintenant, miss Mendoza...

Adèle vint en courant vers Brixan et d'un bond s'assit sur la table près de lui.

– Mr Knebworth a parfaitement raison, dit-elle en secouant la tête. Reggie Connolly ne sait pas faire une déclaration d'amour.

– Qui sait la faire ? demanda Brixan,... excepté l'homme aimé ?

– Mais il est présumé être l'homme aimé, insista-t-elle. Ce qu'il y a de plus fort, c'est qu'il est présumé être le meilleur amant de l'écran anglais.

Brixan eut un rire moqueur.

Elle resta silencieuse pendant un moment, puis :

– Pourquoi êtes-vous encore ici ? Je croyais que votre tâche dans cette région était terminée ?

– Pas du tout, dit-il gaiement. J'ai encore une arrestation à faire.

Elle lui lança un rapide coup d'œil.

– Encore ? dit-elle. J'avais cru lorsque vous avez arrêté ce pauvre sir Gregory...

– Ce *pauvre* sir Gregory ! protesta-t-il. Il doit s'estimer bien heureux ! Six mois de travaux forcés, voilà ce qu'il méritait ; c'est un bonheur pour lui qu'il ait été accusé non d'avoir tué son serviteur, mais d'avoir caché sa mort.

– Qui voulez-vous arrêter maintenant ?

– Je ne sais pas encore si je vais l'arrêter, celle-là.

– C'est une femme ?

Il fit un signe affirmatif.

– Qu'a-t-elle fait ?

– L'accusation n'a pas encore été définitivement formulée, dit-il d'une façon évasive, mais je crois qu'il y aura plusieurs points. Avoir causé des perturbations, d'abord ; avoir mis délibérément en danger la santé publique... En tous cas, la santé d'une personne...

Puis : vexations intentionnelles de...

– Ah, vous voulez parlez de vous-même ?

Elle rit gentiment.

– J'avais cru que cela faisait partie de votre délire ou du mien, lors de cette fameuse nuit, à l'hôpital... Mais d'autres personnes vous avaient vu m'embrasser, c'était donc vous qui déliriez ? Je ne crois pas avoir envie de me marier, dit-elle en réfléchissant. Je suis...

– Ne dites pas que vous êtes fiancée à votre art, supplia Brixan, elles le disent toutes !

– Non, je ne suis fiancée à rien, mais j'ai le désir d'empêcher mon meilleur ami de commettre une grave erreur. Vous avez devant vous une grande carrière, Brixan, et le mariage avec moi ne vous aiderait guère. Les gens vont croire que vous vous êtes emballé et lorsque viendra l'inévitable divorce...

Tous les deux rirent ensemble.

– Si vous avez fini de jouer à la vieille tante, je vais vous dire quelque chose, dit Brixan. Je vous ai aimée dès le premier coup d'œil, vous savez.

– Mais bien sûr, dit-elle calmement. C'est la seule façon possible d'aimer une jeune fille. S'il vous avait fallu trois jours pour vous décider, ce ne pourrait être de l'amour. C'est comme cela que je sais que je ne vous aime pas. La première fois que, je vous ai vu, vous m'avez ennuyée ; la seconde fois, j'ai été furieuse contre vous ; et depuis, j'ai à peine pu vous supporter. Attendez que j'aie enlevé mon maquillage !

Elle sauta par terre et courut à sa loge. Brixan fit quelques pas pour présenter ses condoléances au malheureux Knebworth.

– Adèle ? Oh, cela va très bien. Elle a vraiment eu une offre d'Amérique : ce n'est pas Hollywood, mais un studio dans l'Est. Je lui ai conseillé de ne pas l'accepter avant d'avoir un peu plus d'expérience, mais je ne crois pas qu'elle ait besoin de mon conseil. Cette demoiselle ne va pas rester dans le cinéma.

– Qu'est-ce qui vous le fait croire, Mr Knebworth ?

– Elle va se marier, dit Jack d'un air sombre. J'en reconnais les symptômes. Je vous ai toujours dit qu'il y avait quelque chose de louche en elle. Elle va se marier et abandonner l'écran... Voilà son

42. ON TOURNE !

excentricité.

– Et qui croyez-vous qu'elle épousera ? demanda Brixan.

Le vieux Jack ricana.

– Je puis vous promettre que ce ne sera en tous cas pas Reggie Connolly.

– Oh, je puis aussi vous en assurer ! s'écria avec indignation le jeune acteur qui avait une ouïe remarquablement fine. Je ne suis pas un type fait pour le mariage. Le mariage tue l'artiste. Une femme, c'est comme une pierre au cou. On n'a plus aucune chance d'exprimer sa personnalité. Et pendant que nous y sommes. Mr Knebworth, êtes-vous parfaitement sûr que je sois à blâmer dans tout ça ? Ne vous a-t-il pas semblé... Vous savez, je ne veux pas dire un seul mot contre cette chère petite... Ne vous a-t-il pas semblé que miss Leamington n'est pas tout à fait... comment le dirai-je ?... mûre pour l'amour... C'est bien l'expression qui convient.

Stella Mendoza s'était approchée. Elle était revenue dans la troupe et il était clair qu'elle allait y reprendre son ancienne place.

– Pas mûre, Reggie ? dit-elle. Vous n'y voyez pas clair, mon cher.

– Je ne puis pas me tromper, dit Reggie avec assurance. Dans ma vie, j'ai fait la cour à plus de jeunes filles que tous les autres jeunes premiers pris ensemble, et je puis vous assurer que miss Leamington est nettement et effroyablement ingénue...

L'objet de leur discussion apparut à l'entrée du studio, souhaita gaiement bonne nuit à tout le monde et sortit, suivie de Brixan.

– Vous êtes nettement et effroyablement ingénue, dit le jeune homme en la guidant à travers la chaussée.

– Qui vous a dit cela ? Cela sonne comme une phrase de Reggie.

– Il dit que vous ne savez rien de l'amour.

– Peut-être bien, dit-elle d'un ton décidé.

Il n'osa plus reprendre ce sujet avant qu'ils n'aient atteint la rue obscure dans laquelle elle demeurait.

– La meilleure façon de faire une déclaration d'amour, dit Brixan, passablement étonné de son propre aplomb, c'est d'entourer la taille de la jeune fille...

Elle fut soudainement dans ses bras, son frais visage pressé contre celui du jeune homme.

– Il n'y a pas de façon, murmura-t-elle. Il faut aimer tout simplement !

ISBN : 978-3-98881-944-4

Milton Keynes UK
Ingram Content Group UK Ltd.
UKHW041834201024
449814UK00004B/416